ULLSTEIN

DAS BUCH

Noch ist England nicht fest etablierte Kolonialmacht in Indien, sondern muß seine Handelsinteressen gegen das aufstrebende Frankreich verteidigen. Und eine der wichtigsten Entscheidungen dieses Krieges fällt im Golf von Bengalen. Auf einer Patrouillenfahrt längs der Koromandelküste kommt Kapitän Roger Kelso mit seiner Fregatte *Paragon* seinem schwer bedrängten Kommodore zu Hilfe, der in ein Gefecht mit einem französischen Flottenverband verwickelt ist. Kelsos überraschendes Erscheinen entscheidet den Kampf, aber für Kommodore James kommt jede Hilfe zu spät: Er ist tödlich verwundet. An seine Stelle rückt der junge Kelso, von Kalkutta als Seeheld gefeiert, von vielen aber auch beneidet und befehdet. Doch der neue Kommodore hat eine leidenschaftlich für ihn kämpfende Verbündete: Lady Susan, die Frau des ärgsten Feindes.

Der sechste Band aus der berühmten Kelso-Serie.

DER AUTOR

Der Engländer James Dillon White gilt neben Kent und Forester als berühmtester Autor marinehistorischer Romane.

In unserem Hause sind von James Dillon White bereits erschienen:

Der junge Kelso
Kelsos erstes Kommando
Verrat an Kapitän Kelso
Kapitän Kelsos Rache
Kapitän Kelso und der Nabob
Kommodore Kelso unter Feuer
Kapitän Kelso im Kampf mit dem Linienschiff *Lyon*

James Dillon White

Kelso wird Kommodore

Die *Paragon* im Gefecht um den Golf von Bengalen

Roman

Aus dem Englischen und mit einem Nachwort ergänzt von Karl H. Kosmehl

Ullstein

Ullstein Taschenbuchverlag 2000
Der Ullstein Taschenbuchverlag ist ein Unternehmen der
Econ Ullstein List Verlag GmbH & Co. KG, München
Ungekürzte Ausgabe

Titel der englischen Originalausgabe: Commodore Kelso
Übersetzung: Karl H. Kosmehl
Umschlaggestaltung: Hansbernd Lindemann
Titelabbildung: BAL 9594, *Admiral Sir Edward Hawke defeating Admiral M. de Conflans in the Bay of Biscay* by Thomas Luny (1759–1837) –
© Spink & Son Ltd./Bridgeman Art Library
Gesetzt aus der Sabon, Linotype
Satz: Josefine Urban – KompetenzCenter, Düsseldorf
Druck und Bindearbeiten: Ebner Ulm
Printed in Germany
ISBN 3-548-24767-9

1

»Segel an Backbord voraus!« meldete der Ausguck im Masttopp. Sanft und gleichmäßig schnitt das Schiff durch die ruhige See. Schon seit dem frühen Morgen wehte eine frische, günstige Brise, und die *Paragon*, Fregatte der Ehrenwerten Ostindischen Handelsgesellschaft*, machte unter vollem Tuch gute Fahrt.

Nach dem mühsamen und langweiligen Kreuzen längs der Malabarküste war es eine Erleichterung, vor der Koromandelküste an der anderen Seite des indischen Subkontinents auf den Passat zu stoßen. Doch jetzt war man, wenn der Nachrichtendienst der Company recht hatte, in gefährlichen Gewässern.

Vor zehn Tagen hatte ein von St. Helena kommender Geleitzug östlich der Ile de France** ein französisches Geschwader gesichtet und bei der Landung in Bombay entsprechende Meldung gemacht. Man hatte zwar nur die Segel über der Kimm gesehen, doch war man immerhin so nahe am Feind gewesen, daß sich die für französische Linienschiffe charakteristische Takelung der Bramsegel erkennen ließ. Schon vor einiger Zeit hatte London vor einem beträchtlichen Geschwader gewarnt, das unter dem Kommando eines gewissen Comte de Lally nach Indien unterwegs sein sollte, um dort verlorengegangenen Besitz zurückzuerobern und Frankreichs Ehre wie-

* The Honourable East India Company, Englands mächtige, halbstaatliche Handelsorganisation, die an der Kolonisation Indiens bedeutenden Anteil hatte.

** Alter Name für Madagaskar.

derherzustellen. Die Tatsache, daß dieses Geschwader seinen Kurs nicht geändert hatte, um einen Konvoi schwerfälliger Indienfahrer zu jagen, ließ darauf schließen, daß es etwas Ernsteres vorhatte; und da es vor Malabar nicht erschienen war, konnte es nur Absichten auf die Koromandelküste haben.

Dort war die Lage zur Zeit ohnehin unsicher. Seit der Schlacht von Plassey*, bei der Robert Clive** der Ehrenwerten Company und damit England ein reiches Imperium erobert hatte, befand sich der größte Teil der britischen Überseestreitkräfte in Bengalen. Trotz der Appelle Pigots, des Gouverneurs von Madras, hatte sich Clive außerstande gesehen, einen Teil seiner spärlichen Truppen freizustellen oder selbst zum Schauplatz seiner früheren Triumphe zurückzukehren. Bengalen war weitaus reichere Beute als der Carnatic-Distrikt*** und Kalkutta ein wichtigerer Hafen als Madras. Doch wenn die Franzosen sich in den Kopf gesetzt hatten, Eroberungen zu machen, dann würden sie bestimmt danach trachten, sich zunächst im Carnatic eine sichere Basis zu schaffen, und dafür kamen besonders die schwach gesicherten Niederlassungen Fort St. David und Madras in Frage.

Als Kapitän Kelso den Ruf vom Masttopp vernahm, richtete er sofort sein Teleskop auf die Kimm, vermochte jedoch nur einen winzigen weißen Fleck auszumachen, der ein Bramsegel, aber ebensogut eine Klippe sein konnte – oder auch nur eine Augentäuschung.

»Hinauf mit Ihnen!« befahl er dem Midshipman der Wache, einem frischen Kadetten namens Amise, der schon mit sichtlichem Eifer auf den Befehl gewartet hatte.

* 1757.
** siehe Nachwort.
*** Gebiet an der Südostküste Indiens, etwa von Kap Komorin bis Nellore.

Kaum hatte der Kommandant zu Ende gesprochen, flitzte der Junge bereits übers Achterdeck, die Kampanjeleiter hinunter, übers Gefechtsdeck, und enterte in den Großmastwanten auf. Lächelnd sah Kelso ihm nach – er mußte an seine eigene Midshipmanzeit denken: Da hatte auch ihm diese Kletterei großen Spaß gemacht. Jetzt, im Alter von dreißig Jahren, mit fünfzehn Jahren Kampf und hartem Dienst auf See hinter sich – gar nicht zu reden von den Fieberanfällen an Land –, wäre es ihm schwergefallen, höher zu entern als bis in die Püttingswanten*. Doch kämpfen konnte er noch; und das war die Hauptsache für einen Kommandanten in der verhältnismäßig kleinen, in Bombay stationierten, weit auseinandergezogen operierenden Schutzflotte der East India Company, der sogenannten Bombay-Marine.

»Drei Segel, Sir!« kam die schrille Stimme des Jungen aus dem Masttopp; und dann, sich vor Aufregung überschlagend: »Nein, Sir, noch mehr – vier, fünf, sechs!«

Kelso wartete einen Moment und fragte dann gelassen: »Können Sie eine Ansprache machen?«

»Franzosen, Sir – große Schiffe. Zwei oder drei sind Zweidecker, vielleicht sogar Dreidecker – auf jeden Fall Linienschiffe.«

»Und die anderen?«

»Kann ich nicht genau sagen, Sir, aber zwei ...« Der Junge hielt inne und spähte angestrengt durchs Glas. »Zwei könnten Korvetten sein, wie das bei den Franzosen heißt.«

»Und das sechste?«

»Weiß nicht recht, Sir. Sieht aus wie ...« Wieder hielt er inne. »Sieht so aus, Sir, als ob's eins von unseren wäre.«

»Ein Linienschiff?«

* Also etwa bis zur Marsrah.

»Nein, Sir, so groß nicht, aber doch ein Zweidecker.«

»Die *Protector*?«

Die *Protector* war mit 44 Kanonen Kommodore James' Flaggschiff und das größte Schiff der Bombay-Marine. Aber was man in Indien groß nannte, war keineswegs einem europäischen Linienschiff gleichwertig – und dreien schon gar nicht.

»Es ist die *Protector, Sir«,* rief der Midshipman. »Ich kann sie jetzt genau ausmachen. An ihren Bramsegeln ist sie sofort zu erkennen!«

»Gut, Mr. Amise. Können Sie sehen, ob sie im Gefecht sind?«

»Ja, das sind sie, Sir!« Der Junge kreischte fast vor Aufregung. »Die *Protector* feuert. Ich kann den Pulverqualm der Geschütze sehen, und einer von den Franzosen ist getroffen.«

Die Matrosen an Deck schrien laut hurra. Es waren zähe, sonnenverbrannte, barfüßige Kerle, nach Kelsos Meinung die besten Seeleute der Welt, kampfesfreudig wir ihr Kommandant, und ihr Selbstvertrauen war so groß, daß sie gar nicht auf die Idee kamen, ein Zweidekker der Bombay-Marine könne drei Linienschiffen und zwei Korvetten nicht gewachsen sein.

Kelso wußte es besser, und doch zögerte er keinen Moment.

»Mr. Fenton! Lassen Sie bitte alle Segel setzen!«

»Aye, aye, Sir.«

Die Bootsmannspfeifen schrillten, die Freiwache strömte aus dem Logis an Deck. Und mit einer Präzision, die von endlosen Stunden Segelexerzierens zeugte, schwärmten beide Wachen die Wanten hinauf. In Minutenschnelle waren die Bramsegel los und sogar die Leesegel gesetzt. Wie ein von der Gerte angetippter Vollblüter brauste die *Paragon* durch die Wogen.

»Alle Segel gesetzt, Sir.«

»Recht so, Mr. Fenton. Dann lassen Sie bitte gefechtsklar machen.«

Fast ehe der Befehl kam, rannten die Männer divisionsweise an ihre wohlbekannten Gefechtsstationen, die Löschpumpen wurden bemannt, die Geschütze ausgerannt, Trennwände niedergeholt. Die Decks, trocken wie Zunder nach der langen Sonneneinstrahlung, wurden naßgespritzt und mit Sand bestreut.

»Schiff klar zum Gefecht, Sir.«

»Danke, Mr. Fenton«, entgegnete Kelso und lächelte andeutungsweise. »Das war eine ganz ordentliche Zeit.«

»Danke, Sir.«

»Lassen Sie die Männer fürs erste wegtreten.« Er legte den Kopf in den Nacken und sah blinzelnd in die Sonne und den klaren blauen Himmel. »Mr. Amise! Was sehen Sie?«

»Gefecht ist im Gange, Sir«, rief der Midshipman herunter. »Die *Protector* steckt mittendrin.«

»Wie hält sie sich?«

»Feuert noch, ist aber angeschlagen.«

»Schlimm?«

»Der Besantopp ist weg, Sir, und die Großrah auch. Und ich glaube, sie hat Schlagseite.«

»Sind Sie sicher?«

»Nein, Sir. Kann auch eine scharfe Halse gewesen sein. Nein – jetzt seh' ich's genau. Sie kommt rund und richtet sich auf.«

Wieder ein Hurra von den Männern, die sich an der Schanz drängten. Aus Deckshöhe konnten sie nur die Masttoppen sehen, und auch das gelang nur mit sehr scharfen Augen; doch Kelso sah es vom Achterdeck durch sein Glas genauer – es mußte ein verzweifelter und einseitiger Kampf sein.

Kommodore James, Kelsos alter Freund und Vorgesetzter, war nicht der Mann, einem Gefecht auszuweichen; doch selbst er hätte sich aus freiem Willen kaum auf einen so aussichtslosen Kampf eingelassen. Zweifellos war er bei seiner Patrouillenfahrt an der langen einsamen Koromandelküste von eben dem Feind überrascht und gestellt worden, dessen Position er ausmachen wollte.

Angesichts der weiten Entfernung, die die *Paragon* von dem Gefecht trennte, fürchtete Kelso, zu spät zu kommen. Selbst mit achterlichem Wind würde er mindestens eine Stunde brauchen, bis er in Schußweite war. Solange mußten Kommodore James und seine Männer allein kämpfen.

»Mr. Bazely!« rief er. »Einen Strich nach Backbord!«

»Einen Strich nach Backbord, Sir«, bestätigte der Steuermann, ein großer rotgesichtiger Cornwaller. Automatisch hatte er den Befehl ausgeführt, wie er, davon war Kelso überzeugt, jeden seiner Befehle ausführen würde. Manchmal hätte Kelso sich gewünscht, daß sein Steuermann ein wenig mehr Phantasie entwickelte; aber es war doch sehr beruhigend, besonders im Gefecht, wenn man wußte, daß jeder Befehl sofort und exakt ausgeführt wurde.

Die *Paragon* holte ein wenig über, als sie auf den neuen Kurs ging, aber die See war so ruhig, daß ihr Deck selbst unter voller Leinwand fast waagerecht lag. Die Männer hatten sich an den Geschützen gesammelt, einige ruhten sich aus, aber die meisten drängten sich an der Schanz, von wo aus man das ferne Gefecht bereits mit bloßem Auge verfolgen konnte. Für Landratten wären die winzigen Flecken an der Kimm, die sich unendlich langsam hin- und herbewegten, nicht sehr aufschlußreich gewesen; doch Männer, die schon als Knaben zur See gefahren waren und seither mit Stolz in der Marine gedient hatten, konnten jeden einzelnen Fleck ganz genau ansprechen. Sie konnten die mächtigen Linienschiffe unterscheiden, deren eines so groß war, daß es ein Dreidecker sein mußte, und sie sahen die *Protector*, die sich unerschrocken dazwischengewagt hatte und beim Schußwechsel nichts schuldig blieb. Weiter draußen – wie Terrier, die nach den Beinen eines wütenden Bullen schnappen – segelten die Korvetten.

»Verdammte Franzmänner!« knurrte ein Matrose so laut, daß man es auf dem Achterdeck hörte, »das nennen die einen fairen Kampf!«

»Ach was«, entgegnete ein anderer unbekümmert, »die alte *Protector* zahlt's ihnen schon heim!«

Kelso lächelte, als er das hörte, doch das Lächeln verging ihm bei dem Gedanken an die Klemme, in der Kommodore James und seine Leute steckten. Aus langer Erfahrung kannte er das Getöse, das Durcheinander und die schier überwältigend geringen Chancen, wenn ein Schiff, selbst ein so großes wie die *Protector*, in ein Gefecht mit einem so überlegenen Gegner verwickelt war. Er kannte den ohrenzerreißenden Donner beim Breitseitenwechsel, die Verluste, wenn Vierundzwanzigpfünder Löcher in den Rumpf aus starkem Teakholz rissen, das Chaos und die Schrecknis, wenn Schrapnells über das Deck fegten, den Matrosen Arme, Beine und Köpfe abrissen, und er hatte die grauenvollen Schreie der Todgeweihten gehört.

»Höher an den Wind, zum Teufel!« knurrte er; doch der Steuermann wußte, das war kein Tadel, sondern eher ein Zeichen der Nervosität seines Kommandanten.

Der Wind war immer noch frisch, und unter voller Leinwand machte die *Paragon* gut zwölf Knoten*. Die

* 1 Knoten = 1 Seemeile (1,85 km) pro Stunde.

Schiffe, die vor einer Stunde nur Flecken an der Kimm gewesen waren, sah man jetzt deutlicher, und von Zeit zu Zeit war das gedämpfte Krachen einer Breitseite vernehmbar. Voller Ungeduld berechnete Kelso, wie lange es noch dauern konnte, bis er in Schußweite war; vielleicht eine Viertelstunde. Der Kanonendonner wurde lauter, die Spanne zwischen der Qualmwolke und dem Krachen der Schüsse verkürzte sich.

»Alle Mann auf Gefechtsstationen, Mr. Fenton«, befahl Kelso; breitbeinig, um das Rollen des Decks auszugleichen, richtete er das Glas auf die kämpfenden Schiffe. Deutlich beherrschte der mächtige Dreidecker das Gefecht, während die beiden anderen Linienschiffe, schwerfällig manövrierend, fast unaufhörlich feuerten. Die unglückliche *Protector* feuerte immer noch, trotz des Verlustes von Besantopp und Fockmast, doch Kelso sah an der Masse Leinwand, Tauwerk und gebrochenen Spieren, daß sie fast manövrierunfähig sein mußte. Unter seinen Augen wurde soeben die Besanrah mit allen Segeln gekappt und über Bord geworfen. Als hätte sie eine Behinderung abgeschüttelt, reagierte die *Protector* augenblicklich auf das Ruder und fuhr so messerscharf auf eine der lästigen Korvetten zu, daß diese nur mit knapper Not einer Ramming entging.

In diesem Moment sichtete das französische Geschwader die *Paragon*.

Ein rascher Signalwechsel, und die beiden Korvetten ließen von der *Protector* ab und nahmen Kurs auf, um die *Paragon* abzuschneiden.

Ein lautes Gebrüll, eine Mischung aus Hurra- und Hohnrufen, kam aus den Kehlen der *Paragon*-Männer; Kelso fühlte sich auf seinem Achterdeck versucht, einzustimmen. Er war davon überzeugt, daß die in Indien erbauten Kampfschiffe der Company die besten der Welt und daß seine Seeleute, lauter Freiwillige von den großen Ostindienfahrern, nicht zu übertreffen seien. Rein rechnerisch schien es ein chancenloses Gefecht zu sein, doch gab es nicht einen Mann an Bord, der nicht von den guten Aussichten der *Paragon* überzeugt war.

In einer Hinsicht war sie auch zweifellos besser dran: Sie hatte den Windvorteil. Während sie gleich einem wütenden Kampfhahn heranbrauste, mußten die beiden Korvetten mühselig gegen den Wind ankreuzen: Schlag um Schlag, nach Steuerbord, nach Backbord. Für Kelso, der mit der *Paragon* gegen Schiffe jeder Größe und Art, von französischen Linienschiffen bis zu den Gallivaten indischer Piraten, erfolgreich gekämpft hatte, war dieses Treffen kein Problem. Ein so wendiges Schiff wie die *Paragon* konnte mit einem halben Dutzend Korvetten fertigwerden.

Dann waren sie aneinander, die beiden mühsam vorwärtskriechenden Korvetten und die *Paragon*. Auf dieser war alles gefechtsklar. Benbow, der Artillerieoffizier, schritt das Geschützdeck ab, kontrollierte, ob die Kanonen ordentlich ausgerannt, die Mündungen auf gleicher Höhe waren, die Lunten glommen. Auf dem Achterdeck hockten der Koch, der Segelmacher und andere Schiffshandwerker hinter den Karronnaden. In der Senke des Hauptdecks stand Lieutenant Grey mit den Seesoldaten bereit. Der Schiffsarzt wartete im Orlopdeck* auf die Verwundeten, und oben stand jeder Mann, der nicht zum Laden und Manövrieren der Geschütze gebraucht wurde, an den Brassen.

»Kurs halten – stetig!«

Kelso beschattete die Augen mit der Hand und achtete auf die sich verringernde Distanz. Beim derzeitigen Kurs

* Das unterste Deck.

würde die *Paragon* mit der vordersten Korvette kollidieren, während sie auf Backbordbug lag. Er war in Versuchung, den Kurs so zu ändern, daß er ihr eine Breitseite in den exponierten Rumpf verpassen konnte, doch er entschied sich anders, denn die erste sorgfältig gezielte Salve eines Treffers konnte sich manchmal als die entscheidendste erweisen.

Immer näher kamen die Schiffe aufeinander zu. Schon konnte man die schwarzbärtigen Gesichter der Franzosen erkennen, die an den Brassen standen. Oben auf dem Achterdeck hielt ein Offizier ein Want gepackt, wie versteinert vor banger Erwartung. Gleich mußten die beiden Schiffe aufeinanderprallen.

Obwohl Kelso die vordere Korvette genau im Auge behielt, war er sich bewußt, daß die andere, die ebenfalls einen Backbordschlag gemacht hatte, noch nicht auf Schußweite heran war.

»Mein Gott, Sir, das wird knapp!«

Doch Kelso hörte kaum Fentons unwillkürlichen Ausruf.

»Soll ich klarmachen zum Halsen, Sir?« rief Steuermann Bazely vom Ruder herüber; seine sonst so gelassene Stimme klang schrill vor Erregung.

»Nein, Mr. Bazely. Wenn jemand den Kurs ändert, dann der Franzose.«

Befriedigt sah Kelso, daß Bazely eisern Kurs hielt.

»Mr. Benbow!« rief Kelso. »Klar zum Feuern!«

»Sind klar, Sir.«

»Feuererlaubnis, sobald Sie das Ziel aufgefaßt haben!«

»Aye, aye, Sir.«

»Glauben Sie, daß sie ausweichen wird, Sir?« fragte Fenton in dem ruhigen, sachlichen Ton, den er von Kelso übernommen hatte.

»Sie muß.«

»Aber wenn nicht ...«

»Dann setze ich jederzeit auf indisches Teakholz gegen französische Eiche«, erwiderte Kelso. Er sagte es leichthin, doch innerlich schrak er vor dem bloßen Gedanken zurück, daß seine geliebte *Paragon* möglicherweise Schaden erleiden könnte.

Der Abstand verringerte sich zusehends. Die beiden Schiffe kamen im rechten Winkel aufeinander zu; der Kollisionspunkt war nur noch eine knappe Kabellänge* entfernt. An Bord der Korvette brüllte jemand Verwünschungen herüber. Die Mannschaft der *Paragon* bereitete sich auf die Kollision vor und wartete im übrigen gelassen ab.

Und da, im allerletzten Moment, wich der französische Kommandant aus. Mit einem Manöver, das, wie Kelso gestehen mußte, von erstklassiger Seemannschaft zeugte, brachte er sein Schiff rund, so daß es nach Steuerbord auswich, und zwar in einem Radius, der kaum seiner eigenen Länge entsprach.

»Ruder hart Backbord!« brüllte Kelso fast in Bazelys Ohr, und als die *Paragon* wegschor, feuerte ihre Backbordbatterie auf allerkürzeste Distanz.

Die Korvette, die bereits zur nächsten Halse ausholte, bekam hundert Pfund Eisen in den Rumpf, der in seiner verwundbarsten Position war, denn ein Streifen des Unterwasserschiffes lag frei. Der Einschlag hob sie regelrecht aus dem Wasser. Und als dann noch die Kugeln der Achterdeck-Karronnaden in die wehrlose Hulk schlugen, bekam die Korvette Schlagseite, kenterte und sank.

Hurrageschrei erscholl vom Deck der *Paragon*, aber zu Kelsos Erleichterung wußte der verläßliche Fenton ganz

* 1 Kabellänge = 0,1 Seemeile = 185,3 m.

genau, daß der Sieg noch nicht errungen war. Denn die zweite Korvette war auch noch da.

»An die Brassen!« schrie er. »Klar zur Halse!«

Die Männer holten die Brassen dicht, der Steuermann kämpfte mit dem Ruder, und die *Paragon* kam in einer ebenso scharfen Wendung herum wie vorhin die Korvette, doch ohne in eine so gefährliche Situation zu geraten. Kelso wußte, und zwar noch genauer als der Steuermann, was das Schiff leisten konnte.

Die andere Korvette war durch den Wind gegangen und feuerte jetzt eine unregelmäßige Breitseite, die ein paar Löcher in Kelsos Segel riß und eine qualmende Spur über das Hauptdeck zog, aber sonst kaum Schaden anrichtete.

»Ruder hart Steuerbord!« schrie Kelso; die *Paragon* kam wieder rund, und das Manöver »Anlauf und Angriff« wiederholte sich.

Nur lag die *Paragon* diesmal in Lee. Der Franzose kam mit dem Wind auf sie zu; der Vorteil war voll auf seiner Seite.

Die Schiffe kamen einander näher, und beide Batterien brüllten los, doch bei so spitzem Winkel war präzises Zielen unmöglich; Benbow, der stets bemüht war, seine kostbare Munition nicht unnötig zu verschwenden, gab bald Befehl, das Feuer einzustellen.

Auf dem Achterdeck kalkulierte Kelso die drohende Kollision. Es war das gleiche Manöver, das er mit der anderen Korvette so erfolgreich versucht hatte, doch diesmal hatte der Gegner den Windvorteil. Abgesehen davon zweifelte Kelso überhaupt, daß der Franzose auf denselben Trick hereinfallen würde.

Er wartete ... Immer näher kamen sich die beiden Schiffe auf ihrem Kollisionskurs. Sekunden noch ... Da – im letzten Moment – brüllte Kelso: »Hart Steuerbord!«

Das Rad wirbelte herum, die Matrosen holten die Brassen dicht, und die *Paragon* kam fast zum Stehen, wie ein gutgerittenes Pferd, das auf den Zügel reagiert. Dann legte sie sich stark über und ging durch den Wind, wobei sie noch dem Heck der Korvette einen knirschenden Stoß versetzte.

Der Aufprall war furchtbar. Auf der *Paragon*, die kaum noch Fahrt hatte, flog jeder, der sich nicht an der Reling oder an einer Stütze festhielt, im Bogen übers Deck. Die Korvette, die noch erhebliche Fahrt gehabt hatte, wurde völlig aus dem Kurs geworfen. Sie holte stark über, und einen Augenblick sah es so aus, als würde sie kentern wie ihr Schwesterschiff. Doch langsam kam sie wieder hoch, und als sie endlich auf ebenem Kiel lag, war zu erkennen, daß ihr Ruder weggebrochen war und ihr Heck ein klaffendes Leck unter der Wasserlinie aufwies.

2

Wütend maßen sich die Gegner über einen Streifen blauen Wassers hinweg wie zwei Hunde, die sich nach einer Beißerei die Wunden leckten. Nachdem die *Paragon* praktisch unbeschädigt aus der Sonne gekommen war, sah es so aus, als hätten die französischen Linienschiffe es mit der Angst bekommen. Obwohl ihr erster Gegner, die *Protector*, fast manövrierunfähig geschossen war, hatte sie doch so viel Schaden angerichtet, daß auch die Franzosen kaum noch kämpfen konnten. Der große Dreidekker hatte von der sich tapfer verteidigenden *Protector* Treffer abbekommen, die, wie deutlich zu sehen war, nur wenig über der Wasserlinie lagen; der Großmast war direkt unter der Marsstenge durchschossen. Bei jedem Krängen nahm das Schiff Wasser über, und die Großbramstange mit ihren Rahen und Segeln schwankte, als ob ein verrückter Signalgast Flaggenzeichen gäbe.

Die beiden anderen Linienschiffe waren ebenfalls schwer beschädigt; doch als Kelso mit der *Paragon* zur *Protector* aufschloß, fragte er sich, ob ein englischer Kommandant ein Gefecht abgebrochen hätte, das für ihn so günstig stand. Er zweifelte daran.

»Großbramsegel back!«

Während die *Paragon* eine Kabellänge von ihrem Flaggschiff auf Position glitt, konnte Kelso deutlich die Schäden an der *Protector* sehen. Besantopp und Fockmast waren weg. Haufen von Leinwand, Tauwerk und noch schwelenden Planken lagen an Deck – ein trauriger Anblick. In der ganzen Rumpflänge hatten die Kugeln Löcher geschlagen, eines lag gefährlich nahe der Wasserlinie; einer ihrer Vierundzwanzigpfünder hing, Mündung nach unten, aus einem zersplitterten Loch: Ein Volltreffer hatte ihn von der anderen Seite des Decks herübergeschleudert. Kelso konnte sich vorstellen, wie es der Geschützbedienung dabei ergangen war. Fluchend und brüllend versuchten der Bootsmann und seine Maaten, so etwas wie Ordnung an Deck zu schaffen; Kelso vernahm aus dem Orlopdeck die erstickten Schmerzenslaute, ab und zu von einem wilden Aufschrei übertönt, wenn der Schiffsarzt seine schlimme Arbeit tat.

»Mr. Andrew«, rief Kelso den Bootsmann an, »lassen Sie die Gig abfieren!«

Während er das Fallreep zum Boot hinabkletterte, blickte er hinauf. Über den Gesichtern an der Schanz sah er Fenton einsam an der Reling des Achterdecks stehen. Er sah besorgt aus, und Kelso begriff, daß er sich darüber Gedanken machte, ob während der Abwesenheit des Kapitäns etwas geschehen, etwa eine neue Gefechtssituation sich ergeben könnte.

»Ich bleibe nicht lange, Mr. Fenton«, rief er hinauf. »Signalisieren Sie, wenn meine Anwesenheit an Bord dringend notwendig ist!«

Fenton lächelte erleichtert, salutierte und bestätigte mit: »Aye, aye, Sir.«

Zwischen den beiden Schiffen lag nur eine Kabellänge ruhigen blauen Wassers, doch während der Zeit, die Kelsos Rudergasten bis hinüber brauchten, war sein Kopf voll unruhiger Gedanken. Was würde er auf der *Protector* vorfinden? Es schien ihm bedeutsam, daß er von dem gesamten Offizierskorps nur Jackson, den Dritten Offizier, und einen Midshipman sehen konnte, dessen Namen er vergessen hatte. Sie beaufsichtigten die Aufräumungsarbeiten. Was war mit Captain Lashley und mit St. John, dem Ersten Offizier? Und mit Kommodore James?

Die Gig tippte an die Bordwand, und als Kelso das Fallreep hinaufkletterte, hörte er etwas irritiert das Schrillen der Bootsmannspfeife. Er grüßte flüchtig und streckte Jackson, der ihm entgegenkam, die Hand hin.

»Kapitän Lashley bittet um Entschuldigung, daß er Sie nicht begrüßen kann, Sir, aber er ist unter Deck beim Kommodore.«

»Ist der Kommodore verwundet?« fragte Kelso betroffen.

Kummervoll wiegte der Leutnant den Kopf. »Er ist verwundet, Sir – ziemlich schlimm, fürchte ich. Der Schiffsarzt ist gerade bei ihm.«

»Bringen Sie mich zu ihm.«

Man hatte Kommodore James in die Offiziersmesse geschafft, wo sich der Arzt um ihn bemühte. Einige Offiziere umstanden das Lager.

Aber es war auf den ersten Blick zu sehen, daß der Arzt nicht mehr viel tun konnte. Ein scharfer Splitter hatte die linke Seite tief aufgerissen. James blutete stark und mußte, nach der Blässe des Gesichts zu urteilen, schon dem Tode nahe sein. Kelso nickte den Leutnants St. John und Hillary zu, die er gut kannte, und reichte dann dem dicklichen Mann mit den Kapitänsepauletten die Hand – Kapitän Lashley, wie er annahm. »Kelso«, stellte er sich vor.

»Lashley. Freut mich, Sie kennenzulernen.«

Kelso blickte mit ehrlicher Betrübnis auf seinen alten Freund und Vorgesetzten James. »Ist er bei Bewußtsein?« fragte er leise.

Doch bevor Lashley antworten konnte, öffnete der Kommodore die Augen und lächelte beim Anblick der langen eckigen Gestalt seines Protégés. »Kelso. Gott sei Dank, daß Sie rechtzeitig kamen.«

»Sir! Tut mir furchtbar leid, daß es Sie so erwischt hat«, antwortete Kelso. Er kniete am Lager nieder und legte seine Hand auf die des Kommodores. Er war erstaunt, wie kräftig dieser zufaßte. »Bin froh, daß Sie da sind, Kelso«, flüsterte der Kommodore. »Wollte nicht abtreten, ohne Ihnen adieu zu sagen.«

Kelso schwieg darauf, nicht etwa, weil es ihm an Mitgefühl für seinen alten Freund gemangelt hätte, sondern weil er nur mit einer Lüge hätte antworten können. Er wußte, daß der Kommodore dem Tod geweiht war. Der alte Herr wußte es ebenfalls und auch, daß Kelso es wußte. Sein Leben lang hatte Kelso die Wahrheit gesagt, ein Charakterzug, den der gradsinnige Kommodore respektiert hatte. Er konnte diesen Respekt jetzt nicht Lügen strafen.

Hillary, einer der jüngeren Offiziere, stand nicht unter solchem Zwang. »So dürfen Sie nicht sprechen, Sir«, sagte er fast mit Tränen in der Stimme. »Sie werden nicht sterben.«

Der Kommodore lächelte flüchtig und drückte Kelsos Hand stärker. »Danke, Mr. Hillary«, sagte er, »aber ich glaube, Kapitän Kelso und ich wissen es besser.«

Kelso konnte nichts sagen und weiter nichts tun, als seine freie Hand über die des anderen zu legen. Langsam schwand Kommodore James' Leben dahin. Seine Augenlider zuckten und schlossen sich, sein Atem wurde flach. Sein eben noch fester Händedruck wurde schwächer. Schließlich seufzte er tief, entspannte sich völlig, und die Hand, die Kelso in der seinen hielt, erschlaffte.

Kelso stand auf, sah die Männer an und verkündete rauh: »Er ist tot.«

Rasch beugte sich der Arzt über James, legte das Ohr an seine Brust und bestätigte ernst: »Jawohl, meine Herren. Der Kommodore ist tot.«

»Gott gebe ihm die ewige Ruhe«, murmelte Hillary; Kelso war bereits am Niedergang.

Als er allein oben auf dem Achterdeck stand, bemühte er sich, seine Gedanken zu ordnen und seines Kummers Herr zu werden. In all diesen langen Jahren, seit er als junger Mann zur Company gestoßen war, hatte sich Kommodore James als sein Freund erwiesen, im Notfall auch als sein Beschützer. Der Kommodore hatte ihm seinerzeit das Kommando über die *Paragon* angeboten, ein herrliches neues Schiff, direkt von der Werft in Bombay. Kommodore James hatte Seite an Seite mit ihm bei Gheriah gekämpft.

»Ist der alte Knabe also tatsächlich abgekratzt!«

Bedächtig wandte Kelso sich um und nahm sich Zeit, seine Miene zu glätten, ehe er Kapitän Lashley ins Gesicht sah. Es war, als erblickte er den Kapitän der *Protector* zum ersten Mal. Jetzt sah er sich interessiert den Mann an, den Lady Susan Verity geheiratet hatte.

Er war etwa ebenso alt wie Kelso, doch sah er mit seinem Spitzbauch und den wohlgerundeten Wangen beträchtlich älter aus. Trotz des Gefechts war er elegant und makellos gekleidet; Kelso bemerkte mit Abscheu Spitzenjabot und -manschetten, die über den bestickten Rock fielen. Er hatte einen selbstgefälligen Zug um den Mund.

»Der alte Knabe ist abgekratzt, sagte ich.«

»Kommodore James war unser bester Kommandant«, entgegnete Kelso scharf, »ein Mann, der sein Leben für die Company gegeben hat. Ich meine, Sie sollten ihm auch im Tod gebührenden Respekt erweisen.«

»Gewiß«, entgegnete Kapitän Lashley, keineswegs verlegen. »Ich vergaß, daß er Ihr Freund war.«

Kelso wandte sich ab, sah zur *Paragon* hinüber und über sie hinaus auf das französische Geschwader, das seine Überlebenden aufgefischt hatte und zur Kimm hinkte.

»Haben Sie schwere Schäden?«

Kapitän Lashley hob nur die Hände und wies auf das Chaos an Deck. Sogar in der kurzen Zeit, die Kelso an Bord war, hatte man beträchtliche Fortschritte im Aufklaren gemacht. Zerschossene Spieren waren gekappt und ordentlich auf dem Gefechtsdeck gestapelt, die durchlöcherten Segel über die Luken gespannt, wo der Segelmacher die Schäden inspizierte. Splitterstellen in den Teakholzplanken, die größte Gefahr für die nackten Füße der Matrosen, wurden geglättet.

»Und wie sieht es unter Deck aus?«

»So schlimm, daß ich kaum darüber nachdenken mag«, antwortete Lashley. »Lauter Löcher bis an die Wasserlinie und mindestens eins darunter.«

»Dann müssen Sie ein Lecksegel ausbringen.« Hatte ein Schiff ein Leck unter der Wasserlinie bekommen, so dichtete man es gewöhnlich von außen mit einem Segel ab, in das geteerte Tampen eingenäht waren.

»Ja.« Lashley musterte ihn nachdenklich. »Das muß ich wohl.« Nach einigem Zögern fuhr er fort: »Ich hoffe, Sie wollen mir keine Vorschriften darüber machen, was ich auf meinem eigenen Schiff zu tun habe?«

»Ich stelle nur Tatsachen fest«, erwiderte Kelso gelassen. »Auf jeden Fall werden Sie meine Hilfe benötigen.«

»Zum Teufel mit Ihrer Hilfe! Was kann mir eine Fregatte schon helfen?«

»Zur Zeit machen Sie stark Wasser. Und wenn Sie Ihr Lecksegel erst ausgebracht haben, müssen Sie immer noch siebenhundert Meilen bis zum Hugli* segeln.«

»Das schaffe ich auch ohne Ihre Hilfe«, erwiderte Lashley grob.

»Erst mal das Lecksegel«, beharrte Kelso.

Kapitän Lashleys rundliche Wangen wurden dunkelrot. Mit einem wütenden Blick auf Kelso machte er kehrt, schritt zum Achterdeck und rief: »Mr. Benison!«

Die Leute an Deck scharrten verlegen mit den Füßen, bis ein Bootsmannsmaat hinaufrief: »Mr. Benison ist tot, Sir.«

»Also dann Sie, Ormerod. Übernehmen Sie! Lecksegel klarmachen, groß genug für das Leck im . . .«

»Schon dabei, Sir«, meldete der Segelmacher lakonisch. Er hockte auf der Luk zur Segelkammer, eine Bahn Leinwand auf den Knien, die Segelnadel in der Hand.

»Dann beeilt euch«, sagte Lashley, »sonst saufen wir ab.«

»Schneller kann ich nicht, Sir, sonst wird's nicht richtig«, antwortete der Segelmacher.

»Ihr werdet schneller arbeiten, wenn ich es befehle,

* Westlicher Mündungsarm des Ganges mit zahlreichen kleinen Inseln.

Jenkins«, schrie Lashley wütend, »oder ich lasse euch das Fell vom Rücken peitschen!«

Die Männer wechselten ärgerliche Blicke, doch Segelmacher Jenkins arbeitete äußerlich unbewegt weiter.

»Wie ich höre, arbeiten Ihre Pumpen«, sagte Kelso. »Die werden Sie die ganze Reise in Gang halten müssen.«

»Ich verbitte mir Ihre verdammte Impertinenz, Kelso«, schrie Lashley erbost. »Ich lasse pumpen, wie ich es für richtig halte. Das entscheide ich ganz allein.«

»Natürlich«, entgegnete Kelso, »nur – es würde ziemlich eng, wenn ich Ihre ganze Besatzung an Bord nehmen müßte.« Mit steinerner Miene blickte er seinen Kapitänskollegen an, ohne sich um dessen Wut zu kümmern, und erläuterte: »Ich war selbst einmal in Ihrer Lage – Besanmast weg, Schußlöcher unter der Wasserlinie. Sie haben einen langen schweren Weg vor sich. Dabei helfe ich Ihnen gerne«, schloß er mit einem Lächeln.

Kapitän Lashley war besänftigt und lenkte ein. »Ja, ja, sehr schön, wenn Sie in der Nähe bleiben – für alle Fälle. Der vollständige Schadensreport liegt mir noch nicht vor, aber ich habe das Gefühl, wenn das Lecksegel erst sitzt, bleiben wir schwimmfähig.«

»Soll mich freuen.«

»Und mit einem Behelfsmast und günstigem Wind schaffen wir es schon bis Kalkutta.«

»Sicher«, lächelte Kelso und wandte sich zur Kampanjetreppe. »Also, wenn ich weiter nichts für Sie tun kann, gehe ich wieder an Bord.«

Lashley begleitete ihn bis an die Achterdeckreling. Er zögerte einen Moment und sagte dann: »Freut mich, Sie kennengelernt zu haben, Kelso. In der Company ist Ihr Name – sehr bekannt.«

»Ich fürchtete schon, Sie würden sagen ›berüchtigt‹«, lächelte Kelso. »Man hält mich für keinen ganz bequemen Untergebenen.«

»Sei dem, wie ihm wolle«, entgegnete Lashley mit wichtiger Miene. »Jedenfalls haben Sie eine stattliche Erfolgsliste.«

»Danke«, erwiderte Kelso ehrlich überrascht.

»Auch meine Frau hat mir von Ihnen erzählt.«

»Gewiß. Ich hatte das Vergnügen, auf der *Shropshire* Dienst zu tun, auf der Lady Susan nach Indien gekommen ist.« Er schloß mit der einfachen Feststellung: »Sie ist eine tapfere Frau.«

»Eine höchst bemerkenswerte Frau«, verbesserte ihr Gatte.

Kelso blickte ihn kurz und forschend an und fragte sich, weshalb Lady Susan, diese außerordentlich selbstbewußte junge Aristokratin, wohl diesen dicken Gecken geheiratet hatte. »Wie geht es ihr?« fragte er.

»Recht gut, danke sehr«, erwiderte Lashley mit kurzer steifer Verbeugung. »Ich hoffe, Sie werden uns in Kalkutta besuchen.«

»Mit Vergnügen. Und nun, wenn Sie mich entschuldigen ...«

Er war bereits halb den Niedergang hinunter, da hörte er, wie Lashley seinen Namen rief.

»Ja?« Kelso hielt inne und blickte hinauf. Lashley war offensichtlich verlegen.

»Eins noch: Ich finde, wir sollten unsere beiderseitigen dienstlichen Positionen klären«, sagte er unsicher.

»Wie meinen Sie das?«

»Tja – Kommodore James ist tot ...«

»Und ein neuer Kommodore muß ernannt werden.«

»Gewiß, natürlich ...«

»Darüber muß das Direktorium entscheiden.« Kelso sah ihm unbeirrt in das verlegene und gleichzeitig gespannte Gesicht. »Oder?«

»Ich meine, als Kommandant des Flaggschiffs unserer Marine, auch wenn ich Kommodore James unterstand ...«

»... müßten Sie Geschwaderkommodore werden?«

»Hm ... Ja ...«

»Wie Sie wünschen«, entgegnete Kelso, »von mir aus ... Bis wir im Hugli sind, sind Sie also Geschwaderkommodore.« Und schon auf den letzten Stufen des Niedergangs fügte er, wenn auch etwas verspätet, noch hinzu: »Sir.«

3

Drei Jahre lang war Kelso nicht in Kalkutta gewesen, und er konnte nur über die vielen Veränderungen staunen. Damals, kurz nachdem Clive mit einer Handvoll Sepoys* und Europäern die Truppen Surajah Dowlahs geschlagen hatte, war die Stadt kaum mehr als ein Haufen zerschossener Mauern und Trümmer gewesen. Jetzt standen neben dem alten Fort prächtige Gebäude, und ein breiter Fahrweg führte zur Besitzung seines alten Freundes, des Gouverneurs Robert Clive.

Kelso wies die lautstarken Angebote der Sänftenträger zurück, schritt den staubigen Weg hinan und blickte interessiert auf das bunte, ständig wechselnde Treiben. Ochsen unterm Joch der schwerbeladenen Karren stapften vorbei; eine vornehme Lady in einer eleganten Kutsche dankte mit einem Kopfnicken unterm Sonnenschirm

* Eingeborene Soldaten.

für seinen Gruß; im Schmutz und Unrat des Mahrattengrabens wühlten Bettlerkinder nach Eßbarem.

Im Gehen dachte Kelso an die vielen Male, die er Robert Clive und seine Frau Margaret hier besucht hatte. Halb traurig, halb erleichtert erinnerte er sich der Zeit, als er, noch ein junger Mann, ihrem Zauber verfallen war. Er dachte an die Qualen seiner nie ausgesprochenen Liebe zu Margaret, die ihm als die schönste und unerreichbarste aller Frauen erschienen war. Jetzt, nach drei Jahren eines abenteuerlichen Lebens, war seine Leidenschaft abgekühlt, und er konnte ihr in aller Freundschaft einen Besuch abstatten.

Sie hatte sich nicht sehr verändert. Das Klima und die körperliche Belastung von Schwangerschaft und Geburt hatten ihrem Teint geschadet; sie war auch etwas voller geworden, doch immer noch sie selbst. Gelassen wartete sie den lauten, überschwenglichen Willkommensgruß ihres Gatten ab, und ihr Blick blieb kühl und selbstsicher. Als sie Kelso die Fingerspitzen reichte, empfand er Freundschaft und Sympathie, jedoch nichts mehr von der drängenden Unruhe seiner früheren Liebe.

»Margaret, meine Liebe«, sagte Robert soeben, »ist es nicht wie in alten Zeiten?«

Sie lächelte und neigte stumm den Kopf.

»Tatsächlich wie in alten Zeiten«, erwiderte Kelso. »Nur daß wir alle ein paar Jahre älter geworden sind.«

Sie verzog den Mund und sagte: »Eines ist jedenfalls klar: Kapitän Kelso hat sich nicht verändert.«

»Wie meinst du das?« fragte ihr Mann liebevoll.

»Er sagt immer noch die Wahrheit und nichts als die Wahrheit.«

»Eine Angewohnheit«, entgegnete Kelso und fügte freundschaftlich hinzu: »Und ich kann auch diese Wahrheit sagen, Margaret, daß Sie so schön sind wie eh und je.«

Das freute sie, und sie lächelte und sprach ohne Zurückhaltung mit ihm, während sie ihn auf die Veranda geleitete.

Im tiefen Schatten der Rattan-Schirme war es angenehm kühl, und obwohl die Netze, welche Fliegen und Hitze abhielten, auch das Tageslicht dämpften, kam ein Lüftchen auf; so war es möglich, einen Blick auf den Garten zu erhaschen und auf den ziemlich ausgedörrten, von einer Riesenpinie inmitten eines Blumenbeetes überschatteten Rasen. Der Deckenfächer, den ein unsichtbarer Diener bewegte, schwang lautlos auf und ab wie der Flügel eines verwundeten Vogels.

»Und was haben Sie getrieben?« fragte Margaret, nachdem sie den Tee befohlen hatte. »Wir haben so wenig von Ihnen gehört.«

»Ich hatte viel zu tun«, erwiderte Kelso, ungeschickt auf der Stuhlkante balancierend. Er war sich ständig der Tatsache bewußt, daß er kein Salonlöwe war, und fühlte sich immer irgendwie unbehaglich, wenn er nicht auf seinem geliebten Achterdeck stand.

»Sie mußten kämpfen?« fragte Margaret mit leichter Mißbilligung.

Kelso hob die Schultern. »Kämpfen ist mein Beruf«, antwortete er.

»Und ein ehrenvoller Beruf überdies«, ergänzte Robert Clive. »Ich muß schon sagen, ich beneide Sie, weil Sie tun können, was Ihnen liegt.«

Margaret dämpfte den Enthusiasmus ihres Mannes. »Du hast genug gekämpft«, sagte sie scharf. »Kämpfen ist etwas...«, sie nahm sich zusammen, »...für Jüngere.«

»Aber hör mal«, protestierte Clive, »ich bin ebenso jung wie Kelso – oder doch fast.«

»Du bist Verwaltungsmann«, beharrte seine Frau.

»Von dir hängt es ab, wie die Company in Indien dasteht.«

»Das ist wahr«, bestätigte Kelso. »Ohne Sie wären wir übel dran, Robert.«

Clive rückte unbehaglich im Stuhl, sein Knie stieß gegen den Tisch, seine Miene verdüsterte sich. »Wahr oder nicht«, sagte er, »es wird Zeit, daß ich mich mal ausruhe.«

»Sie wollen zurück nach England?«

»Warum nicht?« fragte Clive herausfordernd. »Habe ich nicht der Company gut gedient? Habe ich nicht dieses scheußliche Klima ertragen – aye, und es Margaret ebenfalls zugemutet –, und das so lange, wie man es vernünftigerweise von mir erwarten konnte?«

»Natürlich«, entgegnete Kelso mit steinerner Miene.

»Und finden Sie nicht, daß ich das Recht habe, in mein Vaterland zurückzukehren und meinen Reichtum ein bißchen zu genießen?«

»Und Ihren Ruhm?«

Clive sah ihn verschlagen an. »Aye. Sie haben es also gehört?«

»Ich habe gar nichts gehört.«

»Es gibt so ein Gerede«, erläuterte Margaret, »über das Robert sich geärgert hat. Eyre Coote, der auf Krankheitsurlaub in England war, soll Robert etwas von seinem Ruhm gestohlen haben.«

Kelso zuckte die Achseln. »Wenn das stimmt – was ich bezweifle, denn Eyre Coote ist ein ehrenhafter junger Mann –, dann gibt es genug Zeugen dafür, daß wir unsere Position in Indien ausschließlich Robert Clive verdanken.«

Doch Clive war nicht so leicht zu besänftigen. Die Beine lang ausgestreckt, die Hände tief in den Hosentaschen, sagte er mißmutig: »Wie sieht unsere Position in

Indien denn aus? Mir Jaffar, den ich als Herrscher eingesetzt habe, intrigiert bereits mit den Holländern. Und neuerdings sind die Franzosen, wie Sie berichten, wieder an der Koromandelküste. Wie kann ich Indien verlassen, wenn alles, wofür ich gearbeitet und gekämpft habe, jeden Tag zerfallen kann?«

Kelso antwortete nicht gleich, sondern erst, als er einen verstohlenen Blick auf Margaret geworfen und ihre stolze, leidenschaftlich bewegte Miene gesehen hatte. Dann sprach er das aus, wovon er überzeugt war: »Wenn Sie hierbleiben, kann es nicht zerfallen.«

Clive nickte trübe, als habe er genau das zu hören erwartet und glaube es auch selbst. Zu Kelsos Überraschung beugte sich Margaret vor und legte ihrem Mann die Hand auf den Arm. »Kelso hat recht«, sagte sie. »Du mußt hierbleiben.«

Erstaunt und erleichtert sah Clive sie an. »Meinst du das wirklich?«

»Du würdest es dir niemals verzeihen«, antwortete sie, »wenn du zulassen würdest, daß alles zerfällt, was du geschaffen hast. Selbstverständlich mußt du bleiben.«

Bezeichnenderweise war Clive sofort befriedigt. Er lächelte übers ganze Gesicht. »Margaret, meine liebe Margaret. Was soll ich bloß ohne dich anfangen?«

Sie erwiderte sein Lächeln. »Keine Sorge. Wenn du bleibst, bleibe ich natürlich bei dir.«

Er nahm ihre Hand und führte sie an die Lippen, und als er wieder aufsah, hatte er Tränen in den Augen.

»Dann müssen wir eben unsere Stellung hier so sichern, daß Sie eines Tages unbesorgt heimfahren können«, sagte Kelso. »Mit den Machtmitteln, die wir zur Verfügung haben, sollte das doch möglich sein.«

»Sie haben recht«, bestätigte Clive mit neuem Mut. »Wir müssen unsere Position hier in Bengalen festigen und uns dann im Süden diese verdammten Franzosen vornehmen.« Er hielt inne und rieb sich das eigensinnige Kinn. »Die Schwierigkeit ist nur, daß ich es nicht wagen kann, unsere mageren Kräfte zu teilen. Sende ich die Armee nach Süden, ins Carnatic, dann kommt dieser alte Fuchs Mir Jaffar in Versuchung, den Holländern ein definitives Angebot zu machen. Zur Zeit stehen wir ja mit den Holländern ganz gut, und da unsere Länder Frieden haben, würde ich mich nur ungern mit ihnen anlegen. Doch unter gewissen Umständen könnte es nötig werden.«

»Was haben wir denn für Truppen im Süden?« fragte Kelso.

Clive verzog das Gesicht und schüttelte den Kopf. »Wenig genug, um die Wahrheit zu sagen. George Pigot schickt mir mit jeder Post Jammerbriefe; aber, wie ich ihm schon erklären mußte, ich kann nicht viel für ihn tun.«

»Zur Zeit«, warf Kelso ein.

»Ja. Erst wenn die Lage in Bengalen geklärt ist, können wir uns mit den Schiffen des Comte de Lally befassen.«

»Das sollte uns keine großen Schwierigkeiten machen – nach der Qualität ihrer Seemannschaft zu urteilen und nach dem Mangel an Entschlossenheit, den sie neulich bewiesen haben.«

Margaret, die der Unterhaltung interessiert gefolgt war, mischte sich ein: »Ich glaube, Kapitän Kelso hätte große Lust, nach Süden zu segeln.«

Angesichts ihrer kühlen und zurückhaltenden Art mußte Kelso an frühere Zeiten denken – war es wirklich erst zwei, drei Jahre her? –, als er den leidenschaftlichen Schmerz hoffnungsloser Liebe gefühlt hatte. So machtlos war er vor Margarets fordernden Augen gewesen; und jetzt konnte er in dieselben Augen respektvoll, aber leidenschaftslos blicken. »Nach Süd oder Nord«, sagte er, »ich segle dahin, wohin Robert mich schickt.«

»Aye, aber wohin – das ist eben die Frage«, entgegnete Clive. »Gerade jetzt, da es hier jeden Tag losgehen kann, möchte ich nicht gern einen Mann wegschicken, auf den ich mich verlassen kann.«

»Aber hör mal«, warf Margaret ein, »so schlimm ist es doch nicht. Du hast Holwell und Vansittard ...«

»Ach, das sind keine Kämpfer«, erwiderte Clive gereizt. »Entscheidungen kann ich selber treffen; kämpfen können nur Männer wie Kelso.«

»Aber es gibt doch noch andere. Colonel Alderson und Forde.«

»Aye, Forde ist in Ordnung.«

»Und Richard Lashley.«

Clive nickte, doch mit wenig Begeisterung. »Er kommt übrigens heute vormittag. Müßte eigentlich schon hier sein.«

»Kapitän Lashley?«

»Mit Lady Susan.« Clive sah Kelso an, doch ohne jede Spur von Anzüglichkeit. »Lady Susan ist eine alte Bekannte von Ihnen, nicht wahr, Kelso?«

»Ja«, bestätigte Kelso mit ausdrucksloser Miene, »sie ist eine alte Bekannte.«

4

Mit der angeborenen Grazie und Sicherheit einer Dame von Adel kam sie auf die Veranda. Kelso, der sie seit mehr als zwei Jahren nicht gesehen hatte, konnte später nie mehr vergessen, wie sie dort im Türrahmen stand, mit natürlicher Würde und doch ungezwungen, die Lippen leicht geöffnet, gelassen erst Robert Clive, dann Margaret anblickend.

»Margaret, meine Liebe!« Gefolgt von ihrem Gatten,

der sich hinter ihr hielt und sich deutlich bemühte, ein besonders liebenswürdiges Gesicht zu machen, trat sie herzu und ergriff Margarets Hand.

»Susan! Wie nett, daß du kommen konntest«, rief Margaret.

»Und Sie, Robert – guten Tag!«

»Stets entzückt, Sie zu sehen, meine Liebe«, erwiderte Robert Clive und beugte sich mit ungewöhnlicher Galanterie über ihre Hand. Dann gab es eine kleine Pause, während Lady Susan, die erst jetzt bemerkte, daß noch ein Dritter auf der Veranda war, ins Dämmerlicht spähte.

»Und hier ist noch jemand – er kann sich auf alte Freundschaft berufen, glaube ich«, sagte Margaret.

»Kapitän Kelso!« Sekundenlang verlor Lady Susan ihre gelassene Haltung. Ihre Hand flog an die Lippen – ob aus Freude oder Verwirrung, war nicht zu entscheiden. Sie wurde blaß und rot; selbst sorgfältige Erziehung schien ihre Emotionen nicht unterdrücken zu können. »Lady Susan!« Mit warmer Herzlichkeit nahm Kelso ihre Hand, führte sie aber nicht, wie Clive es getan hatte, an seine Lippen.

Der ganze Vorgang, der so spontan und natürlich ablief und doch ihrer beider Leben so entscheidend beeinflussen sollte, hatte knapp eine Minute in Anspruch genommen. Lady Susan zog die Hand zurück und fragte ihren Gatten in scharfem Ton: »Warum hast du mir nicht gesagt, daß die *Paragon* eingelaufen ist?«

»Dachte nicht, daß es dich interessieren würde«, murmelte Kapitän Lashley.

»Mich nicht interessieren?«

»Du interessierst dich doch sonst nicht für alle Schiffe, die den Hugli hinaufkommen.«

Mit einem flüchtigen Lächeln, das ihre Nervosität verbergen sollte, entgegnete sie: »Gewiß, aber die *Paragon* ist ein besonderes Schiff – nicht nur für mich, sondern für uns alle in Indien.«

Jetzt war ihr Mann irritiert. »Ich weiß über Kelsos Taten Bescheid, ebenso wie über deine alte Freundschaft mit ihm. Aber das ist doch lange her.«

Ein wenig traurig blickte sie Kelso an. »Ja. Es ist lange her.«

»Wann war es denn eigentlich?« warf Clive ein, offensichtlich, um die Spannung zu brechen. »War es nicht bei Ihrer ersten Fahrt nach Indien?«

»Nicht bei meiner ersten«, entgegnete Kelso. »Ich bin als Meerschweinchen* auf der *Bombay Queen* hergekommen.« Er hielt inne; zu spät war ihm eingefallen, daß Lady Susans erster Mann auf diesem Schiff gefallen war. Doch gelassen fuhr er fort: »1752, auf der *Shropshire*, haben wir uns kennengelernt. Ich war Vierter Offizier.«

»Eine aufregende Reise«, sagte Lady Susan gedankenvoll. »Wir liefen diesem de Sousa, dem berüchtigten Piraten, in die Arme.«

»Und Kelso hat Sie und Ihre Freundin Isabel Taplow gerettet, nicht wahr?« fragte Clive weiter.

»Ja. Die arme Isabel!« Wie viele europäische Ansiedler war Isabel Taplow am Fieber gestorben.

»Wie ich hörte«, warf Kapitän Lashley ein, »ließ Kelso das Schiff mit den Passagieren allein – vor dem Gefecht.«

»Stimmt«, sagte Kelso mit steinerner Miene.

Lashley kicherte höhnisch. »Da haben Sie aber Glück gehabt. Ihre Kameraden, die an Bord geblieben sind und gekämpft haben, sind gefallen oder gefangengenommen worden.«

»Ich handelte auf Befehl«, entgegnete Kelso. »Als jüng-

* Spottname für Seekadetten (Midshipman) der Company-Schiffe.

ster Leutnant war ich vermutlich am ehesten entbehrlich.« Er hielt einen Moment inne und fuhr dann gelassen fort: »Mit Lady Susans Hilfe konnten wir die Kameraden später befreien.«

»O gewiß, natürlich«, antwortete Lashley. »Wie gesagt, Sie haben Glück gehabt.«

»Wie ich Kapitän Kelso kenne«, kam Margaret Clive ihm unerwartet zu Hilfe, »würde er es nicht für ein Glück halten, bei einem Gefecht nicht dabei zu sein.«

»Richtig«, stimmte ihr Gatte mit Wärme zu. »Kelso ist der beste Kämpfer in der Marine.« Er verstummte und wurde rot, als ihm klar wurde, zu wem er sprach; doch dann wiederholte er dickköpfig: »Jawohl – der beste Kämpfer in der Marine.«

»Also, Robert«, sagte Margaret mit leichtem Tadel, »das ist aber nicht sehr höflich von dir.«

Doch Clive war nicht in der Stimmung, einen Rückzieher zu machen. »Ach was, Lashley weiß schon, wie das gemeint ist. Auch Sie sind ein guter Offizier, Lashley, Sie haben eine prima Conduite – unter Kommodore James. Aber Kelso war immer Einzelkämpfer. Er hat sich seinen Ruhm ehrlich verdient.«

»Als Fregattenkapitän«, ergänzte Lashley. Das klang ein bißchen geringschätzig.

»Ja, als Kommandant einer Fregatte«, antwortete Clive. »Einer Fregatte, die sich an Schiffe gewagt hat, die selbst Ihre *Protector* anzugreifen gezögert hätte.«

»Ich bin überzeugt, daß jeder Offizier der Marine voll und ganz seine Pflicht tut«, warf Kelso beschwichtigend ein. »Bei der geringen Zahl unserer Kriegsschiffe und dem immensen Raum, den wir zu schützen haben, kann diese Pflicht niemals leicht sein.«

»Aber anderen Dienst möchten Sie um alles in der Welt nicht machen?« warf Lady Susan lächelnd ein.

»Nein.« Verständnisinnig, vielleicht noch mehr als das, sah er ihr in die Augen. »Nein, um alles in der Welt nicht.«

»Hm.« Clive rieb sich nach seiner Gewohnheit das Kinn. »Es könnte aber nötig werden.«

»Wie das?« fragte Kelso überrascht.

»Tja ... Der arme James ist gefallen, und wir brauchen einen neuen Kommodore.« Lächelnd sah Clive zu seinem Freund auf.

»Gewiß, nur ...« Kelso schien nicht recht zu begreifen. »Da müssen wir doch wohl die Entscheidung des Generaldirektoriums in London abwarten.«

»Das dauert zwei, drei Jahre, und so lange wären wir ohne Kommodore«, rief Clive. »Nein, danke! Wir ernennen unseren Kommodore selbst, ich und der hiesige Rat der Company. Dem Generaldirektorium melden wir es hinterher.«

Kelso nickte nachdenklich, doch ehe er antworten konnte, fuhr Lashley erregt dazwischen: »Sir!« Er wandte sich an Clive: »Ich hoffe doch, daß meine Ernennung außer Frage steht!«

Clive blickte ihn ärgerlich an. »Wieso?«

»Als ranghöchster Kapitän der Marine ist mein Anrecht auf die Nachfolge als Kommodore unumstritten!«

»Unumstritten? Ranghöchster Kapitän der Marine?« stieß Clive verächtlich hervor. »Sie vergessen sich, Lashley. Erstens ist Kelso ranghöher als Sie ...«

»Mit allem Respekt, das stimmt nicht. Als Kommandant des Flaggschiffes der Company, der *Protector*, muß ich ranghöher sein als ein bloßer Fregattenkapitän.«

»Von ›muß‹ ist keine Rede«, antwortete Clive. »Das Kommando über die *Protector* unter Kommodore James wurde Kelso vor Ihnen angeboten.«

»Und er hat abgelehnt?« Ungläubig starrte Lashley seinen Rivalen an, doch dieser erwiderte achselzuckend: »Mein eigenes Schiff war mir lieber.«

»Sie konnten es nicht ertragen, die *Paragon* abzugeben«, stellte Lady Susan gelassen fest.

Wieder trafen sich ihre Augen, und dankbar begriff Kelso, wie gut sie ihn verstand. »Sie haben recht. Ich konnte es nicht ertragen, die *Paragon* zu verlassen – und könnte es auch heute nicht.«

»Nicht einmal für eine Beförderung?« fragte Clive.

»Ich bin Seemann. An dem Kommando über ein neues, größeres Schiff liegt mir nicht so viel, besonders wenn ich ein Schiff befehlige, das ich für das beste Kriegsschiff der Bombay-Marine halte.« Resigniert hob Kelso die Hände, denn so etwas einem Landmenschen klarzumachen, war schwierig. »Wenn man ein Schiff so lange hat wie ich die *Paragon*, dann – ja, dann liebt man es. Als ich sie 1773 übernahm, war sie neu – hier gebaut – und kam direkt von der neuen Werft in Bombay. Als ich sie zum erstenmal sah, die Spanten lagen noch offen, der Rumpf war erst halb fertig –, da erkannte ich sofort an den Linien, das würde ein feines Schiff werden. Als sie vom Stapel lief und ich sah, wie sie im Wasser lag, und als ich merkte, wie sie reagierte, als meine neue, erst halbausgebildete Besatzung die Segel aufriggte, da wußte ich: So ein Schiff gibt's nur einmal unter tausend. – Nein, Sir«, wandte er sich wieder an Clive, »ich würde meine *Paragon* gegen kein Linienschiff eintauschen.«

Ein langes Schweigen entstand, nur unterbrochen vom Swischswisch des Deckenfächers und dem Fliegensummen an den Fensterschirmen aus Bambus. Draußen ertönte die protestierende Stimme eines indischen Gärtners und erstarb wieder in der Vormittagshitze.

»Gegebenenfalls müßten Sie die *Paragon* aber doch

abgeben«, beharrte Clive. »Nämlich wenn der Rat Sie zum Kommodore ernennt.«

Kelso antwortete nicht sofort. »Wenigstens wissen Sie, wie ich darüber denke«, erwiderte er schließlich achselzuckend.

»Und ich ebenfalls, Sir«, fiel Lashley ein. Offensichtlich war er ziemlich wütend. Er wirkte wie ein verzogenes Kind, wie er so empört dreinblickte und nervös mit den Lippen zuckte.

»Bei aller Freundschaft, Lashley«, entgegnete Clive, »muß ich Ihnen fairerweise sagen, daß mein Entschluß feststeht. Auf den Kommodore-Posten hat niemand größeren Anspruch als Kelso.«

Lashley war totenbleich geworden. »Wie Sie meinen, Sir. Aber es sitzen ja noch mehr Leute im Rat.«

»Jetzt werden Sie aber unverschämt«, fuhr Clive auf. »natürlich sitzen noch andere im Rat, aber bilden Sie sich ein, die würden sich in Verteidigungsfragen über mein Urteil hinwegsetzen?«

»Man wird ja sehen.«

Augenscheinlich konnte Clive seinen Ärger kaum noch zügeln; Margaret, die das merkte, berührte mahnend seinen Arm. Doch Clive war nicht so leicht zu besänftigen. Der Hals schwoll ihm überm Rockkragen, sein Unterkiefer schob sich vor: »Haben Sie überhaupt eine Ahnung von der Lage, Lashley? Wissen Sie, daß wir jederzeit Krieg mit den Holländern bekommen können?«

»Mit den Holländern?« Lashley war merkbar erschrocken. »Aber die sind doch unsere Verbündeten?«

»Trotzdem wird es Krieg geben. Und wissen Sie nicht besser als ich, daß die Franzosen wieder an der Koromandelküste sind?«

»Das weiß ich, Sir, aber was hat das mit ...«

»Was das damit zu tun hat, wen wir zum Kommodore

ernennen? Na, dann will ich's Ihnen sagen. Der Mann, den wir zum Nachfolger des armen James ernennen, muß ein ...« Er suchte nach dem passenden Wort, »... ein Paragon* sein. Und das ist kein bloßes Wortspiel. Mit einem Zweidecker, vier Fregatten und ein paar Schaluppen muß er eine Küste verteidigen, die um ein Mehrfaches länger ist als die von England. Manchmal wird er ein Geschwader der Königlichen Kriegsmarine zur Unterstützung haben, manchmal nicht; aber wie auch immer, ob wir gegen die Franzosen oder die Holländer kämpfen oder gegen alle beide – seine Aufgabe wird nahezu unlösbar sein. So war es im Grunde immer, und so wird es bleiben. Aber vergessen Sie nicht: Die Bombay-Marine hat uns nie im Stich gelassen. Wenn wir Indien verlieren, dann liegt es nicht an ihr.« Er hielt inne und legte dann freundschaftlich die Hand auf Lashleys Arm. »Also – nun sehen Sie doch ein, warum wir Kelso zum Kommodore machen müssen?«

Doch Lashley entriß ihm unwillig seinen Arm. »Nein, Sir, keineswegs. Meiner Ansicht nach begehen Sie eine grobe Ungerechtigkeit, wenn Sie einen Kommandanten, der rangniedriger ist als ich, auch nur in Betracht ziehen. Und außerdem habe ich Freunde im Rat. Es könnte sein, daß deren Stimmen mehr Gewicht haben als Ihre.«

Aber Clives Ärger war verflogen. Er nickte nur langsam und erwiderte: »Na schön. Wir werden ja sehen.«

* Paragon = Musterbild.

5

Die Sonne stand noch tief über dem alten Fort, als Kelso auf die Straße trat und den Weg zur Company-Verwaltung einschlug. Die Luft hatte noch etwas von der Morgenfrische, die gewöhnlich nach der schwülen Nacht etwa eine Stunde vor Sonnenaufgang einsetzte und verschwand, sobald die Sonne höher stieg. In einer Stunde – oder noch eher – würde der Morgentau verdunstet sein und der Staub knöchelhoch auf den Straßen liegen.

Die ansässigen Europäer fanden es exzentrisch von Kelso, daß er an Land grundsätzlich zu Fuß ging. Gerade bei einem Seemann war das ganz selten. Die meisten Seeoffiziere gingen nicht einmal von der Gangway bis zum wartenden Wagen zu Fuß, wenn am Kay eine Sänfte verfügbar war. Doch den immer ruhelosen Kelso machte die langsame Sänfte nervös, das Anhalten, das Verbeugen, die Plaudereien, das leere Geschwätz, das unvermeidlich schien, wenn zwei Kutschen sich begegneten, widerten ihn an. Zu Fuß kam er schnell und zielstrebig vorwärts; die gesellschaftlichen Höflichkeiten beschränkten sich auf einen eiligen Gruß.

Daher war er keineswegs erfreut, als schon nach ein paar hundert Metern Fußmarsch eine Kutsche neben ihm anhielt. Erst dachte er, es wäre ein aufdringlicher Lohnkutscher, der einen Fahrgast suchte, und erschrak daher, als er eine bekannte Stimme hörte: »Kapitän Kelso! Wollen Sie nicht einsteigen?«

Er fuhr so schnell herum, daß er das freudige Aufblitzen seiner Augen nicht mehr verbergen konnte.

»Susan!« Ihm war, als sei die Zeit stehengeblieben und sie seien einander noch in jener Vertrautheit und Freundschaft verbunden, die sie damals gefühlt hatten und die ihnen wieder entglitten war – zu schnell, wie ihm jetzt klar wurde –, damals auf dem kleinen Eiland des Komoren-Archipels. War es wirklich erst sechs Jahre her?

»Roger!« Impulsiv streckte sie ihm die Hand hin, ohne jeden Versuch, ihre Freude vor skandalhungrigen Augen zu verbergen. Eben das hatte er immer an ihr bewundert. Sie war so natürlich, daß sie ihm vorkam wie eine Rose im heimatlichen England unter all den künstlichen Blumen dieser begrenzten »guten Gesellschaft« des Fernen Ostens.

»Willst du nicht einsteigen?«

»Aber gern.« Er stieg in die Kutsche und nahm an ihrer Seite Platz. »Ich will gerade zum ..«

»Ich weiß, wohin du willst«, unterbrach sie. »Eben deswegen wollte ich dich sprechen.«

Verdutzt blickte er sie an. »Ich will doch nur zur Verwaltung.«

»Zur Ratssitzung, ich weiß. Darum habe ich auf dich gewartet.«

»Ja, aber ...« Fast war seine Neugier größer als seine Freude, sie zu sehen. Zu dieser frühen Stunde, in dem mitleidlosen Morgenlicht – denn sie benutzte nie einen Sonnenschirm, weil sie das für affektiert hielt – sah er, daß sie in der Tat so schön war, wie er sie in Erinnerung hatte. Ihr Teint, der nie von der milchigen Weiße gewesen war, die englische Damen so schätzten, hatte der glühenden Sonne tapfer widerstanden, und die samtweiche Haut ihrer Wangen, ihre Stirn und ihres stolzen Kinns war makellos. Ihre Lippen waren so voll und zart, wie er sie in Erinnerung hatte, und ihre Augen ...

Ehe es zu spät war, fiel ihm gerade noch ein, daß sie die Frau eines anderen war, und er wandte den Blick ab. »Du wolltest mich sprechen?«

»Wegen der heutigen Sitzung. Du weißt ja, worum es geht.«

Unbehaglich rückte er auf seinem Sitz und vermied, sie anzusehen. »Das ist ja kein Geheimnis. Der Rat wählt einen neuen Kommodore.«

»Einen neuen Kommodore«, wiederholte sie und fuhr dann, nachdrückliche Überzeugung in der Stimme, fort: »Und der mußt du werden, Roger.«

Voll echter Überraschung blickte er sie wieder an und verfiel sofort dem Zauber ihrer Augen. »Aber«, sagte er verlegen, »ich verstehe dich nicht. Du weißt doch, wie ich darüber denke. Wenn ich gewählt würde, müßte ich die *Paragon* abgeben.«

»Und die bedeutet dir mehr als deine Beförderung?«

»Im Augenblick – ja.«

»Und Robert Clive? Wo steht er in deiner Wertskala?«

»Robert – nun, er ist mein bester Freund. Das weißt du doch. Für ihn würde ich alles tun.«

»Sogar die *Paragon* abgeben?«

Nach kurzem Zögern antwortete er: »Wenn ich wüßte, daß ihm das helfen würde – jawohl.«

Sie schwieg einen Augenblick, während der Kutscher den Wagen vorsichtig zwischen dem Straßengraben und einer mitten auf der Straße schlafenden Kuh hindurchbugsierte. Dann sagte sie: »Robert braucht dich jetzt mehr denn je. Ist dir das klar?«

»Er braucht jeden einzelnen. Das ist gar keine Frage. Bei der allgemein unsicheren Lage hier in Indien müssen wir damit rechnen, von zwei Seiten angegriffen zu werden. Ehe wir nicht die Holländer und die Franzosen endgültig geschlagen haben, können wir uns nicht sicher fühlen.«

»Und solange kann Robert nicht heimfahren.«

»Ja, das stimmt.« Plötzlich begriff er. »Sagst du mir das im Auftrag von Margaret?«

»Sie ist müde und krank, Robert, und hat zwei kränkelnde Kinder. Sie will nach Hause, sie *müßte* nach Hause, aber sie will Robert nicht alleinlassen.«

»Und Robert kann oder will nicht weg, solange Indien nicht sicher ist.«

»Genau.«

Während der weiteren Fahrt in der von zwei dürren Pferden gezogenen Kutsche blieb Kelso still und nachdenklich. Er blickte auf Susans Kleid hinunter – ein heller Stoff, Seide oder Musselin, er konnte es nicht unterscheiden, mit munteren Blümchen bestickt. Schließlich sagte er: »Natürlich tue ich alles für Robert, ich würde sogar die *Paragon* abgeben – aber ich verstehe nicht, worauf du hinauswillst. Ich bin nur auf dem Weg zu einer Sitzung, bei der mich der Rat vielleicht zum Kommodore ernennen wird, vielleicht auch nicht.«

»Und dir liegt nichts daran, Kommodore zu werden«, fiel Lady Susan ein. »Das ist ja eben der springende Punkt. Margaret und ich – und Robert auch – wollen aber, daß dir etwas daran liegt. Du sollst dich um den Posten bemühen.«

Er war verwirrt und verstand nicht recht; aber er nickte. »Du weißt natürlich, wer den Posten andernfalls bekommt.«

Sie sah starr geradeaus. »Das weiß ich, Roger.« Nach einer kurzen Pause fuhr sie leidenschaftlich fort: »Er darf nicht ernannt werden! Richard Lashley, mein Mann, darf niemals Kommodore werden!«

Stumm blickte er auf seine Hände hinunter. Das Klappern der Pferdehufe wurde immer langsamer. Die Kutsche bog in die Einfahrt ein.

»Richard ist grausam, zügellos und unfähig. Auch wenn du mich verachtest, weil ich das ausspreche – denn es ist furchtbar, wenn eine Frau so etwas von ihrem Gatten sagt –, es ist die Wahrheit. Auf der *Protector* hat er sich von Anfang an als unfähiger Kommandant erwiesen. Ständig hat er getrunken, und nur durch Kommodore James' Loyalität hat er sich halten können. O ja, Kommodore James war ein guter Freund – meiner ebenso wie deiner. Er hat mir einmal gesagt – es ist lange her –, kurz nachdem er dir die *Paragon* gegeben hatte ...« Sie hielt inne und errötete unvermittelt.

»Daß du und ich hätten heiraten sollen?« fragte Kelso leise.

Sie nickte, immer noch blutübergossen.

»Recht hatte er«, sagte Kelso. »Nie im Leben habe ich einen größeren Fehler gemacht.«

Sanft berührte sie seine Hand. »Wir waren beide noch sehr jung.«

»Jung sind wir immer noch«, entgegnete er bitter, »aber jetzt ist es zu spät.«

Die Kutsche fuhr an der imposanten Freitreppe der Ehrenwerten Ostindischen Gesellschaft vor, uns als sie hielt, kam sofort ein indischer Diener herausgestürzt, der die Wagentür aufriß. Kelso stieg aus und bot Lady Susan die Hand. Miteinander gingen sie die Stufen hinauf. Oben wurden sie von einem Adjutanten begrüßt, einem jungen Herrn, der so elegant aussah, daß Kelso nur wünschte, er hätte ihn ein paar Tage an Bord der *Paragon*, bei möglichst rauher See. Solche Lackaffen konnte er nicht ausstehen.

»Lady Susan«, grüßte der junge Herr mit tiefer Verbeugung, »und Kapitän Kelso!«

»Ich habe eine Aufforderung zur Ratssitzung«, bemerkte Kelso. »Und Lady Susan wird auf ihren Gatten warten.«

»Gewiß, Sir«, entgegnete der junge Mann mit leichtem Vorwurf im Blick. »Ich kenne meine Instruktionen.«

»Ist der Rat schon zusammengetreten?«

»Schon vor einer Stunde, Kapitän. Die Sitzung ist im Gange.«

»Mit Kapitän Lashley?«

»Tja...« Der junge Mann entschloß sich, eine so direkte Frage nicht zu beantworten. »Die Sitzung ist im Gange.«

»Mit Kapitän Lashley?« wiederholte Kelso. »Das habe ich Sie gefragt. Ist Kapitän Lashley anwesend?«

»Äh – jawohl, Sir.«

Kelso nickte. »Dann warte ich. Gewiß können Sie Lady Susan etwas Bequemlichkeit bieten?«

»Aber natürlich, Sir, durchaus.« Dem Adjutanten gelang es, sowohl dienstfertig als auch vorwurfsvoll dreinzublicken. »Wenn mir Lady Susan freundlichst erlauben will, sie zu begleiten...«

»Vielen Dank, Mr. Pelham«, sagte Lady Susan und machte mit ihrem Lächeln Kelsos Grobheit wieder gut.

»Ich gehe schon zum Vorzimmer des Sitzungssaales«, bemerkte Kelso. »Sicher wird man mir Bescheid sagen, wenn es soweit ist.«

Sie trennten sich mit einem raschen Blick des Einverständnisses, und er deutete mit leichtem Nicken an, daß er akzeptieren würde, wenn man ihm den Kommodore-Posten anbot.

Er mußte jedoch eine ganze Weile warten. Es wurde immer heißer und drückender, die Fliegen wurden immer lästiger, und er konnte nicht umhin, Bruchstücke einer Auseinandersetzung mitzubekommen, die hinter der Tür im Gange zu sein schien. Er hörte Kapitän Lashleys gereizten Protest und ein paarmal auch Clives zornige Erwiderung.

So hatte er beinahe eine Stunde gewartet, da flog die Tür auf, und Lashley kam mit großen Schritten auf seinen Rivalen zu, als wolle er sich auf ihn stürzen. Doch er nahm sich zusammen und blieb dicht vor Kelso stehen.

»Hol Sie der Teufel, Kelso, man hat mich abgelehnt – abgelehnt, jawohl, nur weil Sie so gut Freund mit Clive sind!«

»Nicht wegen irgendwelcher Unzulänglichkeiten Ihrerseits?« fragte Kelso gelassen.

»Natürlich nicht, verdammt noch mal! Was heißt denn das überhaupt? Ausschlaggebend müßten Dienstalter und Herkunft sein, sollte ich meinen!«

»Ich habe mehr Fahrenszeit als Sie«, warf Kelso ein.

»Was hat das schon zu bedeuten?« Der arme Lashley war außer sich vor Wut. »Nein, das hat Ihnen nur Clive besorgt, Ihr sauberer Freund!«

Kelso lag nichts daran, sich mit Lashley duellieren zu müssen, denn er hatte einiges Verständnis für seine schwere Enttäuschung; doch er hielt es für fair, ihn wenigstens zu warnen: »Eben weil Clive mein Freund ist, rate ich Ihnen, Ihre Zunge zu hüten. Ich möchte weder von Ihnen noch von sonst jemandem Anwürfe gegen ihn hören.«

Kapitän Lashley wurde knallrot und blies sich auf; doch offenbar fehlte ihm der Mut zu einer Herausforderung. Wütend stieß er hervor: »Aber eins sage ich Ihnen, Kelso: Ich fahren nicht unter Ihrem Kommando – nicht auf der *Protector.*«

»Was heißt das?« fragte Kelso scharf, und eine schleichende kalte Angst drang ihm ins Gebein.

»Ich habe um Versetzung ersucht, und die ist mir bewilligt worden.« Er lachte boshaft beim Anblick von Kelsos entsetzter Miene. »Ich habe das Kommando über Ihre geliebte *Paragon* bekommen.«

6

Am Hochseekai von Kalkutta machten drei Kriegsschiffe der Company-Marine seeklar. Zur Rechten lag die Korvette *Pindarus*, in der Mitte das Flaggschiff *Protector* und zur Linken die Fregatte *Paragon*. In der klaren kühlen Morgendämmerung stand die Sonne nur wie ein fernes goldenes Versprechen am östlichen Himmel. Geschäftiges Treiben herrschte, besonders am Ende des Kais, wo die *Paragon* noch Ladung einnahm. Noch ein Stück weiter hatten sich Menschen eingefunden: Familienangehörige, Frauen, Mädchen, Freunde der Besatzungen, die den auslaufenden Schiffen ein Lebewohl nachwinken wollten.

Keslo, schmuck und selbstbewußt in der neuen Kommodore-Uniform, war ungeduldig und nervös. Jede Viertelstunde schickte er seinen Steward zur *Paragon*, um festzustellen, wie weit sie mit dem Verladen war. Schließlich hielt er es nicht mehr aus. Er rief seinen Steward heran.

»Padstow, mein Kompliment an Kapitän Lashley, und ich lasse fragen, ob er eine Minute Zeit für mich erübrigen kann.«

Padstow, ein untersetzter Mann mit einem Brustkasten wie ein Faß, der schon auf der *Shropshire* mit Kelso gefahren war, grinste verständnisvoll, tippte grüßend an die Stirnlocke und eilte davon. Er wußte Bescheid – wie immer.

Ärgerlich wartete Kelso weitere zehn Minuten, bis Lashley endlich zu erscheinen geruhte. Lässig kam er den Kai entlanggeschlendert, blieb zwei Meter vor Kelso stehen und fragte betont beiläufig: »Sie wollten mich sprechen?«

Es war immer Kelsos Grundsatz gewesen, die Ruhe zu bewahren. Disziplin mußte sein, das galt für ihn selbst noch mehr als für seine Besatzung, und seinen Ärger offen zu zeigen, hielt er für Charakterschwäche.

Er richtete sich hoch auf, jeden Muskel seines langen, eckigen Körpers angespannt, und sagte scharf: »Es ist zehn Minuten her, sogar über zehn Minuten, seit ich Sie habe rufen lassen. In Zukunft werden Sie sofort erscheinen, wenn ich Sie rufen lasse – ganz egal, womit Sie gerade beschäftigt sind.«

Lashley, den Kelsos Zorn doch betroffen machte, wurde bleich und murmelte: »Wir sind mit dem Laden noch nicht fertig. Dachte, ich müßte mich drum kümmern.«

»Gewiß mußten Sie sich darum kümmern«, erwiderte Kelso, »aber nicht jetzt, nicht erst heute früh. Vor vier Tagen mußten Sie sich darum kümmern, als Sie Ihre Segelorder bekamen.«

Immer noch eingeschüchtert antwortete Lashley: »Kann nichts dafür. Habe es meinem Ersten Offizier überlassen ...«

»Mr. Fenton? Wenn Sie ihm einen korrekten Befehl gegeben hätten, wäre es schon längst erledigt.«

Jetzt wurde Lashley aufsässig. »Zweifeln Sie etwa an meinen Worten, Sir?« fragte er.

»Ich sage Ihnen nur, Sie sollen die Schuld nicht Ihrem Ersten Offizier zuschieben, wenn sie allein bei Ihnen liegt!«

Rebellisch schob Kapitän Lashley die Lippen vor, als wolle er zornig erwidern; doch offenbar überlegte er es sich anders. »Sie werden entschuldigen, Sir«, sagte er und wollte sich abwenden, »aber ich habe noch viel zu tun.«

»Ganz recht, und beeilen Sie sich lieber dabei. Klar und deutlich, Kapitän Lashley: In einer halben Stunde legen wir ab, ganz gleich, ob Sie Ihr Geschirr an Bord haben oder nicht.«

Kapitän Lashley fuhr herum und starrte seinen Kommodore wutsprühend an. Eine Minute lang sahen sie sich in die Augen, dann drehte sich Lashley hastig um und schritt eilends den Kai hinunter, ein unverhülltes Hohnlächeln auf den Lippen.

Während Kelso ihm nachblickte und darüber nachsann, welches Unheil ein übelwollender Kommandant auf seiner geliebten *Paragon* anrichten konnte, hörte er eine Kutsche anhalten und vernahm den Klang sich nähernder Schritte. Er wandte nicht den Kopf – doch da hörte er schon ihre Stimme: »Was gibt es denn hier?«

Mit mühsam vorgetäuschter Gelassenheit drehte er sich um. »Susan!« begrüßte er sie erfreut.

Sie lächelten einander zu, und ihre Augen trafen sich in einem langen Blick, doch ungetrübt von Furcht oder Verstohlenheit. Wer diesen Blick gesehen hätte, der hätte erkennen müssen, was er andeutete; aber der einzige Augenzeuge war Robert Clive, und dem kam es viel zu sehr darauf an, daß die Schiffe der Company pünktlich ablegten, als daß er sich um Nebensächlichkeiten gekümmert hätte.

»Aber Kelso«, sagte er vorwurfsvoll, »ich bin mit Lady Susan hier, um Ihnen rasch noch gute Fahrt zu wünschen; und dann sehe ich, daß Sie noch laden?«

Mit eiserner Miene erwiderte Kelso: »Tut mir leid, Sir, aber in einer halben Stunde legen wir ab.«

»Ja, aber – Sie sind doch noch nicht fertig, verdammt! Vier Tage haben Sie Zeit gehabt und sind immer noch nicht fertig!«

»Bitte um Entschuldigung.«

Lady Susan brach das unbehagliche Schweigen. »Vielleicht ist das nicht Kapitän – pardon, Kommodore – Kelsos Schuld.« Bei diesen Worten blickte sie zu den beiden wartenden Schiffen hin und verweilte bei der *Paragon*, dem Schiff ihres Gatten.

»Verzeihung, Ma'am«, erwiderte Kelso steif, »aber für

mein Geschwader trage ich die Verantwortung. Wie gesagt, in einer halben Stunde legen wir ab.«

»Hauptsache, Sie verpassen die Tide nicht«, grollte Clive.

Wieder gab es eine verlegene Pause, dann meinte Lady Susan: »Da noch Zeit ist, werde ich meinem Mann adieu sagen.« Sie warf einen vagen Blick über die See und schloß: »Gestern abend hat er sich mit seinen Freunden amüsiert.«

Sie schritt zur *Paragon*, und Clive sagte leise: »Arme Susan – warum hat sie bloß diesen widerlichen Kerl geheiratet!« Dann kam er wieder auf für ihn Wichtigeres zu sprechen: »Gut, daß ich noch Gelegenheit habe, mit Ihnen zu reden, Kelso. Sie wissen, wie es in diesen letzten Tagen hier zuging.«

»Ja, ich weiß.«

»Leider ist der Rat gegen mich«, gestand Clive. »Einige Ratsmitglieder meinen, ich ginge ein unnötiges Risiko ein.«

»Wenn man nichts riskiert, gewinnt man auch nicht viel«, bemerkte Kelso dazu.

»Genau! Das sage ich dem Rat ja ständig. Wissen Sie noch, bei Plassey? Was es damals für ein Hazardspiel war, über den Fluß zu setzen? Wenn es schlimm gekommen wäre, hätten wir keine Rückzugsmöglichkeit gehabt.«

»Es ist aber gutgegangen«, erinnerte ihn Kelso. »Und auch jetzt wird es gutgehen, wenn Sie an Ihrem gesunden Urteil festhalten.«

Clive blickte ihn nachdenklich an und nickte dann. »Sie haben natürlich recht. Ich weiß, daß Sie recht haben; nur manchmal, wenn die anderen Ratsmitglieder mich in Grund und Boden reden, dann – nun ja, dann werde ich eben an ihre Worte denken.«

»Sie sollten über diese Dinge öfter mit Margaret sprechen.«

Clive drückte Kelsos Arm. »Da haben Sie wiederum recht. Aber Margaret hat die Kinder, die Verantwortung für das Haus. Ich mag sie nicht noch mehr belasten...«

»Margaret liebt Sie«, entgegnete Kelso schlicht.

Wieder drückte Clive seinen Arm. Dann zwang er sich, von anderem zu sprechen. »Wissen Sie, Kelso, wenn Sie ausgelaufen sind, spiele ich vielleicht um einen höheren Einsatz als damals beim Übergang über den Cassembuzir.«

»Wie meinen Sie das?«

»Sie kennen die Lage. Unsere ganze Position in Indien ist wackelig. Hier in Bengalen bedrohen uns die Holländer und die Mahratten, ganz zu schweigen von unserem angeblichen Verbündeten Mir Jaffar. Und täuschen Sie sich nicht – Bengalen ist unser wertvollster Besitz. Madras und Bombay sind auf ihre Art ebenfalls wichtig, aber Kalkutta und die Schätze Bengalens müssen wir unbedingt verteidigen.«

»Also kann der Rat nicht verstehen, warum Sie Ihre Streikräfte wegschicken?«

»Genau. Sie begreifen nicht, daß ich gerade dadurch, daß ich Sie wegschicke, mein Bestes zur Verteidigung Bengalens tue. Sie wissen, was die Franzosen erreicht haben. Ihre Truppen haben bereits Fort St. David und Dovicotah genommen. Als nächstes ist Madras dran.«

»Nicht, wenn ich rechtzeitig dort bin.«

»Sie müssen einfach rechtzeitig eintreffen«, sagte Clive mit einem unwillkürlichen Blick auf die *Paragon*, wo die eingeborenen Träger immer noch dabei waren, die letzten Säcke und Fässer an Bord zu schaffen. »Wenn Lally für die Franzosen Madras einnimmt, dann kann er nur nach einer Richtung weiter vorgehen – nach Norden.«

»Nach Bengalen«, nickte Kelso. »Nun, wir müssen ihn eben aufhalten.«

»Das müssen wir«, bestätigte Clive. »Alles hängt von Ihnen ab.«

»Und von Forde«, erinnerte Kelso. Denn Clive hatte, was die Bestürzung des Rates von Kalkutta noch verstärkte, ein Detachement unter Colonel Forde südwärts in den Nord-Circar* entsandt. Dort, etwa auf halbem Weg zwischen Kalkutta und Madras, konnte er die französischen Truppen unter Lally aufhalten und blieb dabei immer noch in einer Position, aus der er sich nötigenfalls rasch nach Kalkutta zurückziehen konnte. Es war ein Risiko, wie Clive zugeben mußte, aber ein kalkuliertes Risiko.

»Forde wird eine große Hilfe sein«, sagte Clive. »Ich hätte ihn nicht losgeschickt, wenn ich das nicht glaubte. Aber Madras retten kann nur einer, und das sind Sie, Kelso.«

»Wir werden unser Bestes tun«, erwiderte Kelso und fuhr nach kurzem Zögern fort: »Aber etwas macht mir Sorgen.«

Clive schaute ihn scharf an. »Sie meinen Lashley?«

Die Frage überraschte Kelso. »Lieber Himmel, nein. Mit Lashley werde ich schon fertig.«

»Und doch sind Sie beunruhigt?«

Kelso überlegte sekundenlang, wie er darauf eine ehrliche Antwort geben könnte; doch Clive, der wie immer Bescheid wußte, fiel ein: »Weil er auf Ihrer *Paragon* Schaden anrichten könnte?«

* Circar (Sarkar) bedeutete im damaligen Mogul-Reich den Teil einer Provinz (Subah). Der Nord-Circar entspricht dem heutigen Srikakulam-Distrikt, südlich des Nellore-Distrikts, damals wie heute eine strategisch und ökonomisch wichtige Landschaft.

Kelso schaute den Kai hinunter zur *Paragon*, wo die indischen Träger soeben die letzte Ladung an Bord schafften. Auf dem Hauptdeck neben dem Niedergang stand Lashley im Gespräch mit seiner Frau. »Meine Sorge ist, ob wir rechtzeitig nach Madras kommen«, sagte er, »und ob sich Pigot halten kann, bis wir da sind.«

»Er wird sich halten«, erwiderte Clive. »Unsere Freunde in Madras werden nicht noch einmal die Demütigung erleiden wollen, daß die Franzmänner durch ihre Stadt marschieren.«

»Gewiß.« Kelso nickte befriedigt. »Also, bei gutem Wind werden wir es schon rechtzeitig schaffen.«

Plötzlich veränderte sich die Hafenszene; Antreiben und Schimpfen hatten aufgehört, alles war voller gespannter Erwartung. Die barfüßigen Träger schleppten keine Lasten mehr die Gangplanken der *Paragon* hinauf. Ein Läufer eilte zu Kelso und meldete, daß Kapitän Lashley segelfertig sei. Lady Susan trat zu Clive und Kelso.

»Dann gehe ich also an Bord, Sir«, sagte Kelso und fügte lächelnd hinzu. »Ich verspreche Ihnen, daß wir Madras retten werden.«

»Ich weiß.« Clive faßte Kelsos Hand, und wie immer in Momenten tiefer Bewegung traten ihm Tränen in die Augen. »Gott mit Ihnen, Kelso, und bitte – kommen Sie schnell zurück, wenn Sie es geschafft haben!«

»Gewiß.«

Clive zögerte, blickte Lady Susan an, die inzwischen näher gekommen war, und ging dann taktvoll, wie er manchmal sein konnte, zu seiner Kutsche.

Kelso blickte Susan entgegen. Wie schön sie ist, dachte er, als sie, vorsichtig die Netze, Tampen und Poller auf dem Kai vermeidend, im Morgenlicht herankam. Ihre Haltung, ihr Kleid, ihr ernstes, aber klassisch geschnittenes Gesicht schienen ihm vollendet. Er trat hinter einen

Stapel Netze, so daß sie, als sie bei ihm war, nicht mehr gesehen werden konnten, weder von den Leuten auf dem Kai noch von Clive, dessen Kutsche ein Stück weiter auf der Chaussee hielt.

»Susan!« Er wollte seine Gefühle verbergen und sprach deshalb nur dieses eine knappe Wort. Doch als sie ihm die Hand entgegenstreckte, konnte er nicht anders: Er faßte sie mit beiden Händen, tief blickten sie einander in die Augen, und im Bruchteil einer Sekunde lagen sie einander in den Armen. Lange und innig küßten sie sich. Als sich endlich ihre Lippen trennten, flüsterte sie: »Roger, mein lieber Roger. Paß gut auf dich auf – und komm zurück zu mir!«

7

Unter vollem Tuch arbeitete sich die *Protector* nach Süden. An Steuerbord lag die leichte *Pindarus* auf Parallelkurs von Woge zu Woge hüpfend wie ein Holzscheit im Mühlenwehr; manchmal verschwand sie in einem Wellental und kam im nächsten Moment wieder zum Vorschein, mit triefendem Klüverbaum und himmelwärts weisendem Bug. Kelso, der genau wußte, was es bedeutete, ein so kleines Fahrzeug zu segeln, war voller Anerkennung für Minter, der sie so gut in der Hand hatte.

Mit dem, was er an Backbord sah, war er weniger zufrieden. Während des ganzen Vormittags hatte sich die *Paragon* schwergetan, und Kelso hatte mehrmals die Segel kürzen müssen, damit sie wieder aufschließen konnte.

»Signal an *Paragon*«, befahl er. »›Halten Sie Station!‹«

Die Freude an seinem neuen Rang verging ihm, wenn er an sein altes Schiff dachte. Er sagte sich, daß es unfair wäre, Lashley nach seinem eigenen Standard zu beurteilen. Lashley war neu auf der *Paragon* und kannte ihre Eigenheiten noch nicht; er mußte erst selbst herausfinden, daß sie viel schneller auf Ruder und Brassen reagierte als die *Protector.* Aber wie würde sich Lashley im Gefecht anstellen?

Kelso drehte sich zu seinem neuen Kapitän um. »Wollen Sie bitte Segel kürzen, Mr. St. John.«

»Aye, aye, Sir.«

»Und hissen Sie Signal an die *Pindarus*.«

Während sie darauf warteten, daß die *Paragon* wieder zu ihnen aufschloß, überdachte Kelso die Lage. Wenn sich der Wind hielt, womit in dieser Jahreszeit zu rechnen war, konnten sie in drei Tagen vor der Koromandelküste sein. Ob Lallys Flotte sie auf hoher See erwartete oder sich an dem Angriff auf Madras beteiligte, war eine offene Frage. Ohne ihre beiden Korvetten waren die drei Linienschiffe jedenfalls wie eine Armee ohne Spähtrupp. Konnte Lally es sich leisten, seine gesamte Seemacht so dicht vor einer gefährlichen Küste zu konzentrieren, an der britische Schiffe jederzeit und überraschend auftauchen konnten? Andererseits – vielleicht glaubte Lally gar nicht an das Vorhandensein britischer Schiffe, sondern meinte, daß sich die Engländer, weil sie seine weit überlegenen Kräfte kannten, von diesen Gewässern fernhalten würden.

Da die *Paragon* ihren Platz endlich wieder eingenommen hatte, befahl Kelso wieder volles Tuch. Wie im Sprung warf sich die *Protector* in die Seen, und die drei Kriegsschiffe der Company segelten weiter auf Südkurs.

Den ganzen Tag machten sie gute Fahrt, und St. John, der eine Menge über Kelsos Verwegenheit gehört hatte, war durchaus nicht überrascht, gegen Abend, als die

Dämmerung ihre roten, blauen und purpurnen Schleier über den Himmel warf, die Order zu bekommen, nur Großsegel und Besansegel zu bergen. Es war gebräuchlich, nachts nur unter Stagsegeln und Bramsegeln weiterzufahren, um eine Kollision oder das Auflaufen auf eine unkartographierte Sandbank zu vermeiden.

»Großsegel und Besansegel bergen«, wiederholte St. John, und eine gewisse Bewunderung klang in seiner Stimme mit. Es gab nicht viele Komandanten, die das riskiert hätten.

»Signal an Geschwader: ›Ausguck Masttopp ganze Nacht, desgleichen Backbord und Steuerbord!‹«

»Aye, aye, Sir.«

Trotz des Risikos verstrich die Nacht ohne Zwischenfälle; doch als die Sonne aufging, segelten nur zwei Schiffe beieinander über die blaue See. Die *Paragon* war nicht in Sicht.

Kelso, der den größten Teil der Nacht auf dem Achterdeck zugebracht hatte und erst beim Wachwechsel in seine Kajüte gegangen war, fuhr aus dem Schlaf, denn der Mitshipman rüttelte ihn an der Schulter: »Kommodore! Kommodore Kelso! Sir!«

Er war sofort wach und setzte sich in der Koje auf. »Ja? Was ist?«

»Kompliment vom Kapitän, und ich soll melden, daß die *Paragon* nicht in Sicht ist.«

Kelsos Lippen schlossen sich zu einer schmalen harten Linie, die den Fluch zurückdrängte, den auszustoßen er schon im Begriff war. Statt dessen fuhr er aus der Koje, und Padstow, der wie durch Zauber immer da war, wenn er gebraucht wurde, hielt ihm die Schuhe hin. Er zog sich an.

An Deck sah er sofort, daß die Meldung stimmte: Die *Paragon* war nicht in Sicht. Der Wind hatte während der

Nacht abgeflaut, doch das Wetter war noch klar, und er konnte durchaus damit rechnen, während des Tages gute Fahrt zu machen. Aber nicht ohne die *Paragon*. »Großmarssegel back!« befahl er. Die *Pindarus*, aufmerksam wie immer, tat schon desgleichen, ehe sie das Signal überhaupt richtig empfangen hatte.

Wo, um Himmels willen, war die *Paragon*?

»Masttopp!« rief er. »Ist was von ihr zu sehen?«

»Nein, Sir«, klang es dünn, aber klar herunter. »Nichts bis zur Kimm.«

Daran konnte es natürlich liegen. Bei dem noch durch die weichende Nacht verengten Horizont betrug die Sicht vom Masttopp höchstens zehn Meilen. Stand die Sonne erst höher, konnte ein scharfäugiger junger Mann mit einem guten Glas doppelt so weit sehen.

»Halten Sie die Augen offen«, rief Kelso zum Masttopp hinauf. »Sofort Meldung, wenn etwas in Sicht ist!«

»Aye, aye, Sir.«

Was nun? Reglos blieb er stehen, unterdrückte seine Nervosität, und als Kapitän St. John in Erwartung einer Order zu ihm trat, sagte er: »Lassen Sie die Freiwache abtreten. Die Morgenwache frühstückt an Deck.«

»Aye, aye, Sir.« St. John gab den Befehl weiter, kam dann wieder zurück und fragte: »Was denken Sie, was mit der *Paragon* ist, Sir?«

Kelso unterdrückte die ärgerliche Entgegnung, die er schon auf den Lippen hatte, und sagte nur: »Das weiß ich genausowenig wie Sie, Mr. St. John.«

»Sie hat aber gestern abend unser Signal bestätigt, Sir«, wandte St. John ein.

Kelso nickte stumm und wandte sich zur Achterdeckreling. Dort bezog er Stellung und starrte mißmutig über das Wasser.

Kapitän St. John zögerte etwas, als wäre er lieber noch

geblieben und hätte mit seinem Kommodore Vermutungen ausgetauscht; doch wie die Dinge lagen, wußten sie beide (oder glaubten es wenigstens zu wissen), was passiert war: Lashley hatte das Risiko nicht eingehen wollen, mit zehn Knoten oder mehr Geschwindigkeit in völliger Dunkelheit zwischen zwei Schiffen zu segeln. Entgegen der Order des Kommodores hatte er mehr Segel gekürzt.

Wenn er sich das geleistet hat, dachte Kelso, dann breche ich ihm den Hals, sowie wir wieder in Kalkutta sind. Aber er hatte noch nicht zu Ende gedacht, da fiel ihm ein, was das bedeutete: Kriegsgericht unter Anklage der Befehlsverweigerung, ein tödlicher Tatbestand. Und Susan – was für Demütigungen mußte sie dann wegen ihres unfähigen Gatten erleiden!

»Ausguck!« schrie er. »Schon was in Sicht?«

Der Midshipman, der zur Unterstützung mit in den Masttopp aufgeentert war, rief mit schriller Knabenstimme: »Ich bin nicht ganz sicher, Sir – irgend etwas steht an Backbord achteraus, könnte ein Segel sein.«

Kelso blickte zum Mast, während die Deckwache über die Schanz spähte, als könnte sie sehen, was denen da oben noch verborgen war.

»Ein Segel, Sir«, rief der Midshipman endlich. »Ein Segel, Rumpf noch unter der Kimm. Ich glaube, es ist die *Paragon.*«

Wütend ballte Kelso die Fäuste. Rumpf unter der Kimm, das bedeutete wahrscheinlich zwanzig Seemeilen Distanz – zwei Segelstunden, schätzungsweise.

Dann faßte er einen Entschluß und rief den Ersten Offizier: »Mr. Hillary!«

»Sir?«

»Bitte nehmen Sie wieder Fahrt auf.«

Hillary war ein junger Offizier, der nach dem Tod des Kommodores aufgerückt war. Zu Kelsos Ärger zeigte er seine Überraschung über diesen Befehl und wollte sogar einen Einwand machen. Doch unter dem Blick des Kommodores wurde er blaß. »Aye, aye, Sir«, bestätigte er hastig.

»Und signalisieren Sie der *Pindarus* entsprechend.«

Als er sich endlich entschlossen hatte, bedauerte Kelso seine Entscheidung auch nicht; im Grunde war er sogar erleichtert. Die *Paragon* sich selbst zu überlassen bedeutete, daß er das französische Geschwader allein angehen mußte, oder doch praktisch allein, denn die *Pindarus* konnte trotz der ausgezeichneten Seemannschaft ihres Kommandanten die Franzosen allenfalls ein bißchen ärgern. Es bedeutete, daß er ganz allein auf sich selbst, sein Schiff und seine Besatzung gestellt war, wie in all den Jahren auf der *Paragon*. Theoretisch war der Ausfall der *Paragon* – auch wenn immer noch die Möglichkeit bestand, daß sie innerhalb der nächsten zwei Tage wieder aufkreuzte – eine ernste Sache, aber unter einem so fragwürdigen Kommandanten konnte sich selbst ein so erstklassiges Schiff wie die *Paragon* ebensogut als Risikofaktor wie als Hilfe erweisen.

Immer weiter pflügte die *Protector* durch die See. Kelso blickte zurück, sah aber nur die weite Wasserfläche, einen Spiegel von fast unglaublicher Bläue mit ein paar weißen Flecken. An Steuerbord stampfte die *Pindarus* mit monotoner Regelmäßigkeit.

Während des ganzen Tages – nachdem der Ausguck kurz nach Sonnenaufgang gemeldet hatte, daß sie außer Sicht geraten war – blieb die *Paragon* verschwunden. Da Kelso innerhalb der nächsten achtundvierzig Stunden mit Kampfhandlungen rechnen mußte und die Fregatte wahrscheinlich noch weiter zurückfallen würde, ließ er sie bei seinen Planungen unberücksichtigt. Doch nicht in seinen Gedanken. Die Sorge, die er um sein altes Schiff empfand, und der Ärger über ihren Kapitän irritierten ihn so hartnäckig, daß er fürchtete, seine Urteilsfähigkeit könne dadurch beeinträchtigt werden. Er war daher heilfroh, als vom Masttopp der Ruf ertönte: »Segel an Steuerbord voraus!«

Gespannt, mit schneller schlagendem Puls, wartete er auf die nächste Meldung.

»Einmaster, Sir – Rumpf über Kimm, sieht wie 'ne Korvette aus.«

»Erkennen Sie sie?«

»Noch nicht, Sir, aber nach dem Bau ...« Der Ausguck zögerte. »Wird wohl ein Company-Schiff sein – hier gebaut, würde ich sagen.«

Wahrscheinlich die *Diana*, dachte Kelso. Sie war die einzige Company-Korvette, die sich in diesen Gewässern befinden konnte. Andererseits konnte es aber auch ein französisches Schiff sein oder die *Diana* in französischen Händen. Nun, man würde es ja in ein paar Minuten daran merken, wie sie sich verhielt. War sie ein französisches Schiff oder in französischen Händen, würde sie einfach abdrehen und vor dem Wind zu ihren großen Schwestern eilen, die hinter der Kimm warteten. War sie britisch, würde sie auf Kurs bleiben.

»Sie ändert Kurs, Sir«, rief der Ausguck. »Fünf, sechs Strich nach Steuerbord.«

»Alle Mann auf Stationen«, sagte Kelso zu St. John, und ein paar Sekunden nach dem schrillen Pfiff des Bootsmanns kam die Freiwache an Deck gerannt.

»Vielleicht kreuzt sie nur, Sir?« meinte St. John.

»Möglich«, erwiderte Kelso kurz.

Fenton von der *Paragon* hatte nie so viel geredet.

Aber St. John ließ nicht locker. »Bestimmt hat sie nur einen Kreuzschlag gemacht, Sir. Insgesamt hält sie ihren Kurs.«

Kelso beschattete die Augen mit der Hand und rief nach oben: »Ausguck! Können Sie was erkennen?«

»Ist wirklich ein Company-Schiff, Sir. Sieht aus wie die *Diana.*«

»Ruder zwei Strich Steuerbord«, befahl Kelso.

Nun segelten der mächtige Zweidecker und sein Begleitschiff auf ihrem neuen Kurs der leichten Korvette entgegen. Danach, wie die *Diana* durch den Wind ging, ein Schlag nach Steuerbord, dann einer nach Backbord, war anzunehmen, daß sie freundliche Absichten hatte; doch Kelso wollte kein Risiko eingehen.

»Mr. Foulkes«, rief er den Batterieoffizier an, »rennen Sie bitte die Unterdeck-Geschütze aus!« Und zu St. John: »Setzen Sie einen Kurs ab, auf dem wir sie in Rufweite passieren.«

»Aye, aye, Sir«, bestätigte St. John. »Ruder zwei Strich Steuerbord; Mr. Ormerod – lassen Sie die Brassen bemannen!«

Die beiden Schiffe näherten sich jetzt auf konvergierendem Kurs, und die *Pindarus* legte sich, ohne erst Signal abzuwarten, vor den Bug der *Diana.* Unter verkürzten Segeln verlor die *Protector* an Fahrt; dann kam der Befehl, das Großsegel backzubrassen. Sie drehte bei und lag dümpelnd eine knappe Kabellänge vor der Korvette. Über die geringe Distanz konnte Kelso den Namen *Diana* erkennen und sah den Kapitän an der Achterdecksreling stehen.

»*Protector* ahoi!« rief dieser durch die hohlen Hände, »hier *Diana*, Kapitän Belton. Ist dort Kommodore James, Sir?«

»Kelso hier«, kam die Antwort. »Kommodore James ist tot.«

Nach eine Pause rief Kapitän Belton: »Ich würde gern an Bord kommen, wenn Sie gestatten, Sir.«

Während das Boot des Kapitäns abgefiert wurde, schickte Kelso einen Midshipman in den Mast, damit er weiter nach der *Paragon* Ausschau hielt; doch er wußte im voraus, daß es hoffnungslos war, und wunderte sich nicht, als der Ruf »Nichts in Sicht, Sir«, von oben kam.

Kapitän Beltons Boot tanzte über die kabbelige See heran. Er war ein ziemlich wohlbeleibter Herr mittleren Alters. Um seine Würde bemüht, den Zweispitz mit der einen Hand festhaltend, die andere ums Dollbord gekrampft, stand er im Boot. Er war sichtlich erleichtert, als seine Gig längsseits lag und er den schwierigen Sprung aus dem schwankenden Boot auf das relativ sichere Fallreep geschafft hatte.

Schon mancher Kommandant war zum heimlichen Entzücken der Besatzung im falschen Moment abgesprungen und mit nassen Hosen an Bord gekommen.

Umständlich kletterte er durch die Fallreepspforte, grüßte zum Achterdeck und ergriff Kelsos Hand. »Kommodore Kelso! Darf ich Ihnen Glück wünschen zu Ihrer Beförderung, Sir? Wie Sie sich vorstellen können, war die gute Nachricht noch nicht nach Madras gelangt.«

»So gut nun wieder nicht«, erwiderte Kelso abwehrend, »wenn man bedenkt, wie es dazu gekommen ist.«

»Durch Kommodore James' Tod? Nein, Sir, das ist in der Tat ein beklagenswerter Verlust.«

»Er war – unersetzlich.« Sorgfältig hatte Kelso dieses Wort gewählt, das seine Gefühle treffend ausdrückte. »Es geschah bei einem Gefecht mit den Franzosen – mit Lallys Geschwader«, fuhr er fort. »Dabei ist der Kommodore gefallen.«

Seufzend schüttelte Kapitän Belton den Kopf. »Ein schwerer Verlust, Sir. Der einzige Trost ist, daß sich Kommodore James selbst ein solches Ende gewünscht hätte.«

»Ja, das stimmt.« Überrascht sah Kelso den kleinen Herrn an. So hatte er die Sache noch nie betrachtet. Auch er selbst würde, wenn seine Stunde kam, dort sterben wollen, wo er jetzt stand – auf dem Achterdeck seines Schiffes.

Fast zu spät fiel ihm ein, daß es höflich zu sein galt. »Trinken Sie in meiner Kajüte ein Glas Wein mit mir, Kapitän?« Die Frage klang nicht so einladend, wie sie hätte klingen sollen, denn er hatte wenig Zeit für den Austausch von Verbindlichkeiten; einen Moment wußte der arme Belton nicht, was er tun sollte – er verstand den Unterton durchaus, war aber zu befangen, um die Einladung eines Kommodores abzulehnen. Kelso brachte ein Lächeln zustande. »Bitte, Kapitän – es würde mich sehr freuen.«

Als sie in der Kajüte saßen und Padstow eine Karaffe Sherry nebst Gläsern gebracht hatte, fragte Kapitän Belton: »Können Sie mir Näheres über das Gefecht sagen, Sir, in dem Kommodore James fiel, oder ist das geheim?«

»Dieses Schiff hier, die *Protector*, wurde von Lallys Geschwader abgefangen.«

»Wie stark war das Geschwader, wenn ich fragen darf, Sir?«

»Drei Linienschiffe, zwei Korvetten.«

»Und wie ist es ausgegangen?«

»Die Korvetten wurden versenkt, und eins der Linienschiffe, das größte, wurde schwer beschädigt.«

»Das war die *Nantes*«, erwiderte Kapitän Belton aufgeregt. »Sie liegt noch jetzt unweit von Fort St. David auf Strand.«

»So?« Kelso konnte seine Freude nicht verbergen. »Ja, die *Protector* ist ihnen nichts schuldig geblieben.«

»Im Gegenteil, würde ich sagen, Sir, denn *sie* ist ja noch seetüchtig.«

»Und die anderen beiden Schiffe?« fragte Kelso.

Belton nickte bekümmert. »Leider ja. Zur Zeit beschießen sie unsere Verteidigungsanlagen in Madras.«

»Madras kämpft also noch?«

»Jawohl, Sir – zumindest noch gestern. Gouverneur Pigot hat mich mit Depeschen nach Kalkutta geschickt; er bittet um Unterstützung.«

»Am besten wenden Sie und segeln mit uns«, erwiderte Kelso. »Denn andere Unterstützung als uns wird Pigot nicht bekommen.«

»Das würde ich gern tun«, sagte Kapitän Belton verlegen, »doch ich habe meine Order. Und außerdem habe ich Frauen und Kinder aus Madras an Bord.«

»Dann müssen Sie Ihre Order befolgen.« Kelso trank sein Glas aus. »Was können Sie mir über die Lage in Madras berichten?«

Kapitän Belton, Ellbogen und Unterarm auf der Tischplatte, beugte sich vor. »Fort St. David und Dovicotah sind gefallen. Das wissen Sie vermutlich schon.«

»Wir haben davon gehört.«

»Und jetzt belagern Lallys Truppen, verstärkt durch tausend Sepoys, Madras zu Lande.«

»Während die zwei Linienschiffe die Stadt von See her beschießen?«

»So ist die Lage, Sir.«

Kelso überlegte kurz. »Gibt es noch andere französische Schiffe – Korvetten oder Schaluppen?«

»Keine, Sir, nur die beiden Linienschiffe.«

»Und wo liegen die? Wie dicht vor der Küste?«

»So nahe, Sir, daß sie einerseits unsere Verteidigungsanlagen gefährden, aber andererseits auch sehr vorsichtig sein müssen.«

»Vor einer Leeküste«, nickte Kelso, »mit lauter unkartographierten Sandbänken. Ein großes Risiko.«

»Sie gehen dieses Risiko wahrscheinlich nur ein, weil sie keinen Gegenangriff zu fürchten haben – wenigstens nicht von See.«

»Kann ich mir vorstellen«, erwiderte Kelso befriedigt.

8

Das Gelingen oder Fehlschlagen seines Planes hing von der Navigation ab. Nach fünf Tagen auf See mußte er im Dunkeln einen bestimmten Punkt der Koromandelküste in Schußweite von Madras erreichen. Zwar war dieser Plan mit erheblichen Risiken verbunden; diese schienen ihm jedoch wesentlich geringer, als wenn er bei Tageslicht ankäme. Obwohl seine Männer die weitaus besseren Seeleute und Kämpfer waren (wovon er fest überzeugt war), so waren die *Protector* mit ihren vierundvierzig Kanonen und die kleine *Pindarus* schon an Feuerkraft und Kaliber mit den beiden Linienschiffen gar nicht zu vergleichen. Unter normalen Gefechtsbedingungen hätten die beiden Company-Schiffe keine Chance gehabt. Jedoch war Kelso wie alle englischen Kommandanten in Indien Aktionen gewöhnt, die ans Unmögliche grenzten; dazu kam noch sein ungeheures Vertrauen in die Kampftüchtigkeit seiner Männer. Hätte er keine andere Möglichkeit gehabt, als die französischen Schiffe bei Tageslicht anzugreifen, so hätte er auch das ohne Zögern getan. Doch falls sein Plan klappte, konnte er im Gefecht wenn nicht die gleiche, so doch eine annehmbare Chance erzielen. Das eigentliche Problem war ganz offensichtlich die Navigation.

Auch hier hatte er Vertrauen. Ein Komandant der Bombay-Marine, der die dreitausend Meilen lange

Küstenlinie vom Indus bis zum Ganges abzupatrouillieren hatte, mußte notwendigerweise ein tüchtiger Navigator sein.

Andererseits aber war zu bedenken, was für eine Küste sie anlaufen wollten. Madras war kein natürlicher Hafen. Kein größeres Schiff konnte sich ungefährdet näher als eine Meile an die Küste heranwagen. Güter und Passagiere mußten mit flachen Barken, welche die tückischen Sandbänke überqueren konnten, an Land gebracht werden. Diese Küste bei Dunkelheit und nach fünftägiger Reise anzusteuern, war ein Unternehmen an der Grenze des Irrsinns.

Und doch lag Kelsos wirkliches Problem eigentlich anderswo. Er traute sich ohne weiteres zu, sein Schiff zur rechten Zeit an den rechten Ort zu bringen. Es ging auch nicht um die Gefahren einer Leeküste. Aber er kannte die *Protector* noch nicht richtig. Nach sechs Jahren Seefahrt und zwei Dutzend Aktionen hätte er sein altes Schiff, die *Paragon*, durch die schmalste Meerenge und über die gefährlichsten Sandbänke geführt, weil er ganz genau wußte, wie sie sich verhalten würde. Doch mit der *Protector* war das anders. Sie war größer und schwerer, und man konnte selbst mit der bestausgebildeten Mannschaft nicht erreichen, daß sie so wendig reagierte wie eine Fregatte.

»Haben Sie das gehört, Sir?« St. Johns ängstliche und gepreßte Stimme verriet, daß er sich der Gefahr ebenfalls bewußt war. Kelso horchte angestrengt, konnte aber weiter nichts hören als das Knarren der Planken, das Jaulen des Windes im Rigg und das Zischen der Bugwelle. »Nein, ich höre nichts.«

Wieder horchte St. John. »Vorhin dachte ich ... Es klang wie Brandung an einer Sandbank. Soll ich einen Lotgasten in die Rüsten schicken?«

»Noch nicht«, erwiderte Kelso vertrauensvoll. »Wir sind noch drei, vier Meilen vor der Küste.«

»Jawohl, Sir.«

Kelso war es nicht gewohnt, seine Befehle zu erläutern, aber er verstand St. Johns Bedenken und ließ sich zu einer Erklärung herbei: »Wenn er jetzt schon zu loten anfängt, paßt er nicht mehr so gut auf, wenn es wirklich kritisch wird, in einer halben Stunde oder so.«

Es war eine dunkle, mondlose Nacht, geeignet zum Verstecken, aber weniger gut für das Herantasten an eine gefährliche Küste. Die *Pindarus* lag voraus und war im Sternenlicht nur knapp sichtbar. Als Kelso sah, wie ihr Hecklicht stieg und fiel, war er sich klar darüber, daß er wieder einmal Glück gehabt hatte. In Kalkutta hatte er sich noch überlegt, ob er die Schaluppe nicht lieber dort lassen sollte, denn ihre paar Geschütze halfen bei dem bevorstehenden Gefecht ja doch nichts. Eine Breitseite, und sie würde sinken. Doch jetzt war sie mit ihrem geringen Tiefgang von unschätzbarem Wert. Er hatte Kapitän Minter angewiesen, ein zweites Hecklicht zu setzen, sobald er auf sieben Faden* Tiefe war; und ein drittes, das Gefahrensignal, sollte folgen, wenn das Lot nur noch fünf Faden anzeigte.

»Kein zweites Licht zu sehen«, bemerkte St. John, gespannt vorausspähend.

»Nein, obwohl ich meinen möchte, Kapitän Minter weiß genausogut wie ich, daß wir immer noch drei bis vier Meilen vor der Küste sind. Wahrscheinlich läßt er noch gar nicht loten.«

»Gewiß, Sir«, erwiderte St. John ohne sonderliche Begeisterung.

* 1 Faden (Tiefenmaß) = 1,829 m.

Zehn Minuten später, nachdem St. John mehrmals darauf aufmerksam gemacht hatte, vernahm auch Kelso ein dumpfes Grollen. Erst dachte er, es müsse das Donnern von Brechern sein; doch dann horchte er genauer hin und begriff.

»Kanonen«, sagte er und bemühte sich, seine Erleichterung nicht zu sehr durchklingen zu lassen. »Die Kanonen von Madras.«

Sekunden später wurden seine Worte durch ferne Blitze bestätigt, welche die Schwärze der Nacht erhellten – Blitze von der See her, denen, wenn auch spärlicher, Blitze von Land her antworteten. Nach der Zeit zwischen Aufblitzen und Geschützdonner schätzte er die Entfernung auf drei Meilen.

Und dann zuckten ferne Flammen am Himmel wie ein Leuchtfeuer auf: Ein Haus oder eine Faktorei in Madras mußte getroffen worden sein und lichterloh brennen.

»Backbordruder!« befahl Kelso. »Kurs auf das Feuer!«

Je näher sie kamen, um so lauter wurde der von Pausen unterbrochene Geschützdonner, und der Brand, der anscheinend anfangs nur ein Haus ergriffen hatte, schien sich auszuweiten. Kelso wußte, was geschehen würde, wenn die zundertrockenen Elendshütten der schwarzen Stadt Feuer fingen. Eine vom Nordostmonsun angefachte Feuersbrunst konnte das herbeiführen, was die französischen Kanonen bisher nicht geschafft hatten: die Kapitulation.

Eine ganze Weile breiteten sich die Flammen aus, doch dann schien es, als würden sie weniger. Unter den Männern an Deck erhob sich ein Gemurmel der Anerkennung, als sie flackernd erstarben.

»Diese armen Teufel in Madras«, bemerkte St. John leise. »Aber wenigstens kämpfen sie noch.«

»Unter Gouverneur Pigot werden sie nicht kapitulieren«, erwiderte eine andere Stimme.

Kelso wußte nicht, wer das gesprochen hatte. Einer von den Midshipmen vielleicht.

Kelso dachte an das Versprechen, das er Clive gegeben hatte, und war froh, noch rechtzeitig einzutreffen. Doch wie St. John bemerkt hatte, mußte es in Madras, das von Land und See her angegriffen wurde, sehr schlimm für die Verteidiger stehen.

»Mr. St. John!« rief er.

»Sir?«

»Ich glaube, Sie sollten jetzt loten lassen.« Das war eine zusätzliche Sicherheitsmaßnahme, eine Kontrolle des Lotgasten auf der *Pindarus*. Wenn die *Protector* sich dem Flachwasser näherte, dann nicht ohne vorherige Warnung.

»Loten – aye, aye, Sir.« Deutlich war St. Johns Erleichterung herauszuhören.

»Und bergen Sie Bram- und Leesegel!«

»Aufentern zum Segelkürzen!« Der Bootsmann ließ die Pfeife schrillen, die Männer rannten auf ihre Plätze.

Kelso atmete tief ein und nahm festen Stand, breitbeinig, an einer Stelle des Achterdecks, wo er alles übersehen konnte: Linker Hand, in Lee, war das Ruderhaus mit dem Steuermann am Rad, daneben einige jüngere Offiziere und Midshipmen – Hillary, Jackson, dann einer, dessen Namen er vergessen hatte; die jungen Leute, Patton und Petherwick; vorn auf dem Batteriedeck Foulkes, der Artillerieoffizier, und Bootsmann Ormerod; am Bug in den Rüsten saß der Lotgast – aber den konnte er nicht sehen, weil es zu dunkel war.

»Kein Grund auf hundert Faden, Sir«, sang der Mann soeben aus. Klar und vertrauenerweckend kam seine Stimme durch die Nacht.

Ihm antwortete ein Chor der Erleichterung bei der Mannschaft, den aber St. John sofort mit ein paar kurzen scharfen Worten zum Schweigen brachte.

Also noch keine Gefahr – wenigstens vorläufig. Durch die Peilung auf Madras und genaue Messung der Zeit zwischen Aufblitzen und Kanonendonner wußte Kelso exakt, wo sie lagen – oder glaubte es wenigstens zu wissen. In ein paar Minuten mußten sie vor den östlichen Sandbänken sein. Eine gefährliche Untiefe von über einer Meile Länge verlief von Nordosten her auf Madras zu, dwars zum Kurs der *Protector.* Er hätte sie normalerweise umfahren, indem er erst auf Südkurs ging und dann von Südost einen Schlag zurückmachte. Aber das ging nicht, denn sein Plan erforderte unbedingt, daß er in Luv blieb. Es war auch sehr zweifelhaft, ob er die sichere, aber längere Route bis zur Morgendämmerung geschafft hätte.

»Großsegel und Breitfock bergen, Mr. St. John«, befahl Kelso.

»Aye, aye, Sir.«

Wenn sie in die vorausliegenden gefährlichen Gewässer kam, würde die *Protector* bei dem nach wie vor frischen Wind unter verminderter Segelfläche besser zu handhaben sein.

»Habe Grundberührung, Sir«, sang der Lotgast aus. »Zehn Faden genau.«

Der Meeresboden wurde rasch flacher, wie Kelso vorausgesehen hatte. Wenige Minuten später mußte es kritisch werden. Dann entschied sich, ob sein Plan, von dem nicht nur das Schicksal von Madras, sondern vielleicht die Zukunft ganz Indiens abhing, erfolgreich sein oder scheitern würde.

»Neun Faden!«

»Die *Pindarus* setzt das zweite Licht, Sir!« rief St. John erregt.

Also hatte die *Pindarus*, zwei Kabellängen voraus, nur noch sieben Faden Wasser unterm Kiel. Immerhin noch genügend Spielraum.

»Und siebeneinhalb!«

Mit eiserner Ruhe hörte Kelso die Meldung des Lotgasten und spähte nach dem verschwommenen Umriß der vorausfahrenden Schaluppe mit ihren zwei Hecklichtern. Und dabei spürte er den achterlichen Wind an der Wange – er fiel jetzt mehr von Steuerbord ein – und bekam Gefühl für das Schiff, das nur unter Marssegeln gleichmäßig durch die Wellen glitt.

»Sieben genau«, sang der Lotgast aus.

Ohne die *Pindarus* aus den Augen zu lassen, spürte Kelso, daß St. John ihn ängstlich beobachtete. Aber noch bestand kein unmittelbarer Grund zur Aufregung. So lange die Lotungen des flachen Schiffes ihren eigenen entsprachen, konnte die *Protector* vorerst unbesorgt auf Kurs bleiben.

Noch einmal meldete der Lotgast: »Sieben genau«; doch da rief St. John: »Das dritte Licht auf der *Pindarus*, Sir!«

»Sehe ich auch«, entgegnete Kelso. »Ruder hart Steuerbord!«

Als die *Protector* rundkam, rief der Lotgast bereits heiser: »Und viereinhalb!«

Eine gespannte Stille entstand, während jeder den Atem anzuhalten und auf das unvermeidliche Knirschen zu horchen schien.

»Sieben genau!«

Wie ein Seufzer lief es über das Schiff; dann war ein dumpfes Gemurmel zu hören, das zeigte, daß sich Mannschaften wie Offiziere der Gefahr bewußt waren, der sie eben entgangen waren.

»Neun Faden!«

»Wir sind in der Durchfahrt, Sir«, schrie St. John voller Bewunderung. »Wir sind in Sicherheit!«

Denn die einzige schiffbare Zufahrt war eine Rinne, die von Nordosten her durch die Untiefen in tieferes Wasser führte, etwa zwei Meilen vor der Küste von Madras. Jenseits des Kanals gab es weitere Sandbänke, die sich etwa eine Meile längs der Küste erstreckten. Kelso war sich darüber klar, daß ihre beiden Schiffe zwischen der östlichen Sandbank achterraus und den beiden französischen Linienschiffen voraus in der Falle saßen. In einer knappen Stunde ging die Sonne auf, und dann gab es keinen Rückzug mehr. Seine einzige Hoffnung war das Überraschungsmoment.

9

Unter Marssegeln und gerefftem Großsegel glitt die *Protector* auf die Küste zu. An Backbord lag die *Pindarus* mit jetzt gelöschten Hecklichtern auf Parallelkurs.

Die französischen Schiffe beschossen immer noch Madras, jedoch mit langen Pausen, als sei sich der französische Kommandant seines Sieges sicher. Und die Kanonen von Madras antworteten mit noch längeren Pausen.

»Wie nahe wollen Sie heran, Sir?« fragte St. John.

»So nahe, wie ich es riskieren kann, ohne daß die Franzosen uns sehen«, erwiderte Kelso. »Eine gute Lektion in Lagebeurteilung.«

»Da haben Sie recht«, antwortete St. John voller Bewunderung. »Wenn wir nicht nahe genug kommen, bleiben wir außer Schußweite; gehen wir zu dicht heran, sehen uns die Franzmänner.«

»Hoffen wir, daß sie schon müde sind und ihre Ausgucks nicht richtig aufpassen.«

»Das ist wohl ziemlich wahrscheinlich, Sir. Schließlich wissen sie ja, wie wenige Streitkräfte wir in diesen Gewässern haben. Sie werden kaum erwarten, daß wir sie angreifen.«

»Hoffentlich, Mr. St. John«, antwortete Kelso lächelnd. Er glaubte selbst, daß St. John recht hatte; sein Plan beruhte ja darauf, daß die Franzosen von See her keinen Angriff erwarteten. Schon tagelang beschossen sie Madras; das mußte auf die Dauer eintönig werden, und ihre Aufmerksamkeit konzentrierte sich bestimmt ausschließlich auf die Stadt. Wenn jemand überhaupt mal auf See hinaussah, dann vermutlich nur flüchtig, denn soweit sie wußten, gab es in siebenhundert Meilen Umkreis kein britisches Schiff.

Trotzdem bestand die Möglichkeit, daß ein besonders eifriger Matrose den dunkleren Umriß von Segeln oder Takelage vor dem helleren Nachthimmel erblickte.

Und bald kam die Morgendämmerung. In einer halben Stunde würde die Sonne so hoch gestiegen sein, daß die Sicht etwa zwei Meilen betrug; doch bereits vorher trat eine reale Gefahrenphase ein, wenn das erste fahle Morgenlicht über die See kroch und ein scharfes Auge erblikken konnte, was die Nacht bisher verborgen hatte.

Die *Protector* war schon seit einer halben Stunde gefechtsklar; denn jetzt, da die französischen Schiffe nur eine halbe Meile voraus lagen, war absolute Stille unerläßlich.

»Mr. Foulkes!«

»Sir?« Der Artillerieoffizier kam vom Batteriedeck herbeigeeilt.

»Alles klar? Geschütze ausgerannt? Lunten in Brand?«

»Jawohl, Sir.«

»Und die Männer haben begriffen, was sie zu tun haben?«

»Jawohl, Sir.«

Kelso nickte lächelnd. »Danke, Mr. Foulkes. Sie müssen meine Fragen entschuldigen, aber wir haben eine ziemlich schwierige Operation vor uns. Das ist Ihnen doch klar?«

»Ich weiß Bescheid, Sir.«

»Dann wäre ich Ihnen verbunden, wenn Sie bei Ihren Geschützbedienungen die Runde machen und alles noch einmal genau kontrollieren würden, damit nichts schiefgeht.«

»Aye, aye, Sir.«

»Und noch eins, Mr. Foulkes: vor allem absolute Ruhe.«

Als der Artillerieoffizier gegangen war, wandte sich Kelso an St. John: »Bitte machen auch Sie mit zwei verläßlichen Bootsmannsmaaten die Runde, und sagen Sie den Mannschaften, was ich eben zu Foulkes gesagt habe: absolute Ruhe.«

Fast im gleichen Augenblick ließ er den Kurs nach Steuerbord ändern, denn noch wichtiger als Lautlosigkeit war, daß sie beim ersten Tageslicht in der richtigen Position lagen. Blieben sie direkt vorm Wind, mußten sie bis Sonnenaufgang am Gegner vorbeigelaufen sein; deshalb mußten sie ständig halsen, um nicht zu schnell voranzukommen.

Aber das eigentlich Unwägbare, nicht Vorauszusehende: Würde der Gegner die *Protector* sichten, ehe sie auf Schußweite heran war? Und wenn ja – wann?

Kelso wandte den Blick einen Moment von der Küste ab und sah gespannt zum Himmel. Schon war eine deutliche Spur von Grau vorhanden, die in ein paar Minuten zu blassem Gelb und dann zu immer tieferem Rot wechseln würde. Von Osten würde das Licht heranfluten, und dann mußte ein wachsamer Offizier oder Matrose auf den französischen Schiffen voller Erstaunen die Umrisse feindlicher Fahrzeuge ausmachen.

Aber soweit war es noch nicht. Kelso wandte sich wieder der Küste zu, ohne genau erkennen zu können, wo die Franzosen lagen. Die Mündungsfeuer boten nur einen ungefähren Anhalt.

Er konnte sich die Lage an Bord drüben vorstellen: Die Geschützbedienungen mußten nach tagelangem, mehr oder weniger beständigem Feuern todmüde sein, die Deckswachen vor Langeweile sich kaum auf den Füßen halten können. Es war sogar möglich, daß sich die französischen Kommandanten gar nicht die Mühe gemacht hatten, ihre Luvgeschütze auszurennen; und obwohl die Kanonen von Madras das Feuer erwiderten, war es unwahrscheinlich, daß sie die Reichweite der französischen Vierundzwanzigpfünder besaßen. Für die Franzosen war es einfach ein Übungsschießen, wobei die bedauernswerten Einwohner von Madras das Ziel abgaben. Nun, die Franzosen würden bald eine Überraschung erleben.

Wieder sah Kelso gespannt zum Osthimmel auf. Jetzt war ein Streifen Gelb deutlich wahrzunehmen, und nun konnte er auch die *Pindarus*, die bisher nur ein dunkler Schatten gewesen war, voraus deutlicher ausmachen.

Was für ein Glück, daß er bei seiner ersten Aktion als Kommodore einen so verläßlichen Kapitän wie Minter im Verband hatte! Während der ganzen Reise von Kalkutta hatte er die Schaluppe mit guter Seemannschaft und viel Intelligenz geführt, hatte Kelsos Befehle stets vorausgeahnt. Und wie gut, daß die *Paragon* zurückgefallen war! Unter einem so unsicheren Scharlatan wie Lashley wäre sie bei dieser schwierigen Operation nur eine Gefahr gewesen. Andererseits mußte sich Kelso eingestehen, daß er diesen Verlust an Feuerkraft möglicherweise später bedauern würde.

»Die Küstenbatterie hat anscheinend das Feuer eingestellt, Sir«, bemerkte St. John flüsternd.

Kelso spähte zur Küste hin, antwortete jedoch nicht. Es wäre nur ein halber Sieg, wenn er die französischen Schiffe außer Gefecht setzen würde und dann feststellen müßte, daß die Landtruppen die Stadt erobert hatten. Doch dann donnerte, ebenso unerwartet wie ermutigend, wieder eine Salve von der Stadt herüber.

»Es dauert nicht mehr lange, Sir.«

Wieder musterte Kelso den Osthimmel, den breiter werdenden Streifen Gold, und sagte: »Also dann, Mr. St. John – ich gehe ran.«

Erwartungsvolle Unruhe durchfuhr die Mannschaft an Deck. Stückführer, die auf den Planken gehockt hatten, rutschten auf den Knien zu ihren Kanonen und machten sich gefechtsbereit; die Wache stand an den Brassen, Foulkes spähte gespannt über die Back nach vorn. Kelso versuchte immer noch angestrengt, in der rasch schwindenden Dunkelheit die beiden mächtigen Linienschiffe auszumachen, die nicht mehr weit weg sein konnten. Hatte er den Kurs zu früh geändert? Dann würde er bald feststellen, daß seine Schiffe beim ersten Licht ihren halben Vorteil eingebüßt hatten. Er mußte nicht nur die Luvposition behalten, sondern auch hinter den gegnerischen Schiffen bleiben.

Und dann feuerten die Franzosen wieder auf Madras, womit sie ihm unwissentlich halfen. Für den Augenblick war Kelso erleichtert, als er sah, daß die Mündungsfeuer immer noch an Steuerbord voraus lagen.

»Jetzt ist es soweit, Sir.«

Er reagierte nicht auf St. Johns Bemerkung, hatte sie kaum gehört, so stark konzentrierte er sich auf das mathematische Problem, in fünf bis zehn Minuten einen bestimmten, aber noch nicht festliegenden Punkt zu erreichen. Er fürchtete, daß sie zuviel Fahrt machten, und sekundenlang erwog er eine Kursänderung; doch da feuerten die Franzosen schon wieder, zum zweiten Mal innerhalb von Minuten. Sie waren immer noch an Steuerbord voraus und, wie jetzt deutlicher wurde, schon sehr nahe. Als die Breitseite drüben herausfuhr, konnte Kelso die weiße Linie unter der Schanz erkennen und, wie er glaubte, sogar Matrosen an Deck.

Er winkte dem Artillerieoffizier. »Jetzt kann es jede Minute losgehen«, sagte er mit gedämpfter Stimme. »Steuerbordbatterie klar zum Feuern! Die Franzosen müssen genau querab von uns stehen. Nehmen Sie sich das nächstliegende Schiff zuerst vor. Und daß mir jeder Schuß sitzt!«

»Aye, aye, Sir.«

»Feuern Sie nach eigenem Ermessen, wenn Sie sicher sind, daß Ihre Richtschützen das Ziel aufgefaßt haben.«

Er hatte Foulkes noch nicht in Aktion gesehen, obwohl er die Schußleistung seiner Kanonen in dem Gefecht mit den französischen Schiffen erlebt hatte. Jetzt, da sie bald in Schußposition waren, würde sehr viel auf Foulkes ankommen. Feuerte er zu früh, verplemperten sie die erste kostbare Salve, und die Franzosen waren gewarnt. Wartete er zu lange, ging der Überraschungseffekt verloren. Doch Kelso war ein zu guter Kommandant, um da einzugreifen. Er wußte, daß nichts schlimmer war, als wenn zwei Offiziere widersprüchliche Befehle gaben.

Immer noch spähte er in die Dunkelheit. Als das erste graue Licht in die Bucht flutete, erweiterte sich die Sicht zur Küste hin, und er konnte etwas ausmachen – eine Planke oder Treibholz –, zwei- bis dreihundert Yard entfernt. Wie lange noch, fragte er sich, bis der Feind in Sicht kam? Wieder überlegte er, ob er den Kurs ändern sollte.

Da erklang ganz deutlich ein Kommando übers Wasser, eine französische Stimme. Sie war sehr nahe. Und jetzt, betete Kelso, mach bitte, lieber Gott, daß wir sie auch sehen!

Wie eine Erhörung seines Gebets ragte auf einmal ein riesiges Gebilde aus der Finsternis empor, ein französisches Linienschiff, weiß und schwarz und drohend; doch für den Augenblick wirkte es ziemlich wehrlos. Die Luv-Stückpforten waren tatsächlich geschlossen. Über den Mündungen der Luv-Deckskanonen staken noch die Mündungsschoner. Alle Segel außer Großmars- und -bramsegel waren beschlagen.

»Feuer!« schrie Foulkes auf dem Batteriedeck, und zweiundzwanzig Rohre donnerten fast gleichzeitig los.

Die *Protector* krängte unter den Rückstößen und richtete sich langsam wieder auf; die Stückmannschaften werkten fieberhaft mit Zugleinen, Schwabbern und Ladestangen, um die nächste Salve vorzubereiten.

Und die kam in Sekunden und saß – so gut gedrillt und diszipliniert waren Foulkes' Männer – ebenso genau wie die erste.

Auf dem französischen Schiff, der *Bordeaux*, herrschte Chaos. Die erste Breitseite hatte klaffende Löcher in den Rumpf gerissen, war in mörderischem Hagel über das Hauptdeck gefegt und hatte die Großrah weggerissen. Als die *Protector* vorbeiglitt, feuerten ihre Achterdeck-Kanonen eine Abschiedssalve. Kelso hörte die Rufe, Flüche und Befehle, die sich mit den schrillen Schreien der Verwundeten mischten. Und dann, während er sich dem zweiten Schiff zuwandte und nur noch seine achteren Kanonen Schußfeld auf die *Bordeaux* hatten, nahm die in Gefechtslinie folgende *Pindarus* die Herausforderung auf.

Das andere französische Schiff war die *Normandie*;

beim Anlaufen konnte Kelso den Namen auf dem Heck lesen.

Überraschenderweise war sie fast ebenso unvorbereitet wie die *Bordeaux*, obwohl sie vorher gewarnt worden war. Kelso hörte die Bootsmannspfeife und sah Matrosen an Deck rennen. Andere schwärmten in die Masten. Doch daß die Backbordkanonen ausgerannt waren, mahnte zur Vorsicht – wahrscheinlich hatte der französische Kommandant wenigstens eins der Schiffe gefechtsbereit haben wollen. Es war sein Pech, daß die *Protector* zuerst auf das unvorbereitete Schiff gestoßen war. Aber wenn die französischen Stückmannschaften ebenso gut gedrillt waren wie die britischen, dann konnte die *Protector* immer noch eines warmen Empfanges gewärtig sein.

»Feuer!« kommandierte Foulkes, und wieder brüllten die Kanonen der *Protector* einstimmig auf. Kelso wartete auf die Antwort der Franzosen, doch er sah, daß ein Glückstreffer den Besanmast der *Normandie* fast durchschlagen hatte. Er kippte über, langsam zuerst, dann wurde er unter seinem eigenen Gewicht immer schneller, und schließlich fiel er mit seinen Rahen und flappenden Segeln auf das Achterdeck. Beim Sturz wurden ein Dutzend Matrosen mitgerissen, die im Rigg gearbeitet hatten.

Die Schiffe lagen jetzt parallel, und immer noch hatten die französischen Kanonen nicht geantwortet.

»Feuer!« brüllte Foulkes, und die britische Breitseite traf die *Normandie* auf kürzeste Entfernung. Sie schaukelte wie eine Wiege, der ein Betrunkener einen Fußtritt versetzt hat. Ihre Großmaststenge war getroffen, und im Rumpf klafften Löcher bis zur Wasserlinie hinunter.

»Klar zur Halse!« befahl Kelso.

Die Männer an Schoten und Brassen, voller Optimismus, weil sie den Sieg schon errungen glaubten, arbeiteten mit Kraft und Schwung, und die *Protector* kam herum, bereit zum Gnadenstoß.

Aber Kelso dachte realistischer. Er wußte, daß sich in dem Chaos drüben bald die Disziplin durchsetzen würde und daß die französischen Linienschiffe, wenn auch schwer angeschlagen, keinesfalls am Ende waren.

Wie zur Bestätigung begrüßte sie eine etwas lückenhafte Breitseite, als sie wieder auf die *Normandie* zuhielten; und als sie auf gleicher Höhe waren, mußte die *Protector*, bevor sie selbst feuern konnte, eine zweite Breitseite einstecken, und die saß viel besser als die erste.

»Zweite Kanone an Steuerbord getroffen«, meldete Foulkes. »Zwei Mann von Nummer drei ausgefallen.«

Auch an Deck gab es Ausfälle, im Todeskampf sich windende Männer, blutige, schon nicht mehr menschenähnliche, zerfetzte Leiber. Die Toten wurden zum Großmast geschafft, die Verwundeten unter Deck getragen.

»Feuer!« brüllte Foulkes wiederum, und eine weitere Breitseite fuhr in die *Normandie*.

Beim Passieren sah Kelso, daß es auf der *Normandie* schlimm stand. Der aufs Achterdeck gestürzte Besan war noch nicht klariert. Er schien das Ruder getroffen zu haben, denn Männer mit Beilen hackten zwar Holz und Leinwand frei, doch kein Rudergast war zu sehen; das Schiff trieb auf die gefährlichen Sandbänke zu.

Doch das Gefecht entwickelte sich so schnell, daß Kelso keine Zeit hatte, alles in sich aufzunehmen und sich davon zu überzeugen, daß die *Pindarus* gehalst hatte – schon war die *Protector* querab von der *Bordeaux*.

Diesmal bekam sie einen heißen Willkommensgruß. Die Kanonen der *Bordeaux* waren ausgefahren und geladen, als die beiden Schiffe längsseits lagen. Wie in heller Wut über die vorangegangene Demütigung schlug die französische Breitseite gleich einem Riesenhammer zu, so daß die *Protector* nach Steuerbord überholte und mehr als ein Dutzend Männer getötet wurden.

Doch: »Feuer!« kommandierte Foulkes, und alle noch aktionsfähigen Backbordkanonen brüllten auf.

Wieder wurde die *Bordeaux* schwer getroffen.

»Sie werden die *Pindarus* erwischen«, rief St. John besorgt aus, »die kann sich doch nie gegen so ein Schiff halten!«

Kelso war gleicher Meinung, doch konnte er, über die Achterdecksreling gebeugt, ein feines Stück Seemannschaft beobachten: Als sich die beiden Schiffe einander näherten – die Schaluppe wirkte lächerlich winzig vor der mächtigen Masse des Linienschiffes –, legte die *Pindarus* plötzlich das Ruder hart Steuerbord, segelte um Haaresbreite am Heck der *Normandie* vorbei und feuerte dabei aus allen Steuerbordkanonen.

»Großartig!« rief St. John.

»Klar zur Halse!« kommandierte Kelso.

Beim dritten Vorbeigang bekam die *Protector* mehr ab, als sie austeilte. Ein unglücklicher Schuß tötete die Bedienung der Steuerbordkanone auf dem Achterdeck; die Offiziere wateten sekundenlang buchstäblich im Blut. Der Bugspriet wurde weggeschossen, so daß die Vorsegel wie weiße Fahnen überm Bug hingen.

»Ruder hart Steuerbord!«

Kelso wußte: Wenn er zuließ, daß die Sache sich zu einem Abnutzungsgefecht entwickelte, war er der Verlierer. Seine einzige Hoffnung lag darin, den ursprünglichen Vorteil auszubauen und unter Ausnutzung der Luvposition die Franzosen zu bombardieren, bis sie sanken.

Als sie wieder querab standen, sah es so aus, als sei die *Normandie* bereits halb außer Gefecht. Auf ihrem Achterdeck wurde fieberhaft gearbeitet, aber sie trieb auf die Küste zu, offensichtlich manövrierunfähig.

»Feuer!« schrie Foulkes, und die Breitseite schien die *Normandie* im Wasser herumzureißen. Sie erbebte sichtlich, bekam Grundberührung und legte sich langsam über.

Ein mächtiges Hurra erklang auf der *Protector*, dem ein zweites auf der *Pindarus* folgte.

»Sollen sie ruhig brüllen«, sagte Kelso. »Sie werden noch all ihren Kampfgeist brauchen, bis wir fertig sind.«

Als sie rundkamen, war die *Bordeaux* immer noch in Schwierigkeiten. Die Leute hatten es zwar geschafft, Fock- und Besanmarssegel zu setzen, doch da die Großrah weggeschossen und die Bedienung offensichtlich aktionsunfähig war, fehlten die Großsegel. Das Schiff war schwer getroffen. Die Steuerbordseite war voller Löcher, zum Teil gefährlich nahe an der Wasserlinie. Wahrscheinlich nahm sie bereits Wasser über; hier, vor einer Leeküste mit tückischen Sandbänken, befand sie sich in einer äußerst heiklen Lage.

Nach Kelsos Ansicht konnte nur eines die *Bordeaux* retten: mehr Segel zu setzen und tiefes Wasser zu finden, damit sie Manövrierraum gewann. Kam sie von der Sandbank klar, war sie gerettet und konnte ihrerseits die *Protector* in den Grund bohren.

»Klar zur Halse!« brüllte er, und als die *Protector* rundkam und nun vor dem Wind lag, warteten er und alle an Bord darauf, was der Franzose noch zu bieten hatte.

10

»Sie hatte von Anfang an keine Chance«, sagte Kelso. »Solange wir die Luvposition hielten, war sie dem Untergang geweiht.«

»Die *Normandie* auch?« fragte Gouverneur Pigot lächelnd.

»Die war noch schlimmer dran«, erwiderte Kelso. »Schon mit unserer ersten Breitseite hatten wir ihr den Besanmast heruntergeholt. Er fiel aufs Achterdeck und zerschlug das Ruder. Danach trieb sie einfach dwars auf die Sandbänke. Der Kommandant konnte gar nichts machen.«

Sie saßen im Ratssaal von Madras, einem der wenigen Räume des Verwaltungsgebäudes der Company, die unbeschädigt geblieben waren. Pigot, dessen zerfurchtem Gesicht und schweren Lidern man die Strapazen der letzten Wochen ansah, hörte sich Kelsos Bericht an.

Von der Begrüßung, die Kelso und seiner kleinen Schar zuteil geworden war, würde man noch lange sprechen. Als das Boot am Kai festmachte, stieg ein donnerndes Hurra der über zweihundert Company-Angestellten und ihrer Familien zum Himmel empor. Frauen und Kinder waren halb betäubt aus den Ruinen ihrer Wohnstätten gekommen. Alle waren staubbedeckt, schmutzig und total erschöpft, manche trugen fleckige Verbände, andere waren zu verwirrt, um überhaupt zu begreifen, was geschehen war. Als Kelso den Fuß auf den Kai setzte, umarmte und küßte ihn eine alte Frau – nach den Kleidern zu schließen, eine Dame von Adel.

Madras sah schlimm aus. Die ›schwarze Stadt‹ war gleich zu Anfang eingenommen worden, aber die anderen Stadtviertel, grimmig verteidigt von den Engländern, die noch der einstigen Demütigungen gedachten, als die französischen Eroberer durch die Straßen stolziert waren, hatten sich gehalten. Fast drei Wochen war lang die Stadt belagert und die meiste Zeit von Land her durch Lallys Kanonen, von See her durch die beiden Linienschiffe gnadenlos bombardiert worden.

Für jemanden, der die Stadt aus glücklicheren Tagen kannte, war Madras in der Tat ein beweinenswerter Anblick. Kaum ein Gebäude war intakt geblieben. In vielen Mauern klafften Löcher, zahlreiche Häuser hatten keine Dächer mehr. Manche waren nur noch ein Haufen Schutt. In den großen Kratern lagen Leichen unter Trümmern, jetzt noch gnädig vor den Fliegen und der Sonne verborgen.

»Sie kamen gerade noch zur rechten Zeit«, sagte Pigot. »Viel länger hätten wir uns nicht halten können.«

»Das fürchteten wir eben«, entgegnete Kelso. Er zögerte, weil er an die *Paragon* dachte, die immer noch nicht eingetroffen war. »Deswegen haben wir uns nach Möglichkeit beeilt.«

»Gerade noch rechtzeitig«, wiederholte Pigot.

»Was ist mit den Landtruppen?« fragte Kelso. »Haben die Franzosen tatsächlich den Mut verloren?«

»Sie haben sich bei Morgengrauen zurückgezogen«, erwiderte der Gouverneur. »Gleich nachdem Sie ihre Schiffe vernichtet hatten.«

Kelso nickte und dachte daran, wie die französischen Schiffe mitten im Gefecht abgedreht hatten, obwohl sie ihm an Größe und Feuerkraft überlegen waren. Auf einmal glaubte er selbst daran, daß Clives Traum Wahrheit werden würde. Es konnte durchaus sein, daß die Franzosen Indien in nicht allzu ferner Zukunft endgültig aufgeben würden.

»Ich kann mir immer noch nicht vorstellen«, sagte er, »daß Lally so leicht aufgibt. Wie wir hörten, hat er Fort St. David und Davicotah ohne Schwierigkeiten genommen. Er muß im Süden starken Rückhalt haben.«

»Das kann man wohl sagen. Wir erfuhren, daß er Chundas Sohn Rajah Sahib zum Nawab der Carnatic ausgerufen hat.«

»Und doch zieht er sich beim ersten Anzeichen einer Niederlage zurück.«

Der Gouverneur goß sich ein neues Glas Wein ein und schob Kelso die Flasche hin. Er trank so rasch wie ein Verdurstender und rieb sich die Lippen mit dem Taschentuch. »Trotz seines Erfolges«, erwiderte er, »hat Lally allerhand Sorgen. Im Süden hat er die Oberhand, aber weiter nördlich, in Haiderabad, steht es nicht so günstig für ihn.«

»Er soll Bussy ja auch abgelöst haben.«

»Und danach gab es einen Aufstand. Wußten Sie das?«

»Wir haben Gerüchte gehört. Vielleicht weiß Clive Genaueres, aber er hat mir nichts weiter gesagt.«

»Ein Radscha namens Anandu Ras hat sich gegen die Franzosen erhoben. Er machte einen Ausfall auf Vizagapatam und hißte die englische Flagge. Dann wandte er sich an uns um Hilfe.«

»Die Sie ihm nicht gewähren konnten?«

»Wir nicht. Aber soviel ich weiß, hat ihm Ihr Freund Robert Clive von Kalkutta aus Unterstützung geschickt.«

»Ja.« Kelso nahm sein Glas und nippte nachdenklich daran. Er mußte – und nicht zum ersten Mal – daran denken, was Clive für ein außerordentlicher Mann war: ein tapferer Mann, ein erstklassiger Soldat, aber vor allem ein Politiker und Verwalter von hohen Graden. Wer sonst hätte sich trotz starker Widerstände im Rat dazu entschlossen, eine Abteilung Soldaten in den unsicheren Circar im Norden zu schicken? Mit einem Streich hatte Clive dort die englische Flagge gezeigt, den Aufständischen Mut gemacht und zum Entsatz von Madras beigetragen. Daß schließlich auch britische Schiffe kamen, war der letzte Schlag gewesen, die Krönung eines wohldurchdachten Planes; doch ohne Fordes Expedition in den nördlichen Circar wäre es nur ein halber Sieg gewesen.

»Einer unserer Spione hat gemeldet«, fuhr Gouverneur Pigot fort, »daß die Stimmung im Norden günstig für die Engländer ist. Forde hat einige ruhmreiche Siege errungen – so ruhmreich, daß der Nizam, Salabad Jung, wenn man den Gerüchten glauben kann, ernsthaft erwägt, auf unsere Seite überzuwechseln.«

Um seine freudige Erregung zu verbergen, nippte Kelso wieder an seinem Wein; denn wenn das stimmte, mußten die Engländer bald endgültig die Oberhand in Indien haben.

»Es wird keinen Frieden geben«, wiederholte er, was er mehr als einmal von Clive gehört hatte, »solange noch ein einziger französischer Soldat auf indischem Boden steht.«

Im Laufe des Tages sandte er so viele Matrosen, wie er entbehren konnte, an Land, um bei den Aufräumarbeiten in der Stadt zu helfen. Die Zerstörungen in Madras waren so umfangreich, daß es langer und großer Anstrengungen bedurfte, bis wieder ein normales Leben möglich war. Die Versorgung mit Lebensmitteln und Trinkwasser lief wieder; der lange eingedämmte Strom floß wieder, die Wege der ländlichen Umgebung waren voll mit Ochsenkarren, die mit Lebensmitteln beladen waren. Die Inder, die immer schnell merkten, woher der Wind wehte, hatten erkannt, daß die Engländer so bald nicht wieder weichen würden.

Wichtiger als Lebensmittel und Wasser, sogar noch wichtiger als die Pflege der Verwundeten war die düstere Aufgabe der Totenbestattung. Unter der glühenden Sonne verwesten die Leichen in wenigen Tagen. Fliegen und Ratten, die Seuchen verbreiteten, gab es zu Millionen. Man durfte nichts riskieren.

Und so arbeiteten die Mannschaften der *Protector* und der *Pindarus*, noch im Glanz ihres Sieges, den ganzen Tag und bis in die Nacht hinein Seite an Seite mit den von der Belagerung erschöpften Einwohnern an der Bergung und Bestattung der Toten. Stumm, die Lippen zusammengepreßt, Tücher vor den Gesichtern, gruben und hackten sie, daß kein Trümmerhaufen ungewendet blieb; sie verglichen die Leichen mit den Personallisten der Company, bis es keine Vermißten mehr gab.

Es wurde Mitternacht, bis sie fertig waren und Kelso Order geben konnte, wieder an Bord zu gehen. Sie sammelten sich am Kai, um in die Kutter und Barken zu steigen, und die noch erschöpften Madranesen eilten herbei, um sie zu verabschieden. Matrosen, die in den paar Stunden an Land und trotz der Schinderei noch Zeit gefunden hatten, eine romantische Beziehung anzuknüpfen, umarmten ihre weinenden Mädchen, schworen bei allem, was ihnen heilig war, so bald wie möglich zurückzukommen, und kletterten endlich in die wartenden Boote.

Als der letzte Kutter abgelegt hatte, nahmen Kelso und Kapitän Minter, der mit an Land gekommen war, Abschied von Gouverneur Pigot und seiner Frau. Pigot, normalerweise kein sonderlich gefühlvoller Mann, ergriff Kelsos Hand und sagte fast mit Tränen in den Augen: »Danke, Kelso, und Gott schütze Sie!«

»Gott segne Sie, Kommodore«, ergänzte seine Frau und küßte Kelso auf die Wange.

Als Kelsos Boot abgelegt hatte und den Kuttern auf die See hinaus folgte , erklang von der Begleitung des Gouverneurs ein spontanes Hurra. Es verbreitete sich über die ganze Hafenfront, bis es schließlich schien, als riefe ganz Madras hurra, diese zerschossene, gestankerfüllte, von der Belagerung ausgeblutete Stadt. Fackeln leuchteten auf, und als die Boote aus dem Hafenbecken hinaus in die rollende Dünung ruderten, da war es, als ob hundert Glühwürmchen in der Dunkelheit muntere Tänze aufführten.

11

Als sie am nächsten Morgen seeklar machten, kam die *Paragon* in Sicht. Sie segelte unter voller Leinwand vor dem Wind heran und sah so schmuck, so elegant aus, daß Kelso sekundenlang fast verzweifelt war. Sie war doch *sein* Schiff, ganz gleich, wer auf ihrem Achterdeck stand. Würde er sich jemals daran gewöhnen, daß sie ein Fremder, ob gut oder schlecht, kommandierte? Zwar segelte sie elegant auf der Seeseite der östlichen Sandbänke entlang, wendete dann durch den Wind auf Steuerbordbug und kreuzte auf die *Protector* zu; aber gerade in der Art, wie die Segel gehandhabt wurden, wie sie auf das Ruder reagierte, fand Kelso Grund zur Kritik. Gewiß war sie für Lashley noch ein relativ neues Schiff, aber andererseits war sie eine wendige Fregatte, und er hatte die viel größere und schwerere *Protector* kommandiert – eigentlich müßte es ihm auf der *Paragon* um so leichter fallen.

»Setzen Sie Signal«, befahl er. »Mit zwei Kabellängen Distanz in Lee auf Station gehen!«

Die *Paragon* bestätigte; doch als sie den Backbordschlag machte, ging sie so dicht am Bug der *Protector* vorbei, daß Kelso erschrak. Doch sie kam klar, wenn auch eben nur mit Steinwurfweite; und als sie eingedreht hatte, lag sie nur eine knappe Kabellänge entfernt. Kelso ignorierte St. Johns mißbilligendes Zungenschnalzen und beobachtete die Fregatte mit zusammengekniffenen Lippen. Er fragte sich, ob Lashley diese Schau aus Unfähigkeit oder aus Trotz abgezogen hatte.

Gleich darauf wurde eine Gig abgefiert, und Kapitän Lashley kam an Bord des Flaggschiffs.

»Kommodore Kelso – Sir!« Lashleys Parodie auf eine militärische Ehrenbezeigung war fast eine Beleidigung.

»Kapitän Lashley – ich darf Sie in meine Kajüte bitten.«

In der kleinen Kajüte bedeutete Kelso ihm, auf dem einzigen Stuhl Platz zu nehmen. Er selbst setzte sich auf die Kojenkante, und als Padstow erschien, der offenbar auf den Befehl wartete, Wein zu bringen, schickte er ihn mit einer Handbewegung hinaus.

»Es wird Zeit«, begann Kelso, »daß zwischen Ihnen und mir, Kapitän Lashley, endlich Klarheit herrscht.«

»Klarheit?« Wieder klang mehr als eine Andeutung von Geringschätzung in Lashleys Frage mit.

»Erstens bin ich, ob es Ihnen nun paßt oder nicht, zum Kommodore ernannt worden. Als solcher erwarte ich – nein, zum Donnerwetter, verlange ich, daß Sie mir gebührenden Respekt erweisen.«

»Sie überraschen mich, Sir«, antwortete Lashley, nun mit unverhohlenem Spott. »Wann habe ich Ihnen den Respekt verweigert?«

»Sie haben mich zu grüßen, wenn wir uns begegnen«, sagte Kelso scharf, »und ich verbitte mir Ihren insolenten Ton.« Er hob die Hand und fuhr fort, ohne Lashleys Einwand abzuwarten: »Ich diskutiere nicht darüber – ich befehle es Ihnen.« Er schwieg mit zusammengekniffenen Lippen und einem drohenden Ausdruck in seinem knochigen Faustkämpfergesicht; erst als er Lashley ansah, daß dieser, wenn auch widerwillig, seine Autorität anerkannte, fuhr er etwas ruhiger fort: »Die Kampfkraft der Company-Marine beruht auf Disziplin.«

Eine längere Pause trat ein, in der Lashley nervös

umherblickte, offenbar in Erwartung des traditionellen Glases Wein.

»Das ist der erste Punkt«, fuhr Kelso fort. »Der zweite betrifft die Art, wie Sie Ihr Schiff handhaben.«

»Die *Paragon* ist ein neues Schiff«, erwiderte Lashley mürrisch, »wenigstens neu für mich. Sie ist so klein, daß ich sie im Vergleich zur *Protector* – nun ja, unbedeutend finde.«

Kelso schwieg ein paar Sekunden, um nicht loszubrüllen. Dann zwang er sich zu einer ruhigen Erwiderung. »Die *Paragon* ist klein – eine in Indien gebaute Fregatte, die in der Größe mit einem Linienschiff nicht zu vergleichen ist. Aber sie ist stark und manövrierfähig und – daran brauche ich Sie nicht zu erinnern – sie steht an Kampferfolgen keinem anderen Schiff nach.«

»Unter Ihrem Kommando, unter dem tapferen Kapitän Kelso!« Diese bittere Bemerkung kam so spontan, daß Kelso sie zu ignorieren beschloß.

»Sie sollten so stolz auf die *Paragon* sein«, antwortete er, »wie ich es war, Kapitän. Sie sollten sich darüber klar werden, daß sie trotz ihrer geringen Größe das beste Kriegsschiff in diesen Gewässern ist.« Er sprach ernst, fast beschwörend, als sei es ihm nur darum zu tun, daß Lashley ihn verstünde.

Doch Lashley war nicht zu überzeugen. Mit geringschätzigem Achselzucken wandte er sich ab und sah demonstrativ aus dem Bullauge.

Kelso wartete; absichtlich unterdrückte er seinen Ärger, indem er auf die Schiffsgeräusche horchte, auf das regelmäßige Knarren der Planken, das Klatschen der Wellen am Schiffsrumpf, die Schritte der Offiziere und Midshipmen auf dem Achterdeck. Er hörte Lachen und Singen und freute sich, daß die Stimmung auf der *Protector* ebenso gut war, wie er sie von der *Paragon* in Erinnerung hatte. Gelassener sagte er dann: »Drittens, und das ist das Wichtigste, möchte ich wissen, weshalb Sie die Verbindung mit dem Geschwader verloren haben.«

Lashley wandte sich vom Fenster ab; doch unfähig, Kelso in die Augen zu sehen, blickte er auf die Tischplatte. Seine Wangen waren fleckig. »Es war Nacht«, murmelte er, »wir hatten schlechte Sicht. Und am Morgen waren Sie schon unter der Kimm. Sie hätten ja warten können.«

»Ich hätte warten können, aber ich habe es nicht getan«, erwiderte Kelso. »Ich war der Ansicht, daß die Notlage unserer Kameraden in Madras wichtiger war als die Gefahr, daß ein unfähiger Kommandant sein Gesicht verlieren könnte.«

»Unfähig!« rief Lashley empört. »Wie können Sie so etwas sagen!«

»Sie hatten Ihre Order. Warum haben Sie sie nicht ausgeführt?«

»Weil sie idiotisch war – oder vielmehr tollkühn«, korrigierte er sich rasch. »Hätte ich sie ausgeführt, wären wir alle verloren gewesen.«

»Das ist Ihre Ansicht«, sagte Kelso und spürte, wie es in ihm kochte, obwohl er sich alle Mühe gab, ruhig zu bleiben. »Aber was Ihre Ansicht auch sein mochte – richtig oder falsch –, Sie hatten einen klaren Befehl. Den hatten Sie auszuführen, sonst nichts.«

»Aber nicht, wenn dieser Befehl meiner wohlüberlegten Meinung nach von einem Kommodore gegeben wurde, dessen Ruhmsucht sein Urteilsvermögen trübte, der alles riskierte, einschließlich der Sicherheit seiner Schiffe und das Leben seiner Männer, damit er nur weiterhin als der ›tapfere Kapitän Kelso‹ galt; ein so ehrgeiziger Kommodore, daß nichts für ihn zählte außer seinem persönlichen Prestige!« Die Worte entströmten Lashleys Mund wie ein aufgestauter Fluß nach dem Dammbruch. Dabei war sein Gesicht von Haß verzerrt.

Kelso ging nicht darauf ein, sondern wiederholte nur gelassen: »Sie hatten Ihre Befehle.«

»Aye, ich hatte meine Befehle«, räumte Lashley ein. »Aber ich überlasse höheren Stellen die Entscheidung, ob es Befehle waren, denen ich gehorchen mußte.«

Kelso wartete ab, teils um seine Gedanken zu ordnen, teils um Lashley Zeit zu geben, sich wieder zu fangen. Die Schritte auf dem Achterdeck waren verstummt; wahrscheinlich lauschten alle, von St. John bis zum jüngsten Midshipman, auf Lashleys nächsten Ausbruch. Dann hörte er St. Johns ärgerliche Stimme: »Mr. Hillary! Mr. Bissex! Haben Sie nichts zu tun?«

»Ein Befehl muß ausgeführt werden«, erklärte Kelso geduldig. »Das sehen Sie doch sicher ein? Ohne Disziplin erreichen wir nichts.«

Lashley war jetzt totenbleich und atmete schwer. Offensichtlich hatte er sich festgerannt und war nicht in der Stimmung, einzulenken. »Das wäre kein Problem«, erwiderte er, »wenn ich einen Kommodore hätte, den ich respektieren kann.«

Ohne Zorn blickte Kelso ihn an. »Tut mir leid, daß Sie mich nicht respektieren können, aber darum geht es nicht. Was ich Ihnen vor Augen führen will, unbeschadet Ihrer Gefühle für mich, ist die Tatsache, daß ein Befehl – jeder Befehl – ausgeführt werden muß.«

»Derartige Befehle nicht«, murmelte Lashley.

»Befehle jeder Art«, beharrte Kelso, »ob es sich nun um die Anforderung eines Verlustberichtes handelt oder um die Order, in Gefechtsformation vorzugehen. Wir sind ein Kampfgeschwader. Ich sage Ihnen ganz offen: Ich kann es nicht verantworten, ins Gefecht zu segeln, wenn ich damit rechnen muß, daß nicht alle, sondern nur ein Teil meiner Befehle ausgeführt werden!«

»Sie haben es in der Hand, das abzustellen«, grollte Lashley.

»Das habe ich, in der Tat. Entweder versichern Sie mir ehrenwörtlich, daß Sie niemals – ich wiederhole: niemals – einen meiner Befehle ignorieren werden, oder ich muß beim Rat Ihre Ablösung beantragen.«

Lashley sprang so unvermittelt hoch, daß er sich den Kopf an einem Decksbalken stieß. Er baute sich vor Kelso auf und schrie: »Das ist es also! Nicht genug damit, daß Sie sich einen Rang angemaßt haben, der eigentlich mir zusteht, nun wollen Sie mich auch noch zugrunde richten! Sie gönnen mir nicht einmal die Stellung eines Fregattenkapitäns!«

»Verhalten Sie sich wie einer«, entgegnete Kelso. »Ich will Sie durchaus nicht zugrunde richten.«

»Zum Teufel mit Ihrer Hochnäsigkeit, Kelso«, keuchte Lashley. »Nur weil Sie Clive zum Freund haben und alle Kaufleute in Indien bereit sind, die Geschichten von Ihren Heldentaten zu glauben, halten Sie sich für unverwundbar. Aber das sind Sie nicht.«

Kelso stand ebenfalls auf. »Wir verschwenden Zeit«, sagte er. »Was Sie auch von mir halten mögen, ich bin Kommodore der Company-Marine. Man hat mir eine verantwortungsvolle Stellung anvertraut, und ich beabsichtige, sie auszufüllen. Entweder akzeptieren Sie meine Befehle – ohne jeden Einwand –, oder wir müssen uns trennen.«

Lashley knirschte mit den Zähnen. »Das wollen Sie also, ja? Sie möchten mich aus dem Weg räumen, Kelso, damit Sie freie Hand haben?«

Kelso spürte, daß mehr dahintersteckte. »Was soll das heißen?« fragte er.

»Nur daß ich weiß, was Sie vorhaben. Ich weiß Bescheid über Sie und meine Frau.«

Kelso blickte ihm unbewegt in die Augen. »Ich finde, Sie sollten Ihre Zunge hüten, Lashley. Mir ist nicht klar, was Sie meinen.«

Doch Lashley war schon so weit, daß er alle Vorsicht außer acht ließ. »Ich hatte schon immer den Verdacht«, schrie er wütend, »daß zwischen euch etwas vorgegangen ist, als ihr allein oder doch praktisch allein auf den Komoren wart. Ist Susan Ihre Geliebte gewesen?«

»Sie war nicht meine Geliebte«, antwortete Kelso, ohne die Stimme zu erheben.

»Das sagen *Sie*, und das würde vermutlich auch sie sagen, wenn ich sie fragen würde. Aber halten Sie mich nicht für einen kompletten Narren, Kelso. Ich weiß, was vorgeht.«

»Das glaube ich kaum.«

»In Kalkutta«, stieß Lashley hervor, so wütend, daß er das Wort kaum artikulieren konnte, »am Morgen, als wir ablegten – als Sie so ein verdammtes Theater wegen des pünktlichen Auslaufens machten... Wissen Sie noch, wie Sie mir haben sagen lassen: ›Wir segeln in einer halben Stunde‹, haben Sie gesagt, ›ganz gleich, ob Sie fertig sind oder nicht.‹«

»Ich erinnere mich. Eine Schande, daß Sie nach vier Tagen noch nicht seeklar waren.«

»Vielleicht«, grinste Lashley höhnisch, »oder vielleicht wollten Sie mich auch bloß aus dem Weg haben, während Sie sich von meiner Frau verabschiedeten.«

Kelso rührte sich nicht und gab sich Mühe, möglichst ausdruckslos dreinzusehen, aber er war zutiefst getroffen. Damals war ihm sein Abschied von Lady Susan so natürlich vorgekommen, ein spontaner und gegenseitiger Ausdruck ihrer Liebe zueinander. Jetzt, angesichts des zornigen Ehemanns, spürte er sein Gewissen. War es zu entschuldigen, daß er Gefühlen, die zu enthüllen er kein Recht besaß, so klar und deutlich Ausdruck gegeben hatte? Es kam ihm nicht in den Sinn, daß Lashley vielleicht nur bluffte, daß er, der auf seinem Schiff alle Hände voll zu tun hatte, eigentlich gar nichts gesehen haben konnte.

»Eine Freundin von mir, eine junge Dame«, fuhr Lashley fort, »war so traurig über meinen Weggang, daß sie mich noch einmal sehen wollte. Kurz vor dem Ablegen kam sie auf den Kai, und da hat sie alles gesehen – Sie und Susan.«

Immer noch hielt Kelso unbewegt seinen wütenden Blicken stand.

»Ich warne Sie, Kelso – passen Sie auf! Wenn Sie versuchen, mich zugrunde zu richten, können Sie Ärger kriegen. Die Kolonie ist einem kleinen Skandal nicht abgeneigt, besonders wenn es sich um jemanden handelt, der ein solches Musterbeispiel von einem Seehelden ist wie Sie!«

»Sie können mir gar nichts anhaben, Lashley«, erwiderte Kelso gelassen.

»Seien Sie da nur nicht zu sicher, Kelso! Sie sind nicht so unverwundbar, wie Sie glauben. Ich sage Ihnen, ich habe länger an Land gelebt und mich länger in Gesellschaft bewegt als Sie. Man würde es sogar von Clive selbst glauben. Und Sie, der Held von Gheriah, Clives Stellvertreter bei Plassey – du lieber Gott, fertigmachen würde man Sie!«

»Das sollten Sie nur versuchen!«

Als Lashley sah, daß Kelsos Selbstvertrauen nicht zu erschüttern war, feuerte er seinen letzten Schuß ab: »Auch wenn Sie Ihrer selbst so sicher sind – was wird aus Susan? Der Skandal mag Ihrem Ruf schaden oder nicht – aber Susans Ruf ist bestimmt ruiniert!«

12

In Kalkutta war die Aufregung groß, als die Company-Schiffe den Hugli hinaufgesegelt kamen. Die Nachricht von ihrem großen Sieg hatte die Stadt noch nicht erreicht, denn im nördlichen Circar wurde immer noch schwer gekämpft; und an Land gab es wilde Spekulationen, als man sah, daß die Schiffe praktisch keine Beschädigungen aufwiesen. Die Annahme, Kelso sei zu spät gekommen und Madras bereits gefallen, lag also nahe.

Dann aber, als sie näher kamen, sah man, daß die *Pindarus* ein paar Löcher im Rumpf hatte und die *Protector* anscheinend mit einem Behelfsmast segelte. Also mußte ein Gefecht stattgefunden haben, aus dem die Schiffe der Company immerhin nicht unbeschädigt hervorgegangen waren. Der ganze Kai stand voll aufgeregt durcheinanderredender Menschen, als die drei Schiffe einliefen – zuerst *Pindarus*, dann *Paragon* und *Protector*, die im Vergleich zu den beiden anderen ziemlich angeschlagen aussah. Noch war die erste Leine nicht geworfen, da wurden schon zwischen den Besatzungen und den Menschen am Kai Fragen und Antworten ausgetauscht, und die Nachricht vom Sieg verbreitete sich mit Windeseile. Freudiges, nicht enden wollendes Hurrarufen erklang, die Männer winkten mit Händen und Hüten, die Damen mit den Sonnenschirmen, Kinder hüpften aufgeregt.

Sobald die *Protector* festgemacht hatte, begab sich Kelso an Land. Hinter der Menschenmauer, die am Kai stand, sah er die Kutschen der Ratsherren und Robert Clives, des Gouverneurs. Irgendwo an der Chaussee, das wußte er genau, hielt noch eine Kutsche, und dort wartete die Frau, die er liebte.

Nur unter Schwierigkeiten konnte er den Kai überqueren, so begeistert wurde er begrüßt: mit Hochrufen,

Händedrücken, Schulterklopfen. Doch als er endlich durchkam, schwitzend, nervös und mit etwas derangierter Uniform, stand er einer anderen, nur wenig würdevolleren Gruppe gegenüber: den Mitgliedern des Rates. Vorn stand, so ausgelassen wie nur irgend jemand, Robert Clive.

»Kelso! Gott segne Sie! Da sind Sie ja wieder!«

Kelso nickte und machte eine grüßende Handbewegung.

»Nach allem, was wir hören, haben Sie die Franzmänner geschlagen!«

»Das haben wir«, bestätigte Kelso.

»Hoch Kelso!« schrien die Ratsmänner und versuchten, ihm auf die Schulter zu klopfen.

»Was war denn nun, Kelso? Verdammt, machen Sie's doch nicht so spannend!«

»Es ging alles nach Plan«, sagte Kelso und wiederholte mit einem Blick auf Clive: »Nach *Ihrem* Plan.« Er wußte, wie schwer Clive hatte kämpfen müssen, um durchzusetzen, daß Fordes Detachement nach dem Circar entsandt, daß die drei Kriegsschiffe vom Hugli nach Madras beordert wurden. Es konnte den Ratsmitgliedern gar nichts schaden, wenn ihnen das unter die Nase gerieben wurde.

»Wir kamen gerade noch rechtzeitig an«, berichtete er weiter. »Gouverneur Pigot und die Bevölkerung von Madras haben heldenhaften Widerstand geleistet.«

»Wie lange hatte die Belagerung gedauert?«

»Über drei Wochen.«

»Die armen Teufel! Sie müssen ja ziemlich am Ende gewesen sein!«

»Ich glaube nicht«, erwiderte Kelso. »Ich glaube nicht, daß sie sich ergeben hätten.«

»Auf jeden Fall war es ein Glück, daß Sie rechtzeitig eintrafen.«

»Ja. Die Lage war sehr ernst. Die ›schwarze Stadt‹ war schon gefallen. Und ganz abgesehen von dem Beschuß von Land und See war die ständige Brand- und Seuchengefahr sehr groß.«

»Aber Sie haben die Franzosen vertrieben?« Clive nahm Kelso freundschaftlich beim Arm. »Sie haben sie vertrieben!«

»Es lief alles planmäßig«, wiederholte Kelso. »Als wir die Schiffe erledigt hatten, verloren die Landtruppen anscheinend den Mut. Wie Gouverneur Pigot sagte, waren die Franzosen ernsthaft beunruhigt über Fordes Detachement im Nord-Circar. Es gibt sogar Gerüchte, daß sich Salabat Jung auf unsere Seite schlagen will.«

Wie ein aufgeregter Schuljunge klatschte Clive in die Hände. »Wenn das stimmt«, sagte er, »haben die Franzosen keine Ausweichmöglichkeit mehr. Dann sind sie in ihrem Stützpunkt um Pondicherry und Fort St. David eingeschlossen.«

»Und wir können unsere Verteidigung hier in Bengalen ausbauen«, bemerkte einer der Ratsherren zufrieden.

Clive nickte vergnügt und sagte dann: »Also, meine Herren – wenn Sie uns entschuldigen wollen –, ich möchte mit Kommodore Kelso zu meinem Wagen gehen. Bestimmt ist er müde und hat mir noch viel zu berichten.«

Im Bestreben, guten Willen zu zeigen, machten die Herren für Clive und Kelso Platz. »Die Ratsmitglieder und Kaufherren werden Ihnen zu Ehren eine Menge Partys geben, Kommodore. Wir sind sehr gespannt, bei der Gelegenheit mehr von Ihrer kühnen Aktion zu hören«, hieß es allgemein.

Sobald sie unter sich waren, blieb Kelso stehen und sagte zu Clive: »Ich hätte eine kleine Bitte, Sir. Kapitän Minter wird gleich an Land kommen. Er hat großartig gekämpft und bringt, wie Sie sehen, sein Schiff unbeschädigt zurück. Sicher würde er sich freuen, wenn Sie ihm ein paar Worte sagten.«

Sofort wandte sich Clive um. »Aber gewiß. Und Kapitän Lashley?«

»Und Kapitän Lashley«, sagte Kelso mit steinerner Miene.

Dann ging er allein zur Chaussee hinauf, wo Margaret Clive in ihrer Kutsche wartete. Lächelnd grüßte er und stieg in den Wagen. Sie sah erschöpft und kränklich aus, aber so schön wie eh und je.

»Roger Kelso«, sagte sie neckend, »da hat dir also wieder einmal –«

»– das Kämpfen Spaß gemacht?« ergänzte er. »Hast du das gemeint?«

Kokett musterte sie ihn durch ihren Fächer. Dann lachte sie und berührte leicht seinen Arm. »Nein. Ich wollte dich nicht verspotten. Ich weiß, wieviel dein Sieg bedeutet.«

»Es war Roberts Sieg«, wehrte er ab, »darüber sollten wir uns klar sein. Daß wir die französischen Schiffe schlugen, war nur ein kleiner Teil seines Planes.«

»Aber es hat Madras gerettet.«

»Weil Robert es so geplant hatte. Es wäre nie geschehen, hätte er nicht die Ratsmänner unter Druck gesetzt, bis sie ihm beistimmten und er Forde mit seiner Abteilung nach Süden schicken konnte.«

Nachdenklich blickte sie ihn an. »Du hast Robert sehr gern.«

»Er ist ein großer Mann«, erwiderte Kelso einfach.

Margaret seufzte. »Du und ich, Roger«, sprach sie weiter, »waren uns in den letzten Jahren nicht immer einig, aber in einem Punkt bestimmt: in unserer Liebe zu Robert.«

»Da hast du recht.«

»Du warst ein guter Freund, Roger – ich war nicht immer klug genug, es zu begreifen –, und jetzt möchte ich dir, ehe Robert kommt, dafür danken.«

Verwirrt, aber auch erfreut, blickte er sie an. Obwohl sie stärker geworden war und ihr Teint gelitten hatte, war sie immer noch auf ruhevolle Art schön; und jetzt konnte er ohne Bitterkeit daran denken, wie tief und hoffnungslos er sie einst geliebt hatte.

»Dein Sieg vor Madras«, fuhr sie fort, »bedeutet mir persönlich sehr viel. Das solltest du wissen.«

»Inwiefern?«

»Er wird den Tag näher bringen, an dem ich Robert dazu überreden kann, Indien zu verlassen. Dafür lebe und dafür bete ich.«

Kelso nickte. »Soviel ich weiß, will er dich allein nach Hause fahren lassen.«

»Das will er«, bejahte sie heftig. »Aber denkst du etwa, daß ich fahren würde?«

Lächelnd schüttelte er den Kopf. »Nicht ohne Robert.«

Erfreut über sein Verständnis drückte sie seinen Arm. »Wenn ich fahre, dann nur mit Robert und den Kindern. Ich könnte nie ohne ihn leben.«

»Er hält sich für unersetzlich«, sagte Kelso. »Er glaubt, Britisch-Indien ist verloren, wenn er geht.«

»Und dieser Meinung bist du auch.«

Kelso zögerte und suchte nach einer wahren Antwort. Er blickte zum Kai hinunter, wo etwa hundert Engländer immer noch Hochrufe auf die siegreichen Seeleute ausbrachten. Und er blickte über den Fluß, auf die eingeborenen Fischer in ihren Booten, auf das gegenüberliegende Ufer, wo buchstäblich Millionen Inder lebten. »Ja«, sagte er schließlich, »ich glaube, Indien braucht Robert – jetzt noch.«

»Jetzt noch«, wiederholte sie. »Aber wie lange?«

»Bis wir hier fest und sicher sitzen. Roberts Sieg im Süden, die Reise, von der wir eben zurückkommen, sind Beispiele dafür, was sein Hiersein bedeutet. Wenn die Franzosen und die Holländer vertrieben sind und unsere Allianz mit Mir Jaffar endgültig gesichert ist – dann wird er bestimmt tun, was er schon lange tun will: mit dir nach Hause fahren.«

»Gott gebe, daß du recht hast«, sagte Margaret und verbarg ihre Augen eilig hinter ihrem Fächer.

Auf dem Kai herrschte immer noch viel Wirbel, aber einige Zuschauer wanderten doch schon ab. Tränenüberströmte Mädchen wurden von energischen Müttern weggeführt, während stolze Väter ihren Söhnen, den Midshipmen, zuwinkten. Am Abend, wenn die Besatzungen Landurlaub bekamen, würde man richtig feiern.

Kelso, der absichtlich beiseite blickte, um Margaret Zeit zu geben, ihre Fassung wiederzugewinnen, fuhr plötzlich zusammen: Eine Kutsche kam den Kai entlang, deren Insassin nicht zu verkennen war – Lady Susan.

Sicherlich hatte sie ihn ebenso gesehen wie er sie, doch sie blickte interessiert zum Kai hinunter und wandte sich erst beim Vorbeifahren um, seinen Gruß mit gespielter Beiläufigkeit zur Kenntnis nehmend.

Während einer langen Sekunde, so lange wie eine im Trab fahrende Kutsche zum Passieren braucht, trafen sich ihre Augen. Ihre Lippen lächelten, ihr Haupt neigte sich im Gegengruß, aber das war nur die höfliche Fassade – die wahre Bedeutung dieser Begegnung stand in ihrer beider Augen.

Es war so schnell vorbei, daß Kelso nichts weiter spürte als ein plötzliches Schnellerwerden seines Herzschlags; danach war alles in ihm leer. Hinter sich vernahm er das

Klick-klack der Hufe und das Klatschen der Zügel, doch er sah sich nicht um.

Statt dessen blickte er Margaret verstohlen an und begriff zu seinem Schrecken, daß sie alles gesehen und verstanden hatte.

»Armer Roger«, sagte sie leise und mitleidig.

Brüsk wandte er sich ab. »Was soll das heißen – armer Roger?«

»Daß du dich immer in die falsche Frau verliebst.«

Er wollte schon zornig werden, doch als er sich zu ihr wandte und das Mitgefühl in ihren Augen sah, wußte er, daß ihre Bemerkung freundschaftlich gemeint war. »Ich weiß trotzdem nicht, was du meinst«, knurrte er.

»Vor ein paar Jahren«, sagte sie sanft lächelnd, »war ich deine große Liebe – ich, die Frau deines besten Freundes. Weißt du noch?« Errötend lächelte auch er.

»Jetzt hast du das vernünftigerweise überwunden«, fuhr sie fort, und es klang ein bißchen schulmeisterlich. »Aber nun mußt du dich ausgerechnet in die Frau deines schlimmsten Feindes verlieben.«

»Nur zur Abwechslung«, entgegnete er mit einem verzweifelten Versuch, die Sache ins Scherzhafte zu ziehen.

Sie schüttelte den Kopf und legte ihm schwesterlich die Hand auf den Arm. »Das darfst du nicht, Roger. Du tust dir nur selber weh – und ihr auch.«

Er antwortete nicht, sondern horchte auf Kapitän Lashleys laute, lärmende Begrüßung und Susans leise Antwort.

»Ich weiß, daß er ein schlechter, ungetreuer Gatte ist. Ich weiß, daß er am Maidan eine Geliebte aushält und eine zweite jenseits des Forts. Ich weiß, daß er trinkt und ein Feigling ist, aber – er ist nun einmal Susans Mann, Roger.«

Immer noch blieb Kelso stumm.

»Ich weiß, daß ihr beide zusammen auf einer Insel wart und de Sousa überlisten konntet. Ich weiß, daß ihr Ursache hattet, einander kennen und schätzen zu lernen. Aber das war damals. Jetzt ist sie verheiratet, Roger. Das läßt sich nun einmal nicht leugnen.«

Er wandte sich Margaret zu und sah in ihre klaren, aufrichtigen Augen. »Du hast recht«, sagte er. »Ich weiß es.« Spontan ergriff er ihre Hand. »Liebe Margaret.«

»Liebe Margaret?« wiederholte sie mit leisem Auflachen. »Du hast mich also doch noch nicht ganz vergessen?«

»Dich vergessen?« fragte er und erwiderte ihr Lächeln. »Wie könnte ich dich jemals vergessen! Es gibt nur eine Margaret – so war es, und so wird es immer bleiben. Du weißt doch: Dir kann ich nichts abschlagen.«

»Wenn das wirklich der Fall ist«, antwortete sie und wurde wieder ernst, »dann sieh zu, daß du dich nicht ins Unglück stürzt – und Susan auch nicht.«

13

Der Gouverneur hatte zu einem Gartenfest geladen. Der Rasen wimmelte von elegant gekleideten Gästen, Schnüre mit Lampions waren von Baum zu Baum gespannt, die dem schütteren Gras und den sorgfältig gewässerten Blumenbeeten so viel Licht spendeten, daß man herumpromenieren oder sich unterhalten konnte, andererseits aber die zahlreichen Pärchen genügend Schatten fanden. Vor zwei Tagen erst war eine Flottille Indienfahrer mit stumpfem Bug und schweren Segeln den Hugli heraufgekommen, und wie üblich hatten die dreißig oder vierzig jungen Frauen und Mädchen, welche die siebenmonatige

Überfahrt ausgehalten hatten, bereits einen Mann gefunden. Innerhalb eines Monats würden sie heiraten, aber in einem Jahr würde die Hälfte von ihnen tot oder verwitwet sein.

Für Kelso war die Ankunft der Kauffahrteischiffe eine willkommene Abwechslung gewesen. Trotz seines unverfänglichen Berichts an Clive rankten sich um Kapitän Lashley bereits Skandalgerüchte. Was Kelso und seine Offiziere zu verbergen trachteten, erzählten die Mannschaften, die unter keinem solchen Ehrenkodex standen, bereitwillig herum. Gerüchte gingen von Diener zu Diener, vom Diener zum Herrn, bis es keine Zofe in Kalkutta gab, die nicht wußte, daß die *Paragon* beim Kampf nicht dabeigewesen war. Wie immer waren die Gerüchte viel peinlicher als die Wahrheit: Kapitän Lashley habe sich geweigert zu kämpfen, hieß es, und: Die Besatzung der *Paragon* habe gemeutert.

Lashley selbst begegnete diesem Gerede mit einer Miene unwilliger Gleichgültigkeit. Er erschien auf Partys und an Teetischen, aber nur, weil seine Frau darauf bestand. Niemand, auch nicht die Hartgesottensten der Kolonie, hatte das Herz, ihn offen nach der Wahrheit zu fragen.

Kelso, der Gerüchte und Skandale haßte – er hielt sie für charakteristische Züge der europäischen Gesellschaft –, fand diese Situation äußerst unangenehm. Merkwürdigerweise empfand er sogar ein gewisses Mitgefühl für Lashley, nicht nur, weil man ihn ungeprüft verurteilt, sondern auch wegen der würdevoll gelassenen Haltung seiner Frau.

Susan Lashley war eine Frau von Charakter und nobler Haltung. Bei gesellschaftlichen Veranstaltungen war ihr Benehmen vollkommen normal. Trotz der Gerüchte, die sie ja kennen mußte, tat sie so, als sei alles in bester Ordnung. Sie sprach so ungescheut von ihrem Mann, als bemerke sie überhaupt nicht, wie sorgfältig andere Gäste vermieden, ihn zu erwähnen, und übersah gelassen die plötzliche Stille und verlegenen Blicke bei ihrem Eintreten.

An diesem Abend gaben die Clives eine Party, um sowohl die siegreiche Heimkehr der Marine als auch die Ankunft der Kauffahrer zu feiern.

Kelso stand im Schatten hinter Margarets Stuhl und beobachtete die glitzernde Parade. Am oberen Rand des Rasens war ein Bambusdach aufgeschlagen, und hier begrüßten die Clives ihre Gäste und führten Unterhaltungen mit den Ratsmitgliedern und deren Gattinnen. Auf dem Rasen, im Schein von hundert Lämpchen, schritten die Gäste fröhlich plaudernd auf und ab. Manches hübsche junge Mädchen war dabei, frisch aus England, aber auch das übliche Kontingent hoffnungsvoller reiferer Damen. Sie alle trugen ihre besten Kleider. Dazu kamen noch die neuen Staats- und Abendroben, in aller Eile von indischen Schneidern aus den kostbaren Stoffen genäht, die man den Schiffsoffizieren abgekauft hatte. Wie es hieß, wurden viele Leute hauptsächlich deswegen Offiziere der Company, weil sie dann ein privates Handelsprivileg genossen, das einen finanziellen Ausgleich für die langen, langweiligen und gefahrvollen Reisen darstellte: Reisen, die sieben Monate, aber auch zwei Jahre dauern konnten. Jeder Schiffsoffizier hatte Anrecht auf Frachtraum, von den fünfundsechzig Tonnen des Kapitäns bis zu den drei Tonnen eines Vierten Offiziers; und wer Seide, Kleider, Putzmacherwaren oder teure Weine geschickt einzukaufen verstand, konnte eine Menge Geld verdienen. Stürme, Piraten und der gefürchtete Skorbut forderten zwar einen hohen Zoll von den Handelsschiffen, aber ein Gewinn von dreißigtausend Pfund – für einen Kapitän nichts Ungewöhnliches bei Hin- und Rückreise – war schließlich nicht zu verachten.

Hundert schöne Frauen schwatzten, lachten, kokettierten mit ihren Fächern – aber Kelsos Augen suchten nur eine. Mit halbem Ohr hörte er dem jungen Vansittard zu, dem neuesten Mitglied des Rates; doch seine Aufmerksamkeit war auf die gegenüberliegende Seite des Rasens gerichtet, der im Bogen unter den Bäumen verlief und zur Vorderfront des Hauses führte, wo die Insassen ausstiege. Wenn Susan kam – falls überhaupt –, würde sie dort aussteigen.

»Sie müssen ja ganz zufrieden mit sich sein, Kelso«, sagte Vansittard soeben. »Nach dieser Geschichte sind Sie tatsächlich der Held des Tages.«

Kelso hatte nur einen flüchtigen Blick für den jungen Herrn, antwortete jedoch nicht und wandte seine Aufmerksamkeit sofort wieder der schwatzenden Menge zu. Wie alle Alteingesessenen in Indien hielt er nicht viel von den Neuankömmlingen, besonders wenn sie sich so überheblich gebärdeten wie Vansittard.

»Hatte natürlich schon in England von Ihnen gehört«, fuhr der junge Mann fort. »Sie gelten als Held sowohl von Gheriah als auch von Plassey, und–«, er hielt einen Moment inne, »als Freund Colonel Clives.«

Wäre Kelsos Ohr besser auf die Feinheiten gesellschaftlichen Geplauders eingestimmt gewesen, hätte er den versteckten Hohn herausgehört, die Andeutung, daß sein Ruhm ohne Clives Freundschaft wohl nicht so groß wäre. Doch er hörte nicht hin, oder allenfalls mit halbem Ohr, und antwortete wieder nicht.

Immer noch spähte er über den Rasen zur Auffahrt hin, wo soeben Kopf und Schultern eines Herrn und seiner Dame im Halblicht über der Menge sichtbar wurden. Hoffnungsvoll wartete er, bis die Kutsche an einem Querweg vorüberfuhr, wo keine Gäste standen, so daß die Insassen einen Augenblick deutlicher zu sehen waren. Seine Spannung wich einem Gefühl der Enttäuschung: Die Dame war nicht Lady Susan.

Kelso wurde sich bewußt, daß Vansittard ihn etwas gefragt hatte. »Wie? Was meinten Sie soeben?« erkundigte er sich irritiert.

»Ich fragte, ob Sie jemanden erwarten.«

»Nein.« Er wandte sich dem jungen Stutzer zu. »Ich erwarte niemanden.«

»Bitte um Entschuldigung«, erwiderte Vansittard. »Sie kamen mir nur etwas – abgelenkt vor.«

»Da irren Sie sich.«

Erleichtert sah er John Holwell, einen älteren Ratsherrn, herankommen, der zu jenen gehörte, die seinerzeit die Gefangenschaft in dem furchtbaren »schwarzen Loch« von Kalkutta überlebt hatten. Holwell schüttelte Clive die Hand und hob Margarets Fingerspitzen an die Lippen. Als er sich aus der Verbeugung aufrichtete, sah er Kelso. Mit ausgestreckter Hand kam er auf ihn zu.

»Übrigens«, murmelte Vansittard in Kelsos Ohr, »Kapitän Lashley und Gattin sind jetzt hier.«

»Was?« Er fuhr herum, so überrascht, daß er sich nicht zurückhalten konnte und kaum Zeit hatte, sich darüber klar zu werden, wie sehr er sich verriet. Da war Holwell auch schon herangetreten. »Kelso! Mein tapferer Freund!«

»Holwell! Es freut mich wirklich, Sie zu sehen.« Herzlich schüttelte Kelso seinem alten Freund die Hand und sagte dann nach einigem Zögern: »Mr. Vansittard kennen Sie schon?«

»Wir kennen uns«, knurrte Holwell; offenbar war es keine sehr erfreuliche Bekanntschaft.

»In der Tat«, bestätigte Vansittard mit boshaftem Auflachen. »Ich fürchte, daß Mr. Holwell und ich uns in der Ratssitzung nicht immer ganz einig waren.«

»Ich bin ein alter Mann«, entgegnete Holwell, »und vielleicht sehe ich die Probleme der Company anders als junge Leute. Aber ich lebe schon lange hier, Mr. Vansittard, und habe der Company schon gedient, als Sie noch –«, ärgerlich hielt er inne, »als Sie noch ein Jüngling waren.« Es ging die Rede, daß Vansittard in England dem berüchtigten Hell Fire Club des Sir Francis Dashwood* angehört hatte. Mochte das nun stimmen oder nicht – dieses Gerücht hatte seinem Ruf keineswegs geschadet, im Gegenteil, in Kalkutta gab es Mädchen – und sogar respektable verheiratete Frauen –, von denen es hieß, sie seien rettungslos in Mr. Vansittard verliebt.

»Ich spreche«, fuhr Mr. Holwell fort, »zum Nutzen der Company – jedenfalls meiner Ansicht nach. Ehe Sie nicht ein paar Jahre hier draußen gewesen sind, Mr. Vansittard, und ein bißchen mehr über Indien gelernt haben, würden Sie gut daran tun, Ihre Zunge etwas im Zaum zu halten.«

Vansittard lächelte unfreundlich. »Das kann ich nicht, Holwell, wenn ich sehe, was für Mißwirtschaft hier getrieben wird.«

»Mißwirtschaft!« Holwell wurde bleich vor Wut; im Moment fehlten ihm anscheinend die Worte. Aber Kelso nahm die Herausforderung an. »Mr. Holwell hat recht«, sagte er kurz. »Für einen jungen Mann ohne Ahnung und Erfahrung reden Sie ziemlich viel. Es wäre besser für Sie und bestimmt auch für die Company, wenn Sie lernten, Ihre Zunge zu zügeln.«

* Verein reicher junger Stutzer, der sich auf ziemlich derbe Scherze mit Mädchen und Frauen spezialisiert hatte.

Der junge Mann erwiderte Kelsos zorniges Starren mit unverschämtem Lächeln. Dann wandte er seine Aufmerksamkeit von Kelso ab. »Ich würde mich gern weiter mit Ihnen über dieses Thema unterhalten, Kelso, aber im Moment geht es leider nicht«, sagte er und fuhr nach einer kleinen Pause maliziös fort: »Ich glaube, da ist jemand, auf den Sie gewartet haben: Kapitän Lashley–«, er hielt nochmals inne und fügte hinzu: »mit Gattin.«

Kelso sah Lady Susan im selben Moment wie sie ihn; sie trat mir ihrem Mann aus dem Haus, blieb auf der Terrasse stehen und blickte über den Rasen; dabei fanden sich ihre Augen.

Er spürte sein Herz aussetzen, und all seine guten Vorsätze verflogen wie der Blumenduft am weiten nächtlichen Himmel. Susan war so schön, wie er sie in Erinnerung hatte, noch schöner sogar, denn er hatte sie noch nicht in ihrem neuen Kleid aus Europa gesehen. Es war blau, aber von einem so dunklen Blau, daß es bei dieser Beleuchtung fast schwarz wirkte. Nur wenn die Laternen über der Terrasse aufflackerten, konnte man den tiefblauen Schimmer sehen, der so wirkungsvoll mit der Blässe ihrer Arme und ihres Gesichts kontrastierte und so wunderschön zum Glanz ihres Haares paßte. Heiter, gelassen und elegant stand sie da, doch ihre Augen waren auf ihn gerichtet.

Kapitän Lashley dagegen wirkte keineswegs heiter und gelassen. Nur weil Susan mit ruhiger Beharrlichkeit darauf bestanden hatte, war er gekommen, und nun trottete er widerwillig hinter ihr die Stufen hinunter wie ein kleiner Junge, der zu etwas gezerrt wird, wozu er keine Lust hat.

Doch Kelso sah nur Susan. Als sie hinunterstieg, die Augen immer noch auf ihn gerichtet, schien sein brennender Blick sie zu verwirren, denn sie hielt inne und hätte beinahe eine Stufe verfehlt. Sie wandte sich um und nahm demonstrativ den Arm ihres Mannes. Mit ihm trat sie zu den Clives und tauschte einen Begrüßungsgruß mit Margaret. Diese hatte an Kelsos gespannter Haltung gemerkt, was vorging, und versuchte daher, Susan abzulenken, indem sie sie mit einigen anderen Gästen ins Gespräch brachte: »Ich glaube, Colonel Benson und seine Gattin kennst du schon ...« Aber sie hätte ebensogut versuchen können, den Wind festzuhalten. Die beiden Damen umarmten sich, doch Susans Augen waren auf Kelso gerichtet. Sie löste sich von Margaret und schritt willenlos auf ihn zu, einem Nachtfalter gleich, der unwiderstehlich von der Kerzenflamme angezogen wird.

»Lady Susan!« Kelso nahm ihre Hand und hielt sie sekundenlang in der seinen, doch führte er sie nicht an die Lippen. Jetzt, da sie vor ihm stand, so schön und graziös, die Wangen bleich, doch die Augen fest in den seinen, spürte er ein ruhiges Glücksgefühl; die Fassung, die ihn verlassen hatte, kam wieder. »Wie angenehm, Sie zu sehen«, sagte er in so konventionellem Ton, als sei Susan ein beliebiger Partygast.

Ebenso konventionell erwiderte sie: »Wie ich höre, muß ich Ihnen zu einem großen Sieg gratulieren. Ich hatte noch nicht das Vergnügen, Sie zu sehen, seit Sie wieder hier sind.«

»Ich möchte schwören, Sie gehen uns aus dem Weg, Kommodore«, ergänzte Lashley grämlich.

Kelso sah ihn nur wortlos an. Statt einer Antwort wandte er sich um und stellte seine Gesprächspartner vor. »Mr. Holwell kennen Sie, glaube ich.«

»Mr. Holwell ...« Lächelnd reichte ihm Susan die Hand.

»Und dies ist Mr. Vansittard, ein neues Mitglied des Rates.«

»Mr. Vansittard ...« Ihr Lächeln wurde kühler.

»Sie erwähnten soeben Kelsos großen Sieg«, sagte Vansittard. »Ich bin selbst begierig, Näheres darüber zu hören.«

»Es war nichts weiter«, erwiderte Kelso abweisend, »nur eine Frage der Seemannschaft. Wir hatten das Glück, die Franzosen zu überraschen.«

»Das hörte ich«, sagte Vansittard. Boshaft huschten seine kleinen, engstehenden Augen von Kelso zu Lady Susan und von ihr zu dem offensichtlich peinlich berührten Kapitän. »Aber immerhin müssen Sie zugeben – zwei mittelgroße Company-Schiffe plus eine bedeutungslose Schaluppe gegen zwei Linienschiffe, das ist doch ein recht beachtlicher Sieg. Finden Sie nicht auch, Mr. Holwell?«

»Kelso hat so viele beachtliche Siege errungen«, brummte Holwell, »daß ich es durchaus verstehen kann, wenn er keine Lust hat, über diesen groß zu reden.«

»Oh, gewiß«, nickte Vansittard. »Aber andererseits kann er nicht oft einen so ungleichen Kampf geführt haben.«

»Unsinn«, fuhr Holwell dazwischen. »Bitte um Verzeihung, Lady Susan, aber es ärgert mich, wenn ich höre, daß jemand – noch dazu ein Mitglied des Rates – so wenig von unseren Angelegenheiten versteht.« Er wandte sich wieder an Vansittard. »Diese Company-Schiffe, von denen Sie so geringschätzig reden, sind ein Teil – ein bedeutender Teil – der Bombay-Marine, wie wir sie nennen. Unter dem armen James, der zehn Jahre lang Kommodore gewesen ist und mit Lashley hier die *Protector* gefahren hat, brachte diese Marine wahre Wunder zustande. Sie haben von Gheriah gehört? Das waren Kommodore James und Kelso.«

»Oh, wirklich?« lächelte Vansittard. »Aber es waren doch, soviel ich weiß, auch Kriegsschiffe dabei?«

»Waren sie auch«, räumte Holwell ein. »Admiral Watsons Geschwader. Aber die Initiative, den Schlüssel zum Sieg, hat die Marine geliefert, und besonders Kelso mit seiner *Paragon*.«

»Es war ein Sieg wie andere auch«, wehrte Kelso ab. »Kein einzelnes Schiff und kein einzelner Kommandant kann ihn für sich beanspruchen.«

»Das sagen Sie, Kelso«, lächelte Holwell. »Aber Admiral Watson hat etwas anderes gesagt. Nämlich ausdrücklich, es sei Ihr Sieg gewesen.«

»Admiral Watson ist tot?« fragte Vansittard beiläufig.

»Aye, er ist tot«, antwortete Holwell. »Und das französische Linienschiff, die *Lyon* – haben Sie gehört, wie Kelso sie vernichtet hat?«

»Das sind alte Geschichten«, sagte Kelso mit echter Verlegenheit, »und kaum das, was Lady Susan auf einer Party hören möchte.«

Lächelnd blickte sie ihn an. »Im Gegenteil, ich höre immer gern von den Aktionen der Marine. Mein Mann ist in diesen Dingen nicht eben mitteilsam.« Sie wandte sich ihrem Gatten zu und berührte leicht seinen Arm, um dem Vorwurf die Spitze zu nehmen.

»Ganz recht«, bestätigte Lashley, »wir Marineoffiziere tun nur unsere Pflicht. In der Öffentlichkeit wird von kleineren Aktionen oft zuviel hergemacht.« Er sah Kelso bei diesen Worten nicht an, aber er hätte kaum deutlicher werden können.

Ehe der indignierte Holwell ihm in die Parade fahren konnte, sagte Kelso: »Ich bin durchaus Lashleys Meinung. Wir alle, von Kommodore James an, haben nur unsere Pflicht getan.«

»Sie sprachen von alten Geschichten«, bohrte Vansittard weiter. »Aber ich – wie sicher noch viele andere in Kalkutta – interessiere mich für neuere Geschichte – die Seeschlacht vor Madras.«

Mit einem kalten Blick entgegnete Kelso: »Das war, wie gesagt, eine simple Übung in Seemannschaft. Mehr ist dazu nicht zu sagen.« Er wandte sich ab, doch Vansittard faßte ihn am Arm. »Halt, Kelso, einen Moment«, beharrte er. »Sie sind zu bescheiden. Lady Susan hat eben gesagt, sie höre gern mehr über Marine-Aktionen. Bestimmt würde sie gerade von dieser besonders gern mehr hören.«

»Nicht, wenn Kommodore Kelso keine Lust hat, darüber zu sprechen«, fiel Susan rasch ein.

»Aber warum sollte er keine Lust haben, darüber zu sprechen?« fragte Vansittard unverhohlen maliziös. »Warum sollte er nicht über diesen glänzenden Sieg sprechen wollen – es sei denn, es gäbe etwas zu verbergen?«

Kalt blickte Kelso auf die Hand hinunter, die ihn festhielt, bis Vansittard sie wegnahm. Erst dann antwortete er: »Wir haben zwei französische Linienschiffe zerstört. Madras wurde entsetzt. Wie kommen Sie darauf, daß es etwas zu verbergen gäbe?«

Herausfordernd blickten die Umstehenden das neue Mitglied des Rates an. Eine Sekunde lang schien Vansittard eingeschüchtert zu sein, doch dann setzte er sich über die allgemeine Mißbilligung hinweg und fragte schneidend: »Sagen Sie, Kelso – wie viele Schiffe haben den Angriff gefahren?«

»Zwei, wie ich bereits sagte – zwei Linienschiffe.«

»Wie viele Company-Schiffe, meine ich.«

Eine lange drückende Stille entstand. Kelso sah Lady Susan an, dann ihren Gatten: Resignation bei ihr, mürrische Gleichgültigkeit bei ihm. »An dem eigentlichen Angriff«, sagte er, »waren zwei Schiffe beteiligt.«

»Die *Protector* und die *Pindarus*?«

»Ja, das ist richtig.«

»Und was war mit der *Paragon*?« fragte Vansittard triumphierend. »Was tat der tapfere Kapitän Lashley?«

»Hüten Sie sich, Sir!« schrie Lashley. »Oder ich müßte Genugtuung von Ihnen fordern!«

»Sparen Sie sich Ihre Drohungen«, erwiderte Vansittard höhnisch. »Ich habe mehr Duelle ausgefochten, aye, und mehr Männer dabei getötet, als Sie in ihrem ganzen Leben töten werden.« Und dann brach seine Bösartigkeit durch. »Um diese neueste Schlacht gegen die Franzosen ist irgendein großes Geheimnis. Mir und einer ganzen Anzahl von Leuten in Kalkutta kommt es so vor, als hätten wir die Schlacht gewonnen und Madras befreit, *trotz* der Mitwirkung oder trotz der Nichtmitwirkung der *Paragon*. Wie war es, Kelso? Sagen Sie, was hat Lashley gemacht, während Sie gegen die Franzosen kämpften?«

Bleich vor Zorn wollte sich Lashley auf Vansittard stürzen, doch Kelso hielt ihn zurück. »Das alles geht Sie gar nichts an, Vansittard«, sagte er gelassen, »nicht einmal in Ihrer Eigenschaft als Ratsmitglied. Ich habe Gouverneur Clive Bericht erstattet, und er kennt alle Tatsachen. Sie sollten doch begreifen, daß Einzelheiten geheim bleiben müssen, weil sie dem Feind einen Vorteil bieten würden. Das jüngste Gefecht gegen die Franzosen war erfolgreich, und Madras wurde entsetzt. Ich schlage vor, Sie belassen es dabei.«

14

»Sie können es nicht dabei belassen«, sagte Clive. »Ganz Kalkutta schwirrt von Gerüchten. Ein Untersuchungsausschuß muß her; alle Tatsachen müssen ans Licht kommen. Lashley muß sich rechtfertigen, wenn er kann.«

Sie saßen im Büro des Gouverneurs. Beunruhigt durch zahlreiche Andeutungen und einige direkte Fragen, war Clive entschlossen, zu handeln. »Wir setzen einen Untersuchungsausschuß ein«, sagte er. »Als Vorsitzenden nehmen wir einen möglichst diskreten Mann – Holwell, würde ich vorschlagen. Aber wir müssen die Fakten öffentlich zugänglich machen.«

»Die Tatsachen haben Sie ja schon«, erwiderte Kelso. »Wozu soll es also gut sein, sie öffentlich auszuschreien?«

»Es wäre sogar sehr nützlich. Das müßte Ihnen doch eigentlich klar sein. Wenn wir die Fakten offenlegen, hört das Gerede auf – das sowohl der Marine als auch Lashley so stark schadet, daß man denken sollte, die Wahrheit müßte ihm lieber sein.«

Kelso sah zum Deckenfächer hoch und folgte seinen Schwingungen mit den Augen; dann hatte er einen Entschluß gefaßt. »Also schön«, sagte er, »aber ich finde immer noch, es wäre einfacher, wenn wir möglichst bald Segelorder bekämen.«

Clive machte eine mißmutige Handbewegung. »Ich kann jetzt nicht riskieren, Sie in See zu schicken. Das habe ich Ihnen doch erklärt. Unsere Lage in Indien ist verzweifelt, jawohl verzweifelt, verstehen Sie? Trotz Ihres großen Sieges über die Franzosen.«

»Weil die Franzosen immer noch hier sind, in Pondicherry und Fort St. David?«

»Eben, sie sind noch hier. Und ich möchte wetten, daß

Lally auf Revanche brennt. Früher oder später werden wir wieder mit ihnen kämpfen. Ich bin nur dankbar dafür, daß Ihr Sieg uns Zeit zur Vorbereitung gegeben hat.«

»Verstärken Sie deshalb unsere Position hier in Kalkutta?«

»Zum Teil ja. Doch ich muß bekennen, daß meine größte Sorge zur Zeit die Holländer sind.«

»Die Holländer? Aber die sind doch unsere Verbündeten.«

»In Europa, aber nicht unbedingt auch in Indien. Wenn wir kämpfen müssen, dann können Sie sich vorstellen, was für Ärger ich mit der Regierung daheim kriege, ganz zu schweigen von unserem eigenen Direktorium. Andererseits – wir sind hier an Ort und Stelle; ich denke nicht daran, mitanzusehen, wie unsere großen Gewinne einem holländischen Usurpator in die Hände fallen.«

»Glauben Sie wirklich, daß es dazu kommen könnte?«

»Ja, das könnte es. Unter gewissen Umständen halte ich es für durchaus wahrscheinlich.«

»Wenn Mir Jaffar uns verrät?«

»Das ist eine schwierige Entscheidung«, sagte Clive und trat ans Fenster. »Sie wissen ja, auf indische Herrscher kann man sich nicht verlassen. Sie trauen niemandem und sind selten längere Zeit loyal, nicht einmal ihren größten Wohltätern gegenüber.«

»Nur wenn es sich für sie lohnt.«

»Genau. Obwohl ich Mir Jaffar an die Macht gebracht habe, möchte ich nicht darauf wetten, daß er uns nicht eines Tages verrät.«

»Wie er Surajah Dowlah verraten hat?«

»Warren Hastings warnt uns vor ihm in seinen Depeschen aus Murshidabad. Er schreibt, daß sich Mir Jaffars Haltung von Dankbarkeit zu dumpfem Groll gewandelt hat. Solche Leute, mein lieber Kelso, sind gefährlich.«

Kelso trat zu ihm ans Fenster und blickte über die große weitläufige Stadt mit ihren Faktoreien und Lagerschuppen, ihren schönen Häusern, ihren Elendshütten, Soldaten, Müllträgern, Wasserträgern und Bettlern.

Vor der Fensterbespannung aus Gaze summten Myriaden von Fliegen und anderen Insekten in der stickigen Luft. Zur Rechten, hügelabwärts, lag das alte Fort, jetzt nur noch zum Teil benutzt, zur Linken lag das neue Fort, das aber noch kaum über die Fundamente hinausgekommen war.

»Deswegen also Ihre Vorbereitungen?« fragte er.

»Ja«, nickte Clive. »Das neue Fort, die Rekrutierungen und die Ausbildung neuer Sepoy-Kompanien: Alles gehört zu meinem Plan. Mehr oder weniger ein Wettrennen gegen die Zeit.«

»Sie halten die Lage wirklich für so ernst?«

Clive antwortete nicht gleich. Endlich sagte er: »Hastings berichtet, daß Depeschen nach Batavia abgegangen sind. Der indische Schreiber steht natürlich in unserem Sold. Der Nawab hat augenscheinlich die Holländer aufgefordert, ihre Streitkräfte in Indien zu verstärken und ihr Interessengebiet über Chinsurah hinaus auszudehnen.«

»Gegen die Engländer?«

»Als Gegengewicht gegen die Engländer. Sie können sich unsere Situation vorstellen, wenn die Holländer der Anregung des Nawab folgen und ihre Truppen auf die Stärke der unseren bringen.«

»Dann könnten wir uns nie mehr sicher fühlen.«

»Die Holländer allerdings auch nicht. Der Nawab kann dann erreichen, was er will, indem er droht, die eine Seite gegen die andere zu unterstützen.«

Achselzuckend trat Kelso wieder zum Tisch. »Anscheinend bin ich also jetzt eine Zeitlang Küsten-Seemann?«

»Eine Zeitlang. Bis Forde mit seinem Detachement aus dem Circar zurückkehrt, wage ich nicht, Sie hinauszuschicken.«

Kelso nickte. »Und zu einem Untersuchungsausschuß sind Sie entschlossen?«

Clive wirkte einen Moment verwirrt, als hätte er über der großen Politik die vorherige Unterhaltung vergessen. »Ach so, Lashley meinen Sie? Jawohl. Bestimmt ist es das Beste für ihn und die Company, wenn wir die Tatsachen offenlegen.«

Deutlich hatte Kelso bei diesen Worten Lashleys Gesicht vor Augen; es war kein erfreuliches Bild, wie es da, häßlich vor Wut, direkt vor dem seinen stand. Im Geist hörte er noch einmal die bösartigen Worte: »Ob der Skandal Ihnen selbst schadet oder nicht – Susans Ruf ist bestimmt ruiniert!« Er sagte zu Clive: »Wenn Sie noch ein paar Stunden warten würden – ich möchte Lashley selbst verständigen.«

Er trat hinaus in die Vormittagsglut, wies die lautstarken Angebote der Palankinträger zurück und ging die Straße zum Europäerviertel hinauf. Wohl fühlte er eine gewisse Erleichterung darüber, daß die heimtückischen, immer mehr um sich greifenden Gerüchte nun aufhören würden; aber andererseits mußte er sich fragen, wie Lashley reagieren würde. Doch vor allem war er, obwohl er es vor sich selbst nicht zugeben wollte, freudig erregt, weil er zu Susan ging. Er wußte, was er tat, war äußerst gefährlich, und auf eine Art war es eine Kapitulation. Wie oft hatte er sich gesagt, daß er ein Zusammensein mit ihr vermeiden mußte? Wie oft hatte er sich mit dem Gedanken getröstet, daß er bald wieder auf See sein würde? Nun, er ging nicht – oder doch nicht so bald – in See, und die Gefahr für sein Gefühl blieb bestehen. Und was die Kapitulation betraf – er wollte ja nur Lashley von dem Untersuchungsausschuß benachrichtigen und ihn dazu bewegen, seine Drohungen zurückzunehmen. Er wollte Susans Ehre retten, nicht sie kompromittieren.

Als er den Hügel hinaufgestiegen war und das große Haus mit dem Rasen davor, dem Garten, den schattigen Zedern, der harmonisch gerundeten Front erreicht hatte, konnte er sich des Gefühls nicht erwehren, daß Susan ihn gesehen hatte, daß sie ihn von einem Fenster beobachtete. Doch er sah nicht hinauf.

Ein indischer Diener empfing ihn auf der Treppe und nahm seinen Hut. Nein, der Sahib sei wahrscheinlich nicht zu Hause.

Kelso zögerte kurz und wußte nicht recht, was tun. »Schau nach«, sagte er schließlich unsicher.

Er wußte sofort: War er erst einmal im Haus, dann war er so sicher verloren, als hätte er mit seinem Hut alle guten Vorsätze abgegeben.

Die kühle Vorhalle duftete nach Blumen, Gewürzen und Wachs. Ein breiter Teppich deckte den Boden, ein Hocker stand neben der Tür, auch ein Tischchen mit schimmernd polierter Kupferplatte.

Nach ein paar Minuten kam der Diener zurück. »Sehr leid. Sahib ausgegangen.«

Mit dem Gefühl tiefer Verzweiflung stand Kelso auf. »Aha. Weißt du, wann er zurückkehrt?«

»Nein, Sahib. Master nicht gesagt.«

»Na schön.« Er konnte es nicht über sich bringen, nach Susan zu fragen, doch er hätte viel darum gegeben zu wissen, ob sie im Haus war. Es war wie verhext. Ging es ihr ähnlich? Mußte auch sie sich mit guten Vorsätzen herumschlagen?

Er trat in die Sonne hinaus und blieb sekundenlang auf

der obersten Treppenstufe stehen. Dann, als er schon langsam auf die Einfahrt zuging, hörte er ihre Stimme: »Roger! Roger Kelso!«

Erfreut fuhr er herum und sah sie neben dem Diener in der Tür stehen. »Ich war im Salon«, sagte sie. »Ich dachte mir doch, diese Gestalt ist unverwechselbar.«

Rasch trat er zu ihr und nahm ihre Hand. »Susan!«

»Und du wolltest gehen, ohne mich gesehen zu haben?« fragte sie lächelnd.

»Nun ...« Er spürte, wie er rot wurde. »Ich wollte deinen Mann sprechen. Ich war mir nicht sicher ... Du hättest ja auch nicht zu Hause sein können.«

»Bin ich aber!« Sie lachte über seine Zurückhaltung und nahm seinen Arm. »Amayal soll Tee bringen«, sagte sie zu dem Diener.

Dann saßen sie einander gegenüber, er steif und verlegen auf der Stuhlkante, sie gelassen auf der Chaiselongue. Als der Tee kam, nahm er die Tasse und trank, ohne etwas zu schmecken, während sie heiter von der Party plauderte, von Freunden, von weiteren Gesellschaften. Schließlich hielt er es nicht mehr aus.

»Susan, ich muß mit dir sprechen.«

Sofort wurde sie ernst und nahm ihm die Tasse ab. »Ja, Roger? Was ist?«

»Der Gouverneur hat entschieden, daß ein Untersuchungsausschuß eingesetzt werden soll – wegen Richards Verhalten auf der *Paragon*.«

»Aha«, sagte sie und sah ihn fest an.

»Es war nicht mein Wunsch, Susan«, sagte er, »bitte glaube mir das. Ich habe versucht, es zu verhindern. Ich habe Robert Clive gebeten, uns Segelorder zu geben.«

Sie sah ihn spöttisch an. »Wäre das eine Lösung gewesen – wegzulaufen?«

Er wurde rot. »Ich hielt es für das Beste, Susan – für dich, nicht für mich.«

Mit einem halben Lächeln nickte sie. »Ich glaube dir. Doch jetzt, da schon so viel an die Öffentlichkeit gedrungen ist, finde ich, daß Robert recht hat.«

»Du wünschst eine Untersuchung?«

»Ich weiß nicht, ob ich sie wünsche; doch ich halte sie für das Beste.« Sie hielt inne und fragte dann unbewegt: »Was ist geschehen, Roger? War Richard tatsächlich feige?«

»Nein.« Die Antwort kam zu schnell. »Darum ging es nicht. Er – nun ja, er hat einen Befehl nicht ausgeführt. Vielleicht hat er gedacht, er wüßte es besser.«

»Aber es war dein Befehl.«

Er sah auf seine Hände nieder. »Ja.«

»Dann ist die Lage klar. Robert hat einen Untersuchungsausschuß angeordnet. Du mußt die Tatsachen schildern.« Mit leichtem Lächeln fügte sie hinzu: »Deine Freunde und ich werden verstehen, daß du keine andere Wahl hast.«

Er wartete darauf, daß sie weitersprach, doch als sie schwieg, sagte er: »Die Wahrheit kann man so oder so ausdrücken, das dürfte dir doch klar sein. Ich verspreche dir, daß ich ihn nach Möglichkeit schonen werde.«

Betroffen sah er, daß sich ihre zweifelnde Miene zu höchstem Erstaunen veränderte. »Du willst ihn schonen? Aber warum?«

»Deinetwegen.«

Überrascht schüttelte sie den Kopf. »Oh, dafür bin ich dir sehr dankbar, mißversteh mich nicht. Aber warum?«

»Sobald die *Paragon* wieder zum Geschwader gestoßen war, ließ ich deinen Mann an Bord kommen. Als ich ihm Befehlsverweigerung vorwarf, antwortete er, ich könne ihm gar nichts anhaben. Wenn ich ein Disziplinarverfahren einleiten würde, sagte er, dann würde er ...«

Er hielt inne, doch sie fragte so gelassen, als wisse sie die Antwort im voraus: »Würde er – was?«

»Deinen guten Ruf ruinieren.«

»Er will meinen guten Ruf ruinieren!« Nie hatte er sie so zornig gesehen. Sie hatte die Brauen zusammengezogen, und ihre Augen sprühten Feuer. »Er – meinen guten Ruf ruinieren!«

»Er weiß es«, sagte Kelso kläglich. »Er weiß Bescheid über uns.«

»Wirklich?« fragte sie, immer noch voller Zorn. »Und was weiß er?«

»Im letzten Moment kam jemand an Bord, um sich von ihm zu verabschieden. Sie hat uns gesehen, dich und mich – sie hat uns Abschied nehmen sehen.«

»Sie? Also eine Frau?«

»Er hat gedroht, einen Skandal anzuzetteln, der dich in der Gesellschaft unmöglich macht, Susan.«

Lange schwieg sie, dann entspannte sie sich unvermittelt. Sie beugte sich über den Teetisch und nahm seine Hand. »Liebster Roger!« sagte sie. »Wie galant von dir, daß du dir Sorgen um mich machst – und wie dumm!«

»Dumm?«

»Der traut sich nie, einen Skandal zu machen«, sagte sie verächtlich. »Begreifst du das nicht? Mein geliebter Gatte hat so viele Skelette in seinem Kleiderschrank, daß er nie mehr sein Gesicht in der Gesellschaft zeigen könnte, wenn er mich wirklich angreifen würde. Er würde mit Trommeln und Pfeifen aus Kalkutta verjagt und mit dem nächsten Schiff nach Hause geschickt werden.«

Obwohl sie so ruhig und zuversichtlich war, fühlte sich Kelso nur wenig erleichtert. Er wußte, wie weitherzig die

Gesellschaft von Kalkutta einem Mann – und wie gnadenlos sie einer Frau gegenüber war.

»Hör zu«, sagte Susan, »Richard hält eine Frau auf dem Maidan aus und eine andere jenseits des Forts. Doch das weißt du schon, sehe ich. Aber er hat auch noch Spielschulden, die in die Tausende gehen und nur wegen der Anständigkeit eines Freundes nicht öffentlich bekanntgeworden sind. Mit ein paar indischen Kaufleuten von weniger gutem Ruf macht er Geschäfte, die, um es milde auszudrücken, fragwürdig sind. Ich sage dir, Roger«, schloß sie mit Entschiedenheit, »er würde nicht wagen, mir einen Skandal zu machen.«

Kelso nickte, immer noch zweifelnd. »Hoffentlich hast du recht.«

»Ich weiß, daß ich recht habe.« Sie war immer noch zornig, und als er sie fragend ansah, brach sie aus: »Ach, Roger! Was denkst du bloß von mir? Glaubst du auch nur eine Sekunde, ich hätte dir erlaubt, mir deine Liebe zu gestehen, wenn ich der Meinung wäre, ich hätte noch einen Gatten? Richard und ich sind schon seit über einem Jahr nicht mehr Mann und Frau. Er hat Dinge getan, unverzeihliche Dinge, die unüberwindbare Schranken zwischen uns errichten. Das weiß er. Er weiß, daß ich ihn verabscheue. Glaubst du, ich würde mich mit seinen Liaisons abfinden, mit seinen liederlichen Weibern, wenn ich ihn noch als meinen Mann betrachten würde? Er ist ein Niemand für mich – ein Nichts. Er bedeutet mir nichts mehr, und nur um seiner Freunde willen sind wir überhaupt noch zusammen. Er ist mir ein Fremder, und zwar ein höchst unsympathischer.«

Kelso sah ihr ins Gesicht und antwortete auf die einzige Weise, die ihm zu Gebote stand; er sagte genau das, was er dachte: »Trotz alledem ist er dein Mann.«

15

Im Verwaltungsgebäude der Honourable East India Company schwirrten die wildesten Vermutungen. Die »Gerichtsverhandlung« – denn so empfanden es die meisten Europäer in der Stadt – sollte in Kürze beginnen. Der Untersuchungsausschuß hatte sich bereits im Sitzungssaal versammelt, nervös warteten die Zeugen in den Korridoren auf ihre Vernehmung; allerlei Leute, die unter dem einen oder andern Vorwand gekommen waren, um ihre Neugier zu befriedigen, warteten ohne besonderen Zweck. Um Viertel acht, fünfzehn Minuten nach der anberaumten Zeit, erschien Kapitän Lashley.

Für Kelso, der allein in Clives Büro saß und gleichfalls wartete, war diese Verzögerung eine Strafe. Er wußte, daß Vansittard, von dessen Bösartigkeit er bereits eine Probe erlebt hatte, im Ausschuß saß. Holwell und Paxton kannte er als erfahrene und vernünftige Ratsmitglieder. Die unbekannte Größe war Admiral Cornish von der Royal Navy. Und Clive? Wie weit gingen seine Befugnisse? Hatte er die Möglichkeit oder auch nur den Wunsch, das Ergebnis zu beeinflussen?

Die Tatsachen waren eindeutig. Ein Befehl war gegeben und nicht ausgeführt worden. Dadurch waren bei einem entscheidenden Gefecht von drei Schiffen nur zwei verfügbar gewesen.

Kelso versuchte, Entschuldigungen für Lashley zu finden; aber er mußte sich eingestehen, daß die Tatsachen schlüssig waren. Er mußte sich außerdem zu seinem nicht geringen Bedauern eingestehen, daß er, um die Ehre einer Frau zu retten, in Versuchung geriet, es mit der Wahrheit nicht ganz genau zu nehmen. Trotz allem, was Susan ihm versichert hatte, glaubte er nicht, daß ihr Mann nur leere Drohungen ausgestoßen hatte; er dachte vielmehr, daß

Kapitän Lashley, wenn er als unfähig oder, schlimmer noch, als feige hingestellt wurde, nicht zögern würde, sich zu rächen, indem er seine Frau bloßstellte.

»Kommodore Kelso, Sir – der Gouverneur und der Ausschuß lassen ihre Komplimente ausrichten und bitten um Ihr Erscheinen.«

Er folgte dem Adjutanten auf den Korridor und hatte Mühe, an einer Horde neugieriger Männer und Frauen vorbei zum Sitzungssaal zu gelangen.

»Kommodore Keslo! Guten Morgen, Sir!«

Er kümmerte sich um niemanden, um kein Schulterklopfen, keine hingestreckte Hand, nicht um all die Menschen, die ihn als den Helden von Madras begrüßten. In diesem Moment, auf dem Weg, den Ehemann der Frau, die er liebte, zu kompromittieren, fühlte er sich keineswegs als Held.

Als sich die hohen Türen des Sitzungssaales öffneten, schlug es ihm wie eine heiße Welle entgegen. Drinnen war im doppelten Sinn des Wortes dicke Luft: Heftige Reden und Feindseligkeiten vergifteten die Atmosphäre. Trotz der Gazebespannungen an den Fenstern war der Raum voller Insekten, und als er zu seinem Platz am Ende des langen Tisches schritt, den Hut vorschriftsmäßig in der Ellbogenbeuge, mußte er sich Fliegen von der Stirn wischen.

»Guten Morgen, Kelso«, sagte Clive. »Wollen Sie bitte Platz nehmen.«

Er setzte sich zurecht und musterte die Männer am Tisch. Clive am Kopfende sah bereits wütend drein. Admiral Cornish zu seiner Rechten war rot im Gesicht und schwitzte heftig; Vansittard schien eher amüsiert. Nur Holwell und Paxton wirkten unbewegt. Auf der Seite an einem gesonderten Tisch saß Lashley mit seinem Anwalt.

Clive verlas, mit der einen Hand die lästigen Fliegen abwehrend, die Vorladung: »Kommodore Kelso, Sie sind als Zeuge geladen, um über das Verhalten von Kapitän Lashley, Kommandant der Fregatte *Paragon*, bei dem stattgehabten Gefecht gegen französische Linienschiffe auszusagen. Sie haben die Wahrheit, die volle Wahrheit über alle für die Arbeit des Ausschusses wichtigen Tatsachen auszusagen, von denen Sie Kenntnis haben, und zwar ohne Furcht und ohne jemanden zu begünstigen. Haben Sie das verstanden?«

»Jawohl.«

Clive blätterte in seinen Notizen, fand nicht, was er suchte, und schien entschlossen, sich auf sein Gedächtnis zu verlassen.

»Sie sind ausgelaufen auf Ihrem Flaggschiff, der *Protector*, begleitet von der Fregatte *Paragon* und der Kriegsschaluppe *Pindarus*?«

»Das ist richtig.«

»Und Ihr Auftrag lautete?«

»Mit dem französischen Geschwader Berührung aufzunehmen, es zu bekämpfen und wenn möglich Madras zu entsetzen.«

»Das haben Sie erfolgreich durchgeführt?«

»Jawohl.«

Clive hielt inne, schlug ärgerlich nach einer Fliege auf seiner Stirn und suchte vergeblich in seinen Papieren. Offensichtlich war er über irgend etwas wütend.

»Wie viele Ihrer Schiffe waren an dem Gefecht tatsächlich beteiligt?«

»Nur zwei.«

»Die *Protector* und die *Pindarus*?«

»Das ist richtig.«

»Können Sie uns sagen, was aus der *Paragon* geworden war, Kommodore?«

Kelso antwortete nicht gleich, sondern überflog im Geist noch einmal die sorgfältig formulierte Aussage, die er auswendig gelernt hatte.

»Zwei Tage vor dem Treffen hatte ich bei Einbruch der Nacht befohlen, die Segel zu kürzen. Es war eine völlig dunkle Nacht. Bei Sonnenaufgang war die *Paragon* nicht mehr in Sicht.«

»Und Sie haben Sie erst nach dem Gefecht wieder gesehen?«

»Wir haben sie einmal an der Kimm, Rumpf unter, kurz gesichtet.«

»Achteraus?«

»Ja.«

»Und trotz der höchst ungünstigen Bedingungen, unter denen Sie kämpfen mußten, Kommodore, haben Sie sich entschlossen, nicht zu warten?« Diese Frage kam selbstverständlich von diesem widerlichen Vansittard.

»Das ist richtig.«

Vansittard ließ Frage und Antwort einen Augenblick wirken und fragte dann: »Wäre es nicht klüger gewesen, zwei, drei Stunden zu warten, bis die *Paragon* aufgeholt hatte?«

»Meiner Ansicht nach nicht.«

»Oh? Warum nicht.«

»Colonel Clive hatte mir gesagt, die Lage in Madras wäre mit großer Wahrscheinlichkeit verzweifelt. Wir wußten, daß die Franzosen starke Kräfte gelandet hatten. Diese hatten bereits Fort St. David und Dovicotah genommen. Mein Auftrag lautete, Madras zu retten.«

»Gewiß, aber ein paar Stunden ...«

»Ich muß sagen, daß ich Kelsos Ansicht teile«, kam ihm Admiral Cornish unerwartet zu Hilfe. »Die Lage war verzweifelt. Zwei, drei Stunden länger, und Madras konnte verloren sein.«

»Nach dem, was Kelso mir berichtet hat, trifft das mit Sicherheit zu«, warf Clive ein. »Nicht wahr, Kelso? Ein paar Stunden mehr, und es wäre zu spät gewesen.«

»Nur Gouverneur Pigot könnte diese Frage korrekt beantworten«, erwiderte Kelso. »Doch ich möchte darauf hinweisen, daß mein gesamter Plan – und meiner Ansicht nach unsere einzige Chance – darauf beruhte, genau bei Sonnenaufgang in Schußweite der französischen Schiffe vor Madras zu sein. Daher war jede Stunde von lebenswichtiger Bedeutung.«

Admiral Cornish nickte – wenigstens er unter all diesen Landratten begriff, worauf es ankam.

In Erwartung der nächsten Frage blickte Kelso zu dem Seitentisch hinüber, wo Lashley saß, zurückgelehnt, mit betont gleichgültiger Miene, Kelso geringschätzig und böse anstarrend. Mehr denn je spürte Kelso, daß der Mann ihn geradezu herausforderte, zu einem harten Urteil gegen ihn beizutragen.

»Kommodore«, begann Clive wieder, »wir kommen jetzt zum eigentlichen Hauptpunkt der Untersuchung. Warum war die *Paragon* nicht da? Wie kam es, daß sie in der Nacht Verbindung zum Geschwader verlor?«

Kelso begann mit seiner vorbereiteten Erklärung. »Es war, wie gesagt, stockfinstere Nacht. Selbst auf zwei Kabellängen hätte man andere Schiffe nicht sehen können. Mein Befehl lautete auf fünf.«

»Fünf Kabellängen?« rief Admiral Cornish. »Das halte ich aber für eine sehr großzügige Sicherheitsmarge, Kommodore. Es wundert mich nicht, daß die *Paragon* keine Sichtverbindung mehr zu Ihnen halten konnte.«

»Diese Distanz schien mir unter den vorliegenden Umständen notwendig, Sir.«

»Unter was für Umständen?« fragte der Admiral verwundert. »Sie haben doch vermutlich langsamere Fahrt gemacht.«

»Nein, Sir. Die Situation in Madras war, wie gesagt, verzweifelt. Ich konnte es mir nicht erlauben, Zeit zu verlieren.«

»Und?«

»Mein Befehl lautete, nur Großsegel und Besan zu bergen.«

»Aha.« Der Admiral schob die Lippen vor und blies die Backen auf. Dann schüttelte er lächelnd den Kopf und sagte: »Nun, Kelso, ich bewundere Ihren Mut. Das ist ein Befehl, den ich nicht hätte geben mögen.«

»Die Umstände waren außergewöhnlich, Sir. Ich bin überzeugt, daß mein Befehl diesen Umständen angemessen war.«

»Jedenfalls gingen Sie ein Risiko ein.«

»Ein gerechtfertigtes Risiko, Sir, meiner Ansicht nach.«

»Möglich, durchaus möglich. Sie hatten natürlich Ausgucks?«

»Einen Mann im Mast während der ganzen Nacht, und je einen an Backbord und Steuerbord.«

»Ja.« Der Admiral nickte billigend. »Wenn ich es mir überlege, Kommodore, finde ich, daß Sie klug gehandelt haben.«

»Danke, Sir.«

Vansittard, der bei diesem Austausch von Höflichkeiten sichtlich ungeduldig geworden war, mischte sich ein: »Kapitän Lashley war jedenfalls nicht der Meinung, daß Sie klug gehandelt hätten – ist es nicht so, Kommodore?«

»Das weiß ich nicht«, erwiderte Kelso. »Ich kann nicht wissen, was sich Kapitän Lashley gedacht hat.« Aber noch beim Sprechen wurde ihm klar, daß er es hier zum ersten Mal mit der Wahrheit nicht genau nahm.

»Trifft es denn nicht zu, Kommodore, daß er Ihren Befehl nicht befolgt hat?«

»Ich kann darüber nur Vermutungen anstellen. Genau weiß ich es nicht ...«

»Warum nicht?«

»Es war Nacht, beziehungsweise die Nacht brach eben an. Zuerst hat er durchaus nach meinem Befehl gehandelt.«

»Nur Großsegel und Besansegel einzuholen?«

»Ja.«

»Aber später?«

»Das weiß ich nicht. Nach dem, was er mir sagte ...«

»Einspruch!« fuhr Lashleys Anwalt dazwischen. »Das beruht auf Hörensagen.«

»Stattgegeben«, sagte Clive, überlegte einen Moment und fragte dann: »Was, glauben Sie, ist geschehen, Kelso?«

»Einspruch!« rief der Anwalt wieder. »Das wäre bloße Annahme.«

Clive errötete ärgerlich. »Ich muß Sie darauf hinweisen, Sir, daß wir hier kein Strafverfahren, sondern lediglich eine Untersuchung über gewisse Tatsachen führen.«

»Genau, Sir«, erwiderte der Anwalt, nicht im geringsten eingeschüchtert. »Und eine Annahme, selbst von Kommodore Kelso, kann nicht als Tatsache akzeptiert werden.«

»Na schön.« Clive warf seine Papiere auf den Tisch. »Wir wollen also vergessen, was geschehen sein könnte, und zu dem zurückkehren, was Sie wissen. Am Morgen bei Sonnenaufgang war die *Paragon* also nicht in Sicht?«

»Das ist richtig.«

»Doch soweit Sie wußten, war sie auf dem richtigen Kurs?«

»Ja.«

»So kann also angenommen werden, daß sie, wenn sie auf dem richtigen Kurs und bis hinter die Kimm zurückgefallen war, nicht genügend Segel gesetzt haben mußte?«

Kelso erwiderte bedächtig: »Ich möchte hier lieber keine Annahme aussprechen, Sir. Wie Kapitän Lashleys Anwalt betont hat, geht es um Tatsachen. Ich weiß lediglich, daß der Befehl gegeben wurde und daß sowohl die *Paragon* als auch die *Pindarus* den Befehl ausgeführt haben. Was nach Einbruch der Dunkelheit geschehen ist, kann ich nur vermuten.«

Clive starrte ihn an, ohne den geringsten Versuch, seinen Unmut zu verbergen. »Mein Gott, Kelso, Sie sollen doch hier nicht reden wie ein verdammter Rechtsanwalt! Wie konnte die *Paragon* die Verbindung verlieren, wenn sie die befohlenen Segel gesetzt hatte und auf richtigem Kurs war?«

»Das weiß ich nicht, Sir. Ich glaube, das müssen Sie Kapitän Lashley fragen.«

Clive wurde knallrot, und die Augen verschwanden fast in den Wutfalten seines Gesichts. »Das werden wir auch, Kelso! Das werden wir!«

Gelassen, mit ausdrucksloser Miene, wartete Kelso ab. Das Schlimmste schien vorbei zu sein; doch da fragte Holwell, offenbar in der Absicht, die Atmosphäre zu lokkern: »Können Sie uns etwas über Kapitän Lashleys Führung der *Paragon* vor der betreffenden Nacht sagen, Kommodore?«

Kelso zögerte. »Meiner Ansicht nach«, sagte er, »war sie erwartungsgemäß.«

»Gut«, sagte Holwell offenbar befriedigt, aber Vansittard hatte Kelsos Zögern bemerkt.

»Sie sagten: erwartungsgemäß. Soll das heißen, daß Kapitän Lashleys Seemannschaft zu wünschen übrig ließ?«

»Nicht seine Seemannschaft.«

»Dann seine Führung der *Paragon*? Hat er sie zu Ihrer Befriedigung geführt?«

»Die *Paragon* war für ihn ein neues Schiff. Kapitän Lashley war ein größeres Schiff gewohnt, die *Protector*. Er hatte noch nicht Zeit gehabt, sich auf die *Paragon* umzustellen.«

Jetzt beugte sich der Admiral vor. »Die *Paragon* ist doch, soviel ich weiß, eine Fregatte, Kelso. Wollen Sie behaupten, es sei schwerer, eine flotte kleine Fregatte zu segeln als die *Protector*?«

»Ich sage lediglich, daß die *Paragon* für Kapitän Lashley noch neu war.«

Der Admiral blies die Backen auf – eine irritierende Angewohnheit – und blickte über die Schultern zu Lashley hin. Offenbar stieg ihm jetzt der Verdacht auf, daß Kelso seinen Untergebenen zu schützen versuchte.

Doch Vansittard ließ nicht locker. »Ich finde trotzdem, wir sollten diesen Punkt klarstellen. Sie waren mit der Führung der *Paragon* also nicht zufrieden?«

Zögernd räumte Kelso ein: »Sie hielt nicht immer so Station, wie ich es gewünscht hätte, aber wahrscheinlich...«

»*Wahrscheinlich*, Kelso, aber wir sind soeben übereingekommen, uns nur an die Tatsachen zu halten.«

»Tatsache ist«, fiel Clive mit einem unwilligen Blick auf seinen Freund ein, »daß wir bisher nicht viel weitergekommen sind. Kelso sagt aus, er hätte befohlen, nur Großsegel und Besan einzuholen, und dieser Befehl sei zunächst auch ausgeführt worden. Er sagt weiter aus, die *Paragon* sei auf dem richtigen Kurs gewesen. Was in der Nacht geschah, ist offenbar nur zu vermuten.« Er breitete die Hände aus und schlug ungeduldig nach einer Fliege auf dem Tisch.

»Da das, was auf der *Paragon* während der Nacht geschah, Hauptpunkt dieser Untersuchung ist, kommen wir so nicht zu einem befriedigenden Resultat.«

»Es sei denn, wir fragen Kapitän Lashley selber«, sagte Admiral Cornish.

»Und seine Besatzung«, fügte Vansittard hinzu.

Der Gedanke, daß jemand die Aussage eines Kapitäns für unglaubwürdig halten könnte, schockierte den Admiral offenbar zutiefst, doch Vansittard fuhr völlig unbeeindruckt fort: »Wie Colonel Clive sagt, dreht sich die ganze Untersuchung um das Verhalten des Kommandanten der *Paragon* während der Nacht. Hat er eigenmächtig die Segel gekürzt, und wenn ja, wegen der Sicherheit seines Schiffes oder aus einem weniger ehrenwerten Motiv?«

»Drücken Sie sich deutlich aus!« schrie Lashley und sprang auf. »Was für ein weniger ehrenwertes Motiv?«

»Na schön, Kapitän Lashley – aus Feigheit.«

»Sie ver ...« Der Anwalt packte Lashley beim Arm und hielt ihn fest. »Dafür werden Sie mir Genugtuung leisten«, schrie er. »Jawohl, Genugtuung.«

»Meine Herren!« Clive schlug zornig auf den Tisch. »Wir sind ein Untersuchungsausschuß. Ich gestatte ein solches Benehmen weder von seiten des ...« Des Angeklagten, wollte er offenbar sagen, überlegte es sich aber anders. »Weder von seiten Kapitän Lashleys noch von einem Mitglied des Rates!«

Doch Vansittard erwiderte gelassen: »Ich habe nur wiederholt, was Sie, Colonel, noch vor wenigen Minuten festgestellt haben: nämlich daß der wichtige Punkt dieser Untersuchung die Frage ist, was während der Nacht auf der *Paragon* geschah. Da uns Kommodore Kelso das nicht sagen kann oder will, werden wir die Wahrheit nur herausfinden, indem wir die Männer befragen, die an Bord waren, nämlich Kapitän Lashley und seine Besatzung.«

Die Untersuchung zog sich den ganzen Vormittag hin, und je heißer es draußen wurde, um so hitziger und emotionsgeladener wurde die Atmosphäre im Sitzungssaal. Leutnant Fenton und einige Offiziere der *Paragon* wurden aufgerufen, dann der Bootsmann und der Steuermann. Gegen Mittag war die Beweisaufnahme abgeschlossen, doch Clive zeigte wieder einmal seine geniale Regierungskunst, indem er es ablehnte, einen Spruch zu fällen. Ungeachtet der persönlichen Unbequemlichkeiten und des ausgestandenen Ärgers setzte er durch, daß sich der Ausschuß bis zum nächsten Morgen vertagte; in den kühlen Morgenstunden würde man eher zu einer gerechten Entscheidung kommen.

Der Ausschuß stellte schließlich fest, daß Kapitän Lashley einen Befehl seines Kommodores nicht ausgeführt hatte. Er schlug vor, ihm einen dienstlichen Verweis zu erteilen, wenn auch unter Berücksichtigung der erschwerenden Umstände eines neuen Schiffes und seiner Besorgnis um dessen Sicherheit.

16

Die Angestellten der Company führten in Indien ein gefährliches und ereignisreiches Leben: eine kleine, eingefriedete Gemeinschaft, die von der Gnade eines Marionettenkaisers im fernen Delhi lebte und Handel trieb, umgeben von realen oder potentiellen Feinden: Indern, Mahratten, Franzosen und Holländern; geschützt von ein paar Schiffen, einigen weißen Soldaten und etwa tausend Sepoys, sahen sie mit einem Gleichmut, der Respekt abforderte, täglich dem Tod ins Auge – dem Tod durch Krieg, Aufstand oder, was am schlimmsten war, durch Krankheit. Von der Heimat durch eine Reise getrennt, die wenigstens sieben Monate, unter Umständen aber auch zwei Jahre dauerte, mußten sie Entscheidungen treffen, die nicht nur die Company, sondern auch Englands Status als Weltmacht betrafen. Wenn sie etwas unternommen hatten, schickten sie getreulich Berichte nach England, obwohl sie wußten, daß eine positive oder negative Reaktion aus der Heimat erst eintreffen konnte, wenn sie schon längst überholt war. Der Tod war in Indien ein häufiger Gast, und selbst diejenigen, die das Glück hatten, bis zur langen Heimreise durchzuhalten, brachten gewöhnlich schwere gesundheitliche Schäden mit. Die Männer blieben aus Abenteuerlust, wegen der Aussicht auf große Reichtümer und in vielen Fällen aus Patriotismus in Indien, und die Frauen blieben, um bei denen zu sein, die sie liebten.

Gerade in den Jahren nach der Schlacht von Plassey wurde die Ostindische Handelsgesellschaft von allen Seiten bedroht. Nicht nur die Franzosen waren entschlossen, möglichst viel von ihrem angeschlagenen Prestige zu retten, sondern auch die Holländer wurden, ermutigt durch Mir Jaffar, den Clive auf den Thron von Murshidabad gesetzt hatte, begehrlich. Jederzeit konnten herumstreifende Banden der Mahrattenstämme, wilde, kühne, gnadenlose Krieger, raubend und mordend einfallen, und außerdem waren, gleichsam um diesen ewig brodelnden Kessel am Kochen zu erhalten, die Stammesfürsten, nominell Untertanen des Mogul-Kaisers, jederzeit bereit zu revoltieren.

Als Kelso dringend zu Clive gerufen wurde, wußte er nicht, welche dieser Gefahren drohte; doch der Gedanke, daß er nach den langen Wochen im ungesunden Klima Bengalens vielleicht wieder Segelorder erhalten würde, versetzte ihn in freudige Erregung.

Clive schritt im Salon auf und ab, eine Hand am Kinn –

diese Geste war Kelso wohlbekannt. Bleich und abgespannt saß Margaret Clive im Sessel.

»Ah, Kelso! Gott sei Dank, daß Sie da sind!« Clive schüttelte ihm herzlich die Hand. »Sie wissen, was geschehen ist?«

»Ich habe noch nichts gehört.«

»Von Warren Hastings ist eine Eildepesche eingetroffen. Shah Zada, der Sohn des Kaisers, hat sich gegen seinen Vater erhoben und soll auf Bengalen marschieren.«

»Mit was für Streitkräften?«

»Von seinen eigenen Leuten nur eine Handvoll, aber Shujadah Dowlah, der Nawab von Oudh, und Mohammed Kuli, der Vizekönig von Allahabad, haben sich ihm bereits angeschlossen. Die drei Armeen marschieren getrennt auf Patna.«

»Und was ist mit Ram Narrain? Wird er zu uns halten?«

Clive wandte sich ab und schlug die Faust in die andere Handfläche. »Wer wird schon zu uns halten, wenn sich das Gegenteil für ihn besser auszahlt?«

Wenigstens ein Trost, dachte Kelso, daß Clive sich über die indischen Fürsten keine Illusionen machte. »Und Mir Jaffar?« fragte er.

Clive nahm ein Pergament vom Tisch und hielt es Kelso hin. »Ja, Mir Jaffar! Hier ist ein Schreiben von ihm, so kleinlaut, wie man es sich nur wünschen kann. Offenbar hat er bereits vergessen, daß er drauf und dran war, uns an die Holländer zu verraten.«

»Er will Hilfe?«

»Alle Hilfe, die wir ihm geben können – Schiffe, Sepoys, englische Soldaten. Sein Schreiben brächte mich zum Lachen, wenn es nicht so jammervoll wäre.«

»Zweifellos hat er auch an die Aufständischen geschrieben und ihnen angeboten, Tribut zu zahlen.«

»Sie haben recht«, entgegnete Clive angeekelt. »Hier in Hastings' Depesche steht, daß Mir Jaffar nur noch nicht weiß, wieviel er ihnen bieten soll.«

»Sie werden ihm das ausreden?«

»Natürlich. Ich habe soeben ein Schreiben diktiert.« Wieder schritt Clive ungeduldig auf und ab. »Aber ein Brief ist noch keine Antwort. Jemand muß nach Murshidabad, um dem armen Kerl Mut zu machen. Wenn wir nicht schnell handeln, verlieren wir Bengalen kampflos.«

Kelso blickte Margaret an und sah das Flehen in ihren angstvollen Augen. Er trat zu ihrem Gatten. »Sie haben recht«, sagte er. »Schicken Sie mich.«

Clive zögerte; anscheinend war er in Versuchung, ja zu sagen. Doch dann schüttelte er entschlossen den Kopf. »Nein. Das muß ich selbst tun. Ich breche sofort auf.«

»Robert!« Margaret sprang auf, trat zu Clive und faßte ihn beim Arm. »Robert, das kannst du nicht!«

Er lächelte sie zärtlich an und streichelte liebevoll ihr ängstliches Gesicht. »Ich muß«, sagte er, »es ist kein anderer da.«

»Vergiß Roger nicht«, sagte sie. »Er hat es dir doch selbst angeboten. Oder John Holwell, oder – oh, alle Mitglieder des Rates.«

»Ich muß selbst hin«, beharrte er. »Holwell, Paxton, selbst Kelso können nicht tun, was ich zu tun habe.«

Mit Tränen in den Augen erwiderte sie: »Du übernimmst dich, Robert. Du weißt doch, was du mir versprochen hast – daß die Kampfzeit vorüber ist.«

»Wenn die Dinge so laufen, wie ich es erwarte, kann ich dieses Versprechen halten. Ich habe nicht vor zu kämpfen.«

»Aber wenn es nötig wird, wirst du es tun?«

Nach einigem Zögern nickte er ernst: »Ja – wenn nötig, kämpfe ich.«

»Ach, Robert!« Bitterlich weinend klammerte sie sich an ihn. Kelso stand auf und ging leise zur Tür, doch Clive hielt ihn zurück. »Bleiben Sie, Kelso! Es gibt so vieles zu erledigen. Ich muß so bald wie möglich aufbrechen.« Er küßte seine Frau auf die Stirn und führte sie sanft zu ihrem Sessel. »Es ist eine Sache der Diplomatie«, sagte er. »Ich weiß genau, wie das erledigt werden muß.«

»Sie wollen Mir Jaffar Mut machen?«

»Das vor allem. Wenn ich Mir Jaffar dazu überreden kann, Widerstand zu leisten, dann kann diese gefährliche Situation gemeistert werden. Dann wird sich Ram Narrain in Patna auf unsere Seite schlagen. Alles hängt von Mir Jaffar ab.«

»Sie wollen also nach Murshidabad?«

Clive trat ans Fenster und sah den Hügel hinunter, wo eine Kompanie des 39. Infanterie-Regiments soeben die Wache ablöste. Die roten Uniformen sahen prächtig aus im Sonnenglanz; heisere, unverständliche Befehle zersägten die stickige Luft.

»Keiner kennt Mir Jaffar so wie ich«, sagte Clive. »Ich habe ihn zu dem gemacht, was er ist, und wenn er nicht tut, was ich will, kann ich ihn auch wieder absetzen. Das weiß er ganz genau. Er weiß auch, was wir bei Plassey geleistet haben. Damals standen die Chancen bestimmt schlechter für uns als jetzt. Wenn Ram Narrain Patna verteidigt, wenn Mir Jaffar nicht wankt, müssen wir gewinnen. Aber ich muß selbst hin, und zwar gleich. Kalkutta wird in Murshidabad verteidigt.«

Kelso blickte zu Margaret hinüber und sah an ihren bleichen, gefaßten Zügen, daß sie sich mit dem Unvermeidlichen abgefunden hatte. Wenn Robert Clive einmal einen Entschluß gefaßt hatte, war nichts mehr zu machen.

»Wenn Sie hin müssen«, sagte Kelso, »dann nehmen Sie mich mit. Ich kann Ihnen mit der *Protector* Geleit geben.«

Clive lächelte ihm in ehrlicher Freundschaft zu. »Nichts wäre mir lieber, und wenn ich an Plassey denke, komme ich stark in Versuchung, Ihren Vorschlag anzunehmen. Selbst ohne Schiff wären Sie der richtige Mann für mich.«

»Also?«

Doch Clive schüttelte den Kopf. »Diesmal nicht. Ich habe eingehend darüber nachgedacht – da gibt es nur eins.«

»Nämlich?«

»Ich lasse Sie mit der *Protector* und allen verfügbaren Schiffen hier. Die Verteidigung von Kalkutta liegt in Ihrer Hand.«

Kelso sah ihn scharf an. »Sie meinen, ich habe hier das Kommando?«

»Genau. Sie sind der Oberbefehlshaber.«

Kelso konnte sich ein freudiges Lächeln nicht verkneifen. Die Ehre und die Verantwortung überstiegen seine Erwartungen. »Aber Admiral Cornish?« fragte er.

»Der läuft heute mit seinem Geschwader aus. Er meint, die Kriegsflotte müsse auf See sein – für den Fall, daß die Franzosen noch andere Linienschiffe haben, von denen wir nichts wissen. Ich finde, er hat recht.«

Kelso war noch nicht überzeugt. »Und Holwell?«

»Holwell betreibt den Bau der Verteidigungsanlagen. Wie Sie wissen, ist da noch viel zu tun. Das neue Fort nimmt langsam Form an. Und neue Truppen müssen ausgebildet werden. Sie wissen, daß mir sehr viel daran liegt, noch weitere Sepoy-Kompanien aufzustellen. Holwell übernimmt das Kommando über sie.«

»Aber die Verteidigung untersteht mir?«

»Die Verteidigung untersteht Ihnen.« Clive legte ihm die Hand auf die Schulter. »Ich brauche Ihnen kaum zu sagen, daß Ihre Aufgabe keine Sinekure ist. Die latente holländische Bedrohung kann jederzeit akut werden, und die Franzosen sind im Carnatic-Distrikt immer noch aktiv.«

»Ich verstehe.«

Clive nahm Kelso beim Arm und ging mit ihm zum Fenster, außer Hörweite Margarets. »Wenn meine Verhandlungen mit Mir Jaffar scheitern sollten«, sagte er leise, »müssen Sie darauf vorbereitet sein, Kalkutta nach Westen hin zu verteidigen. Ich bete zu Gott, daß es nicht dazu kommen möge, aber wenn ...«

»Verstehe«, nickte Kelso.

»Also, dann ist soweit alles klar«, sagte Clive in munterem Ton. »Ich breche so bald wie möglich auf – schon morgen, wenn es irgend geht.«

»Sie lassen mich wissen, wenn ich Ihnen behilflich sein kann?«

»Natürlich.« Clive überlegte einen Moment. »Da wäre noch etwas. Ich habe mich gefragt, was für Truppen ich mitnehmen soll. Nur eine Kompanie der 39er Infanterie, meine ich, denn ganz ohne Soldaten können Sie hier nicht bleiben.«

»Vielleicht kommt Forde wieder.«

»Vielleicht. Aber darauf kann ich mich nicht verlassen.« Er überlegte kurz. »Und ich möchte doch ein Schiff mitnehmen.«

Überrascht starrte Kelso an. »Ein Schiff! Aber Sie haben doch gesagt ...«

»Nicht die *Protector.* Ich will etwas Kleineres, ein

manövrierfähiges Schiff, das in flachem Wasser segeln kann und doch genügend Feuerkraft hat.« Er lächelte, als er Kelsos betroffene Miene sah. »Ich nehme die *Paragon.*«

17

Am nächsten Tag brach Clive mit einer Kompanie des 39. Infanterie-Regiments auf, und zwei Tage später stach die *Paragon* in See. Die Verteidigungskräfte Kalkuttas waren damit so schwach wie noch nie seit der blutigen Eroberung der Stadt durch Surajah Dowlah. Aber Kelso sah eine lange Zeit anstrengender Arbeit vor sich und hatte wenig Zeit, an kommende Gefahren zu denken. Er fand tatkräftige Unterstützung bei Holwell, und da der Bau des neuen Forts rasch voranschritt und immer mehr Freiwillige für die Sepoy-Truppe ausgebildet wurden, wuchs Kelsos Zuversicht. Über die Holländer kamen keine neuen Nachrichten, und Admiral Cornish suchte auf See nach den Franzosen.

Doch wenn Kelso in einer Hinsicht keine unmittelbaren Sorgen hatte, so war er in anderer Hinsicht tief beunruhigt. Susan Lashley lebte allein in Kalkutta. Als Clive ihm gesagt hatte, daß er die *Paragon* mitnehmen wolle, überkam Kelso zunächst ein Gefühl der Bestürzung. Susan allein, ohne ihren lästigen Ehemann! Welch grausames Schicksal hätte sich eine stärkere Versuchung ausdenken können! Doch trotz seiner tiefen Betroffenheit über Clives Entschluß entging ihm nicht, daß Margaret ihn unverwandt anblickte. Er wußte sofort, daß sie ihn verstand. Und weil er großes Vertrauen zu ihr hatte, wußte er auch, daß sie ihm helfen würde.

Während der zwei Wochen, die auf Lashleys Auslaufen

folgten, ging Kelso zu keiner einzigen gesellschaftlichen Veranstaltung. Das fiel nicht allzusehr auf, denn bei den Verteidigungsanlagen und auch sonst gab es viel zu tun. Holwell – selbst nicht mehr der Jüngste – war froh über Kelsos rastlose Energie und nahm es nicht übel, wenn dieser die eine oder andere Entscheidung traf, die eigentlich seine, Holwells, Sache gewesen wäre. Und schon gar nichts hatte er dagegen, daß Kelso in den heißesten Tagesstunden, wenn Weiße wie Eingeborene nach Schatten lechzten, auf dem neuen Fort stand und die Arbeiter durch Gott weiß was für Drohungen und Versprechungen dazu brachte, durchzuarbeiten. Das Ergebnis war, daß das Fort zusehends wuchs. Die Nord- und Ostmauern, dem Fluß zugewandt, waren fertig, und die anderen beiden kamen gut voran. Holwell hatte das Gefühl, daß Kelso gern einen Teil seiner Energie auf die Ausbildung der neuen Sepoys verwandt hätte, doch mit viel Takt konnte er einen drohenden Kompetenzkonflikt mit den Militärs verhindern.

Statt dessen kümmerte sich Kelso um seine Schiffe. Er wagte es nicht, mehr als eine Tagesstrecke weit hinaus auf See zu segeln, für den Fall, daß Clives Mission scheitern sollte. Wie er wußte, fürchteten die Europäer, und besonders die Frauen, nichts so sehr wie eine Wiederholung der Ereignisse von 1756. Aber die Greuel, die Surajah Dowlahs Krieger damals verübt hatten, würden noch milde erscheinen gegen das, was drei wilde, undisziplinierte Rebellenhorden anstellen mußten, denen noch die Erinnerung an Plassey in der Seele brannte. Andererseits glaubte Kelso jedoch nicht, daß Clive scheitern würde. Im Unterschied zu anderen Staatsmännern verlor Clive keineswegs den Kopf, wenn sich die Ereignisse überstürzten, denn er kannte die Denkweise der Eingeborenen genau. Er hatte Erfolg gehabt, weil er wußte, was Männer wie Ochimund und Mir Jaffar und Surajah Dowlah dachten. Er war ihnen immer einen Schachzug voraus.

Wenn er Murshidabad jedoch nicht vor den Aufständischen erreichte oder zu spät kam, um nicht nur Mir Jaffar, sondern auch Ram Narrain zum Widerstand zu bewegen – ja, dann war die Lage in der Tat sehr ernst. Wenn drei Armeen aus verschiedenen Richtungen auf Kalkutta marschierten, mußte Kelso höllisch auf dem Posten sein.

Was nun kam, hieß noch drei Jahre später in den Mannschaftslogis der Bombay-Marine »Kelsos Fegefeuer«. Konnten die Schiffe nicht in See gehen, so konnten sie sich doch in Seemannschaft üben. Jeden Morgen wurde das Signal »Segelexerzieren« gehißt, und zwar gab es wettbewerbsmäßiges Exerzieren, ein Schiff gegen das andere. Da die *Pindarus* wegen ihrer geringen Segelfläche im Vorteil war, bekamen die anderen eine entsprechende Vorgabe; doch wenn dann die *Pindarus* mit dabei war, stieg die Erregung auf den drei Schiffen bis zum Siedepunkt. Es war ein doppeltes Rennen: erst nur die Toppen, dann volle Leinwand. Im Anfang gewann die *Pindarus* trotz ihres Handicaps leicht. Ihre zwölf Minuten und zwei Sekunden beziehungsweise vierundzwanzig Minuten alles in allem waren zu gut für die anderen Besatzungen. Doch mit der Zeit wurden die *Protector* und die *Calcutta* besser. Die scharfe Konkurrenz feuerte die Besatzungen so an, daß der Toppenrekord am Ende der zweiten Woche auf elf Minuten, fünfunddreißig Sekunden heruntergedrückt war, und der für volle Besegelung auf dreiundzwanzig Minuten und achtundfünfzig Sekunden. Sogar die Landratten wurden von der Aufregung angesteckt, und wenn die Matrosen Landurlaub hatten, wurde über die Resultate des nächsten Tages viel spekuliert und gewettet.

»Ich höre, Sie machen den ganzen Kai verrückt?« fragte Holwell eines Tages.

»Wir haben Segelsetzen geübt, damit es besser klappt«, erwiderte Kelso. »Aber es geht immer noch nicht so fix, wie ich es mir wünsche.«

»Sie sind eben ein Vollkommenheitsfanatiker«, lächelte Holwell. »Ich wußte immer, daß Sie und Robert Clive eine Menge gemeinsam haben: Sie beide sind nur mit dem Allerbesten zufrieden.«

»Ich mag es eben, wenn alles klappt.«

Es war ein schwüler Sommerabend, und sie saßen bei Holwell auf der Veranda. Nach dem harten, ermüdenden Tag erholten sich die beiden Männer bei einem Glas Wein. Mrs. Holwell, eine nette, mütterliche Seele, der Kelso wegen seines spartanischen Lebens leid tat, las in einem Buch.

»Keine Nachricht von Clive?« fragte Kelso.

Holwell schüttelte den Kopf. »Noch nicht, aber Sie kennen ja Robert. Er ist ein großer Briefeschreiber, wenn es ihm in den Kram paßt; aber im Moment wird er anderes zu tun haben. Von seiner Expedition hängt alles ab. Wenn er rechtzeitig in Murshidabad ist, besteht wenigstens eine Chance.«

»Eine gute Chance«, verbesserte Kelso. »Er weiß, wie er mit Mir Jaffar umzugehen hat.«

»Und Ram Narrain?«

»Der ist schon schwieriger, aber ich glaube trotzdem, daß er es schaffen wird, immer vorausgesetzt, daß er rechtzeitig in Murshidabad ist.«

Holwell nippte an seinem Wein und entgegnete zweifelnd: »Ram Narrain bleibt eine unbekannte Größe, und Patna ist offensichtlich verwundbarer als Murshidabad. Ich wünschte, Robert wäre mit einer eindrucksvolleren Streitmacht losgezogen.«

Kelso zuckte die Achseln. »Mehr konnten wir nicht entbehren. Ich glaube, er hat recht getan. Wenn er es nicht mit einer Kompanie Sepoys schafft, dann schafft er es auch nicht mit einem Bataillon.«

»Eine Kompanie und einer Fregatte«, verbesserte Holwell, was als Kompliment für Kelsos frühere Aktionen mit der *Paragon* gedacht war.

»Dabei fällt mir ein«, sagte Mrs. Holwell und blickte von ihrem Buch auf, »hat jemand Lady Susan Lashley gesehen?«

Kelso warf erst einen scharfen Blick auf sie und dann auf ihren Gatten, doch schloß er aus ihren harmlosen Mienen, daß sie nichts wußten. »Ich bin so selten an Land, Ma'am«, sagt er, »daß ich zur Zeit wenig in Gesellschaft komme. Ihr Haus und meine Junggesellenbude sind die einzigen Häuser, die ich in den letzten zwei, drei Wochen von innen gesehen habe.«

»So hörte ich«, sagte Mrs. Holwell.

Sie legte ihr Buch beiseite und war offensichtlich gesonnen, an der Unterhaltung teilzunehmen. Die Frauen in Kalkutta führten eine merkwürdige Doppelexistenz. Wenn sie nicht zu Hause blieben und sich um Haushalt und Kinder kümmerten, mußten sie sich oft genug mit anhören, wie ihre Männer die Angelegenheiten der Company erörterten; und wenn sie sich an diesen Gesprächen beteiligen durften, versuchten sie, die verlorene Zeit aufzuholen. Es gab recht geistvolle und redegewandte Gesprächspartnerinnen unter ihnen.

»Wir haben erst neulich auf einer Party über Sie gesprochen«, sagte sie zu Kelso. »Bei wem war das noch, John?«

»Bei den Paxtons, nicht wahr?« half ihr Gatte aus. »Oder war es bei Vansittard?«

»Weder noch. Jetzt fällt es mir wieder ein: bei den Colmans.« Sie wandte sich wieder Kelso zu, ihre freundlichen Augen glänzten auf. »Ja, wie gesagt, es war auf einer Party bei den Colmans.« Sie hielt plötzlich inne, dachte kurz nach und fragte: »Sie waren nicht da?«

»Nein«, erwiderte Kelso, »ich war nicht da.«

»Sehen Sie, ich wußte es doch. Ja...« Sie hielt wiederum inne. »Wo war ich stehengeblieben?«

»Kelso war nicht da«, erinnerte ihr Mann. »Darum ging es bei deiner Geschichte.«

»Ach so, richtig. Und bei den Colmans hat jemand – ich weiß nicht mehr, wer – bemerkt, daß man Sie auf keiner Party mehr gesehen hat, seit Clive weg ist.«

»Und dann bemerkte jemand anderer«, fuhr ihr Mann fort, »daß dies auch für Lady Susan gelte. Alle beide seid ihr von der Bühne der Gesellschaft abgetreten.«

Kelso blickte in ihre arglosen Gesichter und erwiderte: »Nun, das geht auch kaum anders. Ich habe ziemlich viel zu tun, wie Sie wissen, und Lady Susan – jetzt, da ihr Gatte weg ist, wird sie wohl nicht viel ausgehen wollen.«

»Das sehe ich nicht ein«, protestierte Mrs. Holwell. »Wenn ich eine junge Frau wäre, ginge ich auf alle Partys, zu denen ich nur irgend gehen kann.«

»Sogar wenn ich nicht da wäre?« fragte ihr Mann lächelnd.

»Nun...« Sie überlegte kurz und fuhr fort: »Ach, wenn du nicht da wärst, Liebling, würde ich einen respektablen Junggesellen bitten – jemanden von untadeliger Moral –, mich statt deiner zu begleiten.«

»Jemanden wie Kelso?« schlug ihr Mann vor.

»Genau!« Sie sah Kelso verschmitzt an. »In der Tat, das könnte die Lösung sein.«

»Für Lady Susan, meinst du?«

»Natürlich.« Ohne auf Kelsos entsetzten Blick zu achten, sprach sie weiter: »Also, das machen wir. Wir geben eine Party, einen Ball – hier – morgen? Nein, übermorgen. Ich lade Susan ein. Bestimmt wird sie kommen. Und Sie, Kommodore, sind ihr offizieller Begleiter!«

»Auf keinen Fall!« Kelso sprang so erschrocken auf, daß die Weinkaraffe ins Schwanken geriet. »Entschuldigen Sie, Ma'am, aber ich bin im Moment außerordentlich beschäftigt. Es ist so viel zu tun, und dann muß ich natürlich in der Nähe meines Schiffes bleiben.«

»Wieviel näher könnten Sie ihm denn sein als bei uns?« fragte Mrs. Holwell. »Es ist doch nur über den Maidan, und ein Bote wäre in fünf Minuten bei Ihnen.«

»Außerdem«, meinte Holwell, »wenn Nachricht von der anderen Seite kommt, von Robert Clive, dann kommt sie doch zuerst hierher.«

»Ja, ich weiß, aber ...«

»Kein Aber«, sagte Mrs. Holwell bestimmt. »Sie beide brauchen eine Abwechslung, Sie und Susan. Ich bin fest dazu entschlossen.«

»Ja, Ma'am, aber ...«

Jetzt ließ sie den leichten Plauderton fallen und wurde ernst. »Denken Sie doch an Susan, Kommodore. Sie sitzt eingesperrt in diesem großen Haus – niemand, mit dem sie sich unterhalten kann – und hat nichts weiter zu tun, als sich um ihren Mann zu sorgen! Sie wird nicht kommen, wenn Sie sie nicht bitten. Ist das denn zuviel verlangt, dieser eine Abend? Können Sie nicht wenigstens so viel Zeit erübrigen, eine hübsche Frau zum Tanz zu führen?«

18

»Ich muß hingehen«, sagte Susan. »Es ist gegen alle Vernunft, aber ich muß einfach.«

Sie saßen in Susans Kutsche, die schon in der Auffahrt

gewartet hatte, als Kelso kam. Susan war sofort erschienen, als er gemeldet wurde, und die geröteten Wangen, die raschen Bewegungen verrieten, daß sie erregt war. Außer bei der Begrüßung hatten sie kaum ein Wort miteinander gewechselt, und nun, nachdem sie neben ihm, sich leicht auf seinen Arm stützend, die Treppe hinuntergeschritten und in die Kutsche gestiegen war, sah sie ihn zum ersten Mal richtig an. Sie war immer noch erregt.

»Auch ich wollte nicht«, sagte Kelso. »Als die Holwells mich aufforderten, hätte ich alles für eine plausible Entschuldigung gegeben.«

Sie machte dem indischen Kutscher, der auf ihren Befehl wartete, ein Zeichen, und die Kutsche fuhr an. »Aber du bist gekommen«, sagte sie.

Er entgegnete, ihre eigenen Worte wiederholend: »Es ist gegen alle Vernunft, aber ich mußte einfach.«

Traurig schüttelte sie den Kopf. »Oh, Roger, was soll bloß mit uns werden?«

Er sah starr geradeaus und antwortete bestimmt: »Gar nichts. Es wird – es kann nichts passieren, wenn wir es nicht zulassen.«

»Ist das wirklich so einfach?« fragte sie.

»Es ist keineswegs einfach, das wissen wir beide. Seit über vierzehn Tagen, seit dein Mann weg ist, habe ich mich verkrochen: auf meinem Schiff, in der Verwaltung, bei den Holwells – überall, wo ich glaubte, nicht mit dir zusammenzutreffen.«

»Ich auch«, erwiderte sie trübe. »Seit Richard weg ist, bin ich kaum aus dem Haus gegangen. Jede Einladung – und es waren viele – habe ich abgelehnt, aus Angst, mit dir zusammenzutreffen.«

Er wandte sich ab, sah auf die dunkle Straße hinaus und fragte: »Hast du von ihm gehört?«

»Noch nicht, und ich erwarte es auch nicht.« Und nach

einer kurzen Pause: »Wirst du mir denn nie glauben, daß wir nicht mehr Mann und Frau sind?« Die Frage klang bitter.

»Ihr seid es in den Augen der Kirche«, erwiderte er, »und vor dem Gesetz.«

»Vor dem Gesetz«, wiederholte sie spöttisch. »Hast du davor Angst? Hast du Angst, mein Mann könnte dich verklagen?«

Steif saß er da und blickte auf die dämmrige Straße. Sie überquerten jetzt den Maidan, und der betäubende Blumenduft bildete einen scharfen Kontrast zu dem Gestank in der Innenstadt. »Wir sind bald da«, sagte er.

Susan antwortete nicht, und als er sich ihr endlich wieder zuwandte, sah er, daß sie weinte. Ungeschickt streckte er die Hände nach ihr aus.

»Weine doch nicht«, sagte er.

Wie von selbst, als hätte sie sich überhaupt nicht bewegt, glitt sie in seine Arme. Eng an ihn geschmiegt, weinte sie an seiner Schulter.

»Roger, mein Roger«, schluchzte sie, »ich habe gebetet, daß es nicht dazu kommt.«

Er legte die Arme um sie und tröstete sie mit seiner Nähe.

»Den ganzen Tag«, sagte sie, »habe ich mir ausgedacht, wie wir diesen Abend durchstehen können. Du solltest in einer Ecke der Kutsche sitzen, ich in der anderen. Wir würden uns beide in acht nehmen, genau überlegen, was wir sagen, kein Wort zuviel. Wir würden über deine Schiffe reden, über die Bedrohung durch die Holländer, vielleicht über Robert Clives Expedition. Aber auf keinen Fall über uns selbst.«

Er drückte ihren Kopf fester an seine Schulter. »Ich auch«, gestand er. »Auch ich habe nur daran gedacht, wie wir diesen Abend hinter uns bringen können. Ich habe mir dasselbe vorgenommen wie du – mit demselben Ergebnis.«

Sie sprach in seine Schulter hinein, es war kaum zu verstehen. »Es hat keinen Zweck, Liebling. Siehst du es nicht ein? Wenn zwei Menschen so fühlen wie wir beide, dann nützen alle guten Absichten nichts.«

Er wandte sich halb um, denn er fürchtete, der indische Kutscher könne etwas merken. Doch der Wagen war ein Coupé, Kutschbock und Fond waren getrennt.

»Ich hätte nicht zulassen dürfen, daß Robert auf der *Paragon* segelt«, sagte er. »Ich hätte darauf bestehen müssen, daß er meine *Protector* nimmt.«

»Und du hättest mich mit Richard allein gelassen?«

»Dann wären wir wenigstens nicht in Versuchung geraten.«

»Kommt es dir nur darauf an? Ob du der Versuchung widerstehen kannst?«

Vorwurfsvoll richtete er sich auf und lockerte seine Umarmung. »Mir kommt es nur auf deinen guten Ruf an.«

»Meinen guten Ruf!« Fast ärgerlich lachte sie auf. »Findest du nicht, daß er meine Sache ist?«

»Meine auch«, beharrte er.

»Wieso? Warum deine?«

»Weil ich dich liebe.«

Seine Antwort entwaffnete sie völlig. Erst hatte sie von ihm wegrücken und böse werden wollen, doch auf einmal lag sie wieder schluchzend an seiner Schulter. »Ach, Roger, Roger! Was sollen wir bloß tun?«

Er hielt sie umfaßt, bis sie sich ausgeweint hatte. Nach der Tageshitze war es immer noch schwül, aber in der dahinrollenden Kutsche schien es etwas kühler zu sein. Er fühlte den Fahrtwind auf seiner Wange und ihre heißen Tränen auf seiner Haut.

Erst als sie am Ende des Maidan waren, hörte sie auf zu weinen. Unvermittelt löste sie sich von ihm und betupfte sich die Augen mit dem Taschentuch. Unsicher saß Kelso neben ihr, wollte ihr helfen, wußte aber nicht wie. Ihre Tränen, dessen war er sicher, waren der Ausdruck langen Leidens und Entbehrens. Sie litt genau wie er unter diesem Dilemma, für das es keine Lösung gab.

»Geht es jetzt wieder?« fragte er nach einem Weilchen. »Wir sind bald da.«

Sie fuhren in das Regierungsviertel ein, das östlich des Maidan neu erbaut worden war. Es gab viele schöne, von reichen Kaufleuten errichtete Villen im englischen Stil, mit weitläufigen Gärten; manche Gärten waren allerdings kaum noch mehr als Flächen struppigen Grases mit ein paar Bäumen und einer langen Auffahrt.

Das Haus der Holwells war leicht an den Lampions zu erkennen, die zwischen den Bäumen hingen und den Weg für die zahlreichen Gäste erleuchteten, deren Kutschen bereits vorfuhren. Schon aus der Ferne konnten Susan und Kelso die Reihe der Wagen sehen, die in der Auffahrt standen und deren Pferde ungeduldig die Köpfe warfen, die aussteigenden Gäste, und oben an der Freitreppe John Holwell und seine Frau, die ihre Gäste begrüßten.

»Geht's dir besser?« fragte Kelso wieder.

»Nein, nein«, rief sie erregt. »Ich wage nicht, hineinzugehen – noch nicht.«

Wie er mit einem raschen Blick erkannte, war selbst im Halbdunkel deutlich zu sehen, daß sie geweint hatte. »Du mußt lächeln«, sagte er. »Wenn du lächelst, merkt niemand etwas.«

Tapfer versuchte sie zu gehorchen, doch ihre Lippen zitterten so, daß deutlich wurde, wie nahe sie immer noch den Tränen war. Er lehnte sich aus dem Fenster und tippte dem Kutscher auf den Rücken.

»Sahib?«

»Fahr weiter«, sagte Kelso, »halte nicht am Tor an.«

Zum Glück bogen keine Kutschen in die Einfahrt, als sie vorüberfuhren, und Kelso konnte auch nicht bemerken, daß jemand von den Gästen zu ihnen hinsah. Er wandte sich wieder Susan zu. »Ein paar Minuten, dann müssen wir hinein.«

Sie saß so gerade aufgerichtet da wie ein kleines Mädchen, das Medizin genommen hat und darauf wartet, daß der üble Geschmack vergeht. Stumm nickte sie und faltete die Hände im Schoß.

»Ist dir jetzt besser?« fragte er nervös, denn sie entfernten sich immer weiter vom Haus der Holwells. Wenn sie umkehren wollten, mußten sie das bald tun. Ihm war auch klar, daß sie auf entgegenkommende Gäste treffen konnten.

Er sah Vansittards Equipage schon, als sie noch eine Viertelmeile entfernt war. Die gelb lackierte Kutsche mit den zwei feurigen Pferden – wie es hieß, hatte er sie an irgendeinem europäischen Spieltisch gewonnen – waren nicht zu verwechseln. Er konnte sogar Vansittard erkennen, der allein im Fond saß, die Hände auf den Spazierstock gestützt, das Cape lässig über die Schulter geworfen. Fast glaubte Kelso sogar, sein maliziöses Lächeln zu sehen.

Er rutschte auf die Kante seines Sitzes und drehte sich so, daß sein Rücken zur Straße wies und Susan im Schatten verborgen blieb. Er hoffte nur, daß seine Kommodore-Uniform ihn nicht verriet.

»Guten Abend, Kelso! Guten Abend, Lady Susan!« Als die Kutschen aneinander vorbeifuhren, hörte er Vansittards spöttische Stimme. Er drehte sich um, doch Vansittard, dem das Gesehene für den Augenblick genügte, fuhr weiter.

»Jetzt müssen wir umkehren«, sagte Kelso bedrückt.

»Weil er uns erkannt hat?«

»Er wird es herumerzählen. Je länger wir wegbleiben, um so schlimmer sieht es aus.«

»Ist das wirklich so wichtig?«

Er sah sie unsicher an. »Wie meinst du das?«

»Hast du wirklich Angst vor dem, was Vansittard über dich reden könnte?«

»Aber doch nicht über mich!« rief er erschrocken aus. »Über dich! Es geht mir nur um dich!«

Sie wandte sich ab und sah aus dem Wagenfenster. »Ich frage mich, ob das stimmt.«

»Susan!« Er faßte sie bei den Armen und zog sie herum, so daß sie ihn ansehen mußte. »Du glaubst doch nicht immer noch, daß ich um *meinen* Ruf besorgt bin?«

Sie sah ihn fest und unbewegt an. »Eben dessen bin ich nicht sicher. Wirklich nicht.«

»Das ist ungerecht von dir«, sagte er abweisend.

»Ich weiß nicht, Roger. Wenn du so fühltest wie ich, dann würdest du dich solcher Schandmäuler wegen nicht allzusehr aufregen.«

Er hielt sie immer noch in den Armen und sah ihr ins Gesicht, doch eine Antwort auf ihre Worte fand er nicht.

»Was wir auch tun«, sprach sie weiter, »die Vansittards von Kalkutta werden uns brandmarken. Ich kann mir nicht helfen ...« Sie hielt inne und fuhr dann fort, ihm in die Augen blickend: »Wenn du mich wirklich liebtest, wärst du nicht so – vorsichtig.«

Hartnäckig wiederholte er: »Ich denke nur an dich – und an deinen Ruf.«

»Zum Teufel mit meinem Ruf!« Es war ihr anzuhören, daß sie noch über einige drastische Ausdrücke verfügte und durchaus in der Stimmung war, sie auch anzuwenden. Doch als sie weitersprach, klang es wie eine Beschwörung: »Ich will dich, Roger, verstehst du nicht? Ich brauche dich!«

»Und ich brauche dich.« Er nahm sie in die Arme.

Er hätte nicht sagen können, wie lange sie so weiterfuhren, sich in den Armen hielten, sich unter leidenschaftlichen Küssen zum ersten Mal rückhaltlos ihre Liebe erklärten. Obgleich ihm Selbstbeherrschung so viel bedeutete, wurde er jetzt die Beute eines Gefühls, das stärker war als er selbst. Als Susan den Kopf zurückbog und ihn voller Liebe ansah, spürte er, daß nichts anderes eine Rolle spielte, nichts anderes so bedeutungsvoll sein konnte wie dies. Er zog sie an sich und küßte sie heiß. Fordernd erwiderte sie seinen Kuß, und in der Kutsche, die auf der schlechten, von Schlaglöchern übersäten Straße dahinrollte, fand ihre Liebe Erfüllung.

19

Die Nachrichten aus Murshidabad und der stetige Vormarsch der drei Rebellenarmeen bewirkten, daß in Kalkutta Furcht und Spannung einander ablösten wie Ebbe und Flut. Angstvoll, des »schwarzen Loches« und des darauffolgenden Flüchtlingselends in Fulta noch eingedenk, blickten die Company-Angestellten nach Westen. Ihre einzige Hoffnung war Clive. So oft hatte er früher aus dem sicheren Untergang noch einen Sieg herausgeholt, daß die Optimisten glaubten, er würde es auch diesmal schaffen. Andere, weniger Zuversichtliche errichteten Sperren um ihre Häuser und horteten Lebensmittel für den Tag des Überfalls. Es gab Versuche, den alten Mahrattenwall wieder instand zu setzen, ein die Stadt umgebendes System von Gräben und Mauern, das anläßlich eines früher drohenden Einfalls errichtet worden war; doch die Gräben waren so voll Unrat, daß es sich als unmöglich erwies. Inzwischen sah das neue Fort, wenn auch noch lange nicht fertig, so doch einigermaßen widerstandsfähig aus; es waren auch schon Kanonen montiert, um Angreifer aus Ost und West abzuweisen.

Die Nachrichten aus Murschidabad lauteten unterschiedlich. Eine Depesche Clives besagte, daß er rechtzeitig eingetroffen sei und nur zwei Mann durch Fieber verloren habe. Mir Jaffar sei sichtlich erleichtert gewesen und habe Clive auch versprochen, Widerstand zu leisten. Eine andere Depesche von Warren Hastings, die aber einige Zeit nach der Cliveschen einlief, besagte, daß Mir Jaffar völlig verstört sei und die anrückenden Aufständischen bereits gefragt habe, was sie als Tribut akzeptieren würden. Dann kamen bestimmtere Nachrichten: Clive und Mir Jaffar stießen mit ihren Streitkräften nordwestlich auf Patna vor, wo sie hofften, Ram Narrain unterstützen zu können, bis er siegte. Die große Frage war immer noch, ob Ram Narrain überhaupt kämpfen wollte. Wenn nicht – oder wenn er, was noch schlimmer wäre, sich auf die Seite der Aufständischen schlug –, würde die Lage in der Tat sehr gefährlich werden. Selbst für Clive und mit der fragwürdigen Hilfe Mir Jaffars mußte es sehr schwer sein, vier Armeen plündernder Mordbrenner abzuwehren. Die Weißen in Kalkutta konnten nur hoffen und beten.

Für Kelso und Susan war diese Krise wie ein Mantel, der ihre heimlichen leidenschaftlichen Zusammenkünfte umhüllte und sie wenigstens fürs erste vor spähenden Augen und hämischem Gerede schützte. Im Vergleich zu der Angst vor den fürchterlichen Heimsuchungen, die jederzeit die Bevölkerung Kalkuttas ereilen konnten, bedeuteten Gerüchte um eine heimliche Liebesaffäre überhaupt nichts. Wenn die Leute bemerkten, daß Kelso und

Lady Susan des öfteren zusammen waren oder manchmal beide an einer Veranstaltung nicht teilnahmen, bei der sie zugesagt hatten, wurde nicht weiter darüber geredet. Ihre besten Freunde, die Holwells, empfanden die Situation als ganz natürlich. Sie selbst hatten Kelso als Begleiter Lady Susans vorgeschlagen, und da sie gute, arglose Menschen waren, kam es ihnen gar nicht in den Sinn, daß sie das Streichholz geliefert hatten, mit dem das Feuer entfacht worden war.

In späteren Jahren erinnerte sich Kelso an diese Julitage als an die zugleich glücklichste und unglücklichste Zeit seines Lebens: glücklich, weil sie die Erfüllung seine Liebe zu Susan brachte; unglücklich, weil er die Folgen voraussah. In ihrem Garten stand ein kleiner Pavillon, ein Ort der Blumen und duftenden Büsche, gesegneter Kühle nach einem stickig heißen Tag. Dort saßen sie nach dem Abendessen, sprachen miteinander und sahen zu, wie die Abendsonne in all ihrer Pracht versank. Und wenn sie des Sprechens und der Vorwände und ihrer selbstquälerischen Beherrschung müde waren, sanken sie einander in die Arme und liebten sich.

Aber immer war, zumindest in Kelsos Gedanken, die harte Wirklichkeit mit der Frage dabei: Wie lange noch? Wie lange konnten sie sich ihr Glück bewahren? Wann würde es jemand entdecken? Und – am quälendsten von allem – wann würde Susans Mann zurückkommen?

Für Susan selbst gab es keine Probleme. Mit weiblichem Gegenwartssinn war sie damit zufrieden, das gegenwärtige Glück zu genießen und das Morgen dem nächsten Tag zu überlassen. Wenn sie an einem solchen warmen Sommerabend in Kelsos Armen lag, dann lachte sie über seine Sorgen; wenn eine verräterische Falte auf seiner Stirn erschien, versuchte sie lächelnd, sie wegzuküssen. Um ihren Ruf fürchtete sie nicht, denn jegliches Schuldgefühl ging ihr ab. Sie glaubte, richtig und natürlich zu handeln, und es hätte ihr nicht allzuviel ausgemacht, wenn jemand ihr Geheimnis entdeckt hätte.

Für Kelso war es nicht so einfach. Sie nahmen an einer Dinnerparty bei den Holwells teil, als seine schlimmsten Befürchtungen Wirklichkeit wurden. Die Damen hatten sich schon in den Salon begeben, ungern wie gewöhnlich, aber es war nun einmal der Brauch, und die Herren tranken ihren Brandy und rauchten ihre Zigarren zu Ende. Das Gespräch drehte sich fast ausschließlich um die militärische Lage; wann Forde aus dem Circar zurückzuerwarten sei, ob die Holländer oder die Franzosen angreifen würden, und, am allerwichtigsten, was mit Clive sein mochte. Es wurden auch Vermutungen ausgetauscht über den Gastgeber, der gegen Ende des Mahles abgerufen worden war, um eine Depesche entgegenzunehmen.

»Was denken Sie, um was es geht, Kelso?« fragte Paxton, der nie bereit war, als erster seine Meinung zu äußern. »Glauben Sie, Ram Narrain wird uns verraten?«

»Das weiß ich nicht«, erwiderte Kelso. »Ich weiß nur eines: Wie die Lage auch sein mag, wir haben den einen Mann, der am besten damit fertig wird.«

»Colonel Clive? Aye«, brummten mehrere Stimmen. »Colonel Clive ist unser Mann.«

»Wie geht es mit den Verteidigungsanlagen voran, Kelso?« fragte ein anderer Gast. »Ich habe Sie in der größten Tageshitze draußen gesehen. Sie schonen sich wirklich nicht.«

»Der Aufbau der Verteidigungsanlagen, das neue Fort und die Sepoy-Kontingente sind Holwells Sache«, erwiderte Kelso. »Ich helfe ihm nur.«

»Aber Sie mischen sich ein«, fuhr Vansittard dazwischen. »Finden Sie nicht, daß Holwell fähig wäre, das auch allein zu erledigen?« Er hatte den ganzen Abend stark getrunken und sprach schon etwas undeutlich.

»Fähig?« sagte Kelso. »Er ist mehr als fähig. Wie gesagt, ich bin nur dort, um ihm zu helfen.«

Sekundenlang starrte Vansittard ihn mit alkoholverglastem Blick an und suchte offensichtlich nach einer bissigen Entgegnung. Doch anscheinend hatte er das Thema vergessen.

»Das neue Fort wird uns den Schutz gewähren, den wir brauchen«, warf Paxton eilig ein. »Ich glaube nicht, daß uns die Holländer oder die Franzosen, nein, nicht einmal diese indischen Horden viel anhaben können, wenn es fertig ist.«

»*Wenn* es fertig ist«, höhnte Vansittard.

»Nun ja – es braucht natürlich seine Zeit.«

Sie warteten nervös auf den Gastgeber, damit sie sich wieder zu den Damen begeben konnten. Vansittard warf hämische Blicke um sich. »Begreife gar nicht, wie Sie noch Zeit finden, sich in Holwells Arbeiten einzumischen«, sagte er schließlich zu Kelso.

»Ich finde schon Zeit. Und es ist keine Einmischung«, erwiderte Kelso ruhig.

»Kelso arbeitet eben auch die heißen Mittagsstunden durch«, sagte Paxton begütigend. »Er ist draußen, wenn die meisten von uns – was vielleicht vernünftiger ist – ruhen.« Er lächelte Kelso entschuldigend an.

»Weiß das zu schätzen«, erwiderte Vansittard; und jetzt wurde deutlich, daß er etwas im Schilde führte. »Aber er tut so viel. Unser tapferer Kommodore tut so viel.«

»Ich tue, was ich zu tun habe«, erwiderte Kelso kurz. »Sie sind betrunken.«

Die boshaften Augen halb geschlossen, starrte Vansittard ihn an. »Hat wirklich viel zu tun – segeln, kämpfen, sich in anderer Leute Angelegenheiten mischen ...« Er hielt inne und schloß dann bedeutsam: »Und huren.«

»Nehmen Sie sich zusammen«, warnte Kelso.

»Huren!« wiederholte Vansittard so laut, daß die Herren sich instinktiv nach dem anderen Zimmer umwandten, wo die Damen saßen.

»Schreien Sie nicht so«, sagte Kelso wütend. »Und hüten Sie Ihre Zunge!«

»Huren«, wiederholte der Betrunkene fast wie im Selbstgespräch und fiel, vom Brandy überwältigt, nach vorn, mit dem Kopf auf die Arme.

»Am besten schaffen wir ihn in seine Kutsche, sobald Holwell wieder da ist«, schlug Paxton vor. »Sein Kutscher kann ihn nach Hause bringen.«

»Was sollen wir erst auf Holwell warten?« fragte Kelso. »Der hat schon Sorgen genug.«

Er ging um den Tisch und faßte den Betrunkenen bei den Ellbogen. Ohne sichtliche Anstrengung hob er ihn an. Schlaff wie ein Sack Lumpen hatte Vansittard in seinem Sessel gelegen, doch als Kelso ihn zur Tür schleifte, riß er die Augen auf und schrie: »Kelso ist ein Hurenbock! Ein Hurenbock!«

Erschrockene Stille senkte sich über den Raum. Kelso drehte Vansittard um und versetzte ihm eine Ohrfeige. »Still!« befahl er. »Oder ich stopfe Ihnen das schmutzige Maul.«

Der Schlag schien Vansittard zu ernüchtern. Er riß sich unvermittelt los und zupfte seinen Anzug glatt. Doch die Bosheit war ihm nicht vergangen.

»Kommodore Kelso!« schrie er höhnisch. »Der kühne Sieger von Gheriah, Clives Vizekommandeur bei Plassey!« Er drehte sich zu den entsetzten Gästen um. »Und obendrein ein Hurenbock!«

»Still!« befahl Kelso. »Ich warne Sie nicht noch einmal.«

Der Trunkene stolperte auf Kelso zu und reckte den Kopf vor. »O ja, das möchten Sie geheimhalten, wie? Ich soll wohl vergessen, daß ich Sie und Lady Susan am Abend von Holwells Ball gesehen habe?«

»Halten Sie den Mund!« Kelso packte ihn am Kragen und zog ihn an sich. »Halten Sie den Mund, oder es wird Ihnen leid tun!«

Doch Vansittard, trunken von Wein und Bosheit, dachte nicht mehr an Vorsicht. »Hab' euch zusammen gesehen! Huren wolltet ihr! Und später, in ihrem Gartenhaus, denken Sie, ich weiß nicht, was da vorgeht? Denken Sie, ich weiß das nicht?«

»Benehmen Sie sich, Vansittard!« befahl Paxton. »Und hören Sie auf, Kelso zu verleumden!«

»Verleumden? Denken Sie, ich lüge Ihnen was vor?«

»Bestimmt tun Sie das!«

Vansittard grinste bösartig. »Dann darf ich nicht vergessen, Sie zu fordern«, sagte er. »Ich darf nicht vergessen, Sie zu töten.«

»Sie werden keinen töten«, sagte Kelso. »Aber Sie kriegen meine Faust in die Schnauze, wenn Sie sich nicht benehmen. Sie sind zu besoffen, um wie ein Gentleman zu kämpfen.«

»Ja, vielleicht. Aber nicht zu betrunken, um mich daran zu erinnern, was ich von Lady Susans Dienern erfahren habe.«

Mit aller Kraft seines großen hageren Körpers schlug Kelso zu. Vansittard taumelte rückwärts, fiel über einen Sessel, krachte durch die Türfüllung und rollte die wenigen Stufen hinunter, auf die Damen zu.

Die Herren kamen hinterher, blieben in der Tür stehen und sahen mit entsetzten Mienen auf die Damen hinab.

Sekundenlang mochte sich keiner rühren; dann erschien unerwarteterweise der Gastgeber, und die Spannung löste sich.

Holwell, der wohl eine gute Viertelstunde weggewesen war, hielt ein Blatt Papier in der Hand. Er lächelte übers ganze Gesicht und sah so erfreut aus, daß ihn weder die hingestreckte Gestalt Vansittards noch die verlegenen Mienen seiner Gäste zu kümmern schienen.

»Kelso«, sagte er, »und Sie, meine Damen und Herren – es gibt gute Nachrichten. Ich habe hier eine Depesche von Colonel Clive. Nach langem Schwanken hat sich Ram Narrain zum Kampf entschlossen. Patna war belagert und ist jetzt, wie ich Ihnen mit Freuden berichten kann, entsetzt.«

Kelso stieg über Vansittard die Stufen hinunter und ging zur Tür. »Das ist eine großartige Nachricht. Clive hat es also wieder einmal geschafft.«

»Er hat es geschafft«, bestätigte Holwell, »und anscheinend ohne Kampf. Als er und Mir Jaffar Patna erreichten, hatte sich der Feind schon zurückgezogen. Shah Zada, der Sohn des Kaisers, ist offenbar völlig geschlagen, und wir in Kalkutta, meine Damen und Herren, haben nichts mehr zu fürchten.«

20

Clives Rückkehr nach Kalkutta wurde ein Triumphzug: Sieger ohne einen Schuß Pulver und reicher um ein *jaghir* von jährlich dreißigtausend Pfund, das ihm der dankbare Mir Jaffar ausgesetzt hatte – reicher an Geld und Ruhm, als er je gewesen war. Als er auf einem juwelengeschmückten Elefanten – einem Geschenk des Nawab – in die Stadt einritt, drängten sich die Menschen auf dem

Maidan, kletterten auf Bäume, Wagen oder zusammengestellte Kisten, um einen Blick auf ihren Helden zu erhaschen. Vor dem Verwaltungsgebäude warteten die Ratsmitglieder auf den Stufen der Freitreppe, um ihn zu begrüßen.

Aber auch wenn Clive den Jubel der Menge durchaus genoß, behielt er doch stets die drohenden Gefahren im Auge. Ein paar Tage nach seiner Rückkehr lud er Kelso zum Dinner ein.

Er war der einzige Gast, und als er zwischen seinem besten Freund und der Frau saß, die er einst geliebt hatte und immer noch hochschätzte, empfand er ein merkwürdiges Gefühl des Zuhauseseins. Wenn er sich in diesem Zimmer mit seinen Bildern, Büchern und Blumen umsah, wurde ihm klar, daß er nie eine andere Stätte gehabt hatte, die er sein Zuhause hätte nennen können. Immer hatten seine Wohnstätten den Stempel des Zeitweiligen getragen – Logierhäuser, möblierte Zimmer oder, als er im Rang stieg, triste, spärlich eingerichtete Bungalows. Ein paar idyllische Monate lang, als die Prinzessin Amaril von Persien als seine Frau mit ihm lebte, hatte er so etwas wie Behaglichkeit gekannt, doch ehe sie Zeit gefunden hatten, sich einzuleben und ihr Glück genießen zu lernen, war sie gestorben. Seine wahre Heimat war immer nur die See gewesen.

»Wir dürfen uns nichts vormachen«, sagte Clive soeben. »Nur weil Mir Jaffar dankbar ist – und wenn ich an mein *jaghir* denke, bin ich auch nicht gerade undankbar –, dürfen wir uns nicht einbilden, daß man ihm trauen kann. Wir wissen von Scrafton und Hastings, daß er monatelang mit den Holländern korrespondiert hat. Depeschen sind nach Batavia gegangen. Dem Gouverneur Bisdom in Chinsurah hat er einen Floh ins Ohr gesetzt. Es mag noch Monate oder nur Tage dauern –

aber ich bin sicher, daß wir schließlich gegen die Holländer kämpfen müssen.«

»Was nicht leicht sein wird«, bemerkte Kelso, »wenn man daran denkt, daß sie unsere Verbündeten sind.«

»Das ist mir klar. Ich weiß, daß die Regierung in London, ganz zu schweigen von unserem ehrenwerten Direktorium, mordswütend sein wird.«

»Ganz gleich, was Sie tun, es wird immer falsch aussehen.«

»Genau. Und deshalb werden wir das tun, was am besten für Indien ist.«

»Kämpfen?«

»Kämpfen, wenn nötig.«

Margaret war diese Gespräche über Kriege und Feldzüge gewohnt und hatte mit scheinbarem Gleichmut zugehört. Nun aber beugte sie sich plötzlich vor und ergriff die Hand ihres Gatten. »Oh, Robert«, sagte sie und sah ihn an, »soll das nun wieder losgehen?«

»Was, meine Liebe?«

»Die Sorge und das Herzweh, die Ungewißheit, ob du noch lebst.«

»Aber meine Liebe«, erwiderte Clive lächelnd und legte seine Hand auf die ihre, »wenn ich sage, daß ich kämpfen will, meine ich doch nicht, daß ich persönlich kämpfen will. O nein«, grinste er, »für dergleichen bin ich zu alt. Ich überlasse das Kämpfen Männern wie Kelso hier und Holwell.«

»Holwell ist älter als du.«

»Na schön, also dann Forde.«

»Ist Forde zurück?« fragte Kelso rasch.

»Heute früh kam eine Depesche von ihm. Ich wollte es Ihnen schon vorhin sagen. Er ist in Allabah – in zwei Tagen ist er wieder hier!«

Kelso nickte erfreut. »Großartig. Das erhöht Ihre

Kampfkraft ganz erheblich. Ja...« Er hielt inne und sah Margaret Clive an.

»Sie wünschten fast, daß die Holländer angreifen?« fragte Clive.

»Nun – so stark wie jetzt sind wir nie gewesen, und da die Franzosen im Süden immer noch eine Gefahr darstellen...«

»Ich weiß und muß sagen, daß ich Ihnen beistimme.«

Doch beide waren sehr überrascht, als Margaret gelassen einwarf: »Es mag schrecklich klingen, so etwas auszusprechen, aber ich muß sagen – das finde ich auch.«

»Du?« Überrascht starrte ihr Gatte sie an. »Aber ich dachte immer...«

»Daß ich den Krieg hasse, und daß ich nie – Gott verzeihe mir – den Ruhm und die Ehre zu schätzen wußte, die er dir gebracht hat, oder Ihnen, Kelso? Nun, da hast du recht. Aber jetzt – nach vielen Jahren in diesem scheußlichen Klima, mit dem kränkelnden Kind und bei dieser schrecklichen Hitze und den Fliegen, die mich körperlich kaputtmachen – ist mir alles recht, was dazu beiträgt, daß wir beide, du und ich, Robert, dieses Land verlassen und wenigstens noch einen Teil unseres Lebens in England verbringen können.«

Beim Sprechen bekam sie vor Erregung rote Flecken auf Stirn und Wangen; Tränen traten ihr in die Augen, und bevor ihr Mann zu ihr treten konnte, schlug sie die Hände vors Gesicht.

»Liebling! Margaret, mein Liebling! Weine doch nicht!«

Voll Mitgefühl sah Kelso zu, wie sie den Kopf in den Arm ihres Gatten schmiegte und sich den unstillbaren Tränen überließ. Schon nach ein paar Minuten hatte sie sich wieder beruhigt, und Kelso begriff, daß sie sich nur aus Loyalität jahrelang zusammengenommen, all ihre natürlichen Instinkte unterdrückt hatte. Ihm war durchaus klar, daß sie sich genausogut wie Robert selber der Bedeutung seiner Stellung bewußt war. Ohne Clive hätte sich der Besitz der Company auf einen Handelshafen in Bombay beschränkt, und auch der wäre von der launischen Gunst eines orientalischen Nawabs abhängig gewesen. Daß die Ehrenwerte Ostindien-Compagnie – und damit England – dieses reiche indische Imperium besaß, war fast ausschließlich dem Genie ihres Mannes zu verdanken.

Sie trocknete die Augen und entschuldigte sich: »Roger Kelso, was werden Sie nur von mir denken! Es tut mir so leid.«

»Gar kein Grund dazu«, erwiderte Kelso. »Was sind schon ein paar Tränen unter alten Freunden? Und auf jeden Fall«, schloß er lächelnd, »machen sie Ihnen Ehre.«

Mit einem fragenden Blick erwiderte sie sein Lächeln.

»Weil Sie dieses Klima so viele Jahre und ohne zu jammern ertragen haben«, erläuterte er, »und weil Sie Robert so loyal zur Seite gestanden haben, obwohl Ihr Herz die ganze Zeit schmerzlich nach der Heimat verlangte.«

Immer noch lächelnd nickte sie. »Nicht immer. Manchmal, in der kühlen Jahreszeit, wenn die Kinder gesund waren und Robert nicht irgendwo im Krieg – da dachte ich auch: Was ist das für ein wunderbares Land! Ich habe Freude gehabt – wirkliche Freude! – an der kühlen Morgendämmerung, wenn die Nebel über dem Fluß hochsteigen und all diese Bauwerke, die Bazare, die staubigen Straßen wenigtens einmal am Tag schön aussehen. Ich habe mich an den Abenden erfreut, wenn der Himmel so prachtvoll rot und golden ist. Ich habe die Zeremonien genossen, wenn diese Nawabs, denen du, Robert, so mißtraust, in den goldverbrämten Howdahs und unter ihren mit unschätzbaren Perlen bestickten Baldachins vorüberritten.«

»Dabei fällt mir ein«, sagte Clive, »in Kürze werden wir wieder so eine Zeremonie erleben. Ich habe Mir Jaffar nach Kalkutta eingeladen – nachdem er sich als so dankbar erwiesen hat, war es das wenigste, was ich tun konnte –, und er wird kommen, sobald sich seine ängstliche Seele über den Verlauf der Dinge beruhigt hat.«

»Er kommt also«, sagte Kelso, »und schwört wahrscheinlich ewige Freundschaft, während er noch mit den Holländern intrigiert?«

Clive zuckte die Achseln. »Sie müßten doch inzwischen gelernt haben, die orientalische Denkart zu verstehen.«

»Wünscht er sich ernstlich, daß die Holländer uns von hier vertreiben?«

»Vielleicht nicht gerade das, aber er will sie als Gegengewicht. Solange wir allein die Macht haben, kann er nur durch uns etwas unternehmen. Wir haben ihn als Herrscher eingesetzt und können ihn auch wieder entthronen. Wahrscheinlich wurmt ihn das. Aber seien Sie sicher, wenn wir zulassen, daß die Holländer hier ihre Position verstärken, dann wird er sie bald gegen uns ausspielen.«

Kelso nickte und reichte Margaret seine Kaffeetasse zum Einschenken. »Nun, wie ich vorhin sagte, sind wir noch nie so stark gewesen wie jetzt. Wenn uns die Holländer bedrohen, können wir dagegenhalten.«

»Ja, das können wir«, stimmte Clive zu. »Aber vielleicht nicht unter gleichen Bedingungen.«

»Sie sind im Vorteil?«

»Wenn sie angreifen, dann aus einer Position der Stärke. Sie haben mehr Schiffsraum in diesen Gewässern als wir, und wenn sie auf Mir Jaffars Verlockungen hören, dann sehen wir uns plötzlich einer beträchtlichen Flotte gegenüber, aye, und einer ganzen Armee holländischer Soldaten – daran ist nicht zu zweifeln.«

»Wir können mit ihnen fertigwerden, wie stark sie zahlenmäßig auch sein mögen«, schloß Kelso voller Selbstvertrauen.

Margaret reichte Kelso die Kaffeetasse. »Und danach fahren wir nach Hause, Robert – du und ich«, sagte sie.

Ihr Mann rückte verlegen mit dem Stuhl. »Tja ... Siehst du, meine Liebe, selbst wenn wir mit den Holländern fertig sind, müssen wir immer noch mit den Franzosen rechnen.«

Kelso beobachtete Margaret scharf und war erschüttert, weil sie plötzlich ganz verzweifelt aussah, was sie aber sofort unterdrückte. Deswegen sagte er: »Wenn wir die Holländer schlagen, gibt es kein Problem mehr. Der französischen Bedrohung, bei der aller Erfahrung nach gar nichts herauskommen wird, können wir entgegentreten, und Mir Jaffar ist dann ausgeschaltet.« Er hielt inne und schloß in bestimmterem Ton: »Ich glaube, Sie sollten davon ausgehen, daß Sie, sobald die holländische Bedrohung abgewehrt ist, nach Hause fahren können.«

Obwohl er nicht mehr zu Margaret hinsah, spürte er, wie dankbar sie war. Ihr Mann schaute erst abweisend drein, doch als er sie anblickte, gab er nach. »Na schön«, sagte er, »sobald die Holländer geschlagen sind, Liebling, fahren wir heim. Das verspreche ich dir.«

Sie nahm seinen Arm, hielt nur mit Mühe die Tränen zurück und sagte: »Ich danke dir, Liebster.« Dann wandte sie den Kopf: »Und Ihnen auch, Roger Kelso. Danke!«

21

Die Woche war noch nicht vergangen, da erwiesen sich Clives Ahnungen als zutreffend. Ein holländisches Schiff wurde in der Hugli-Mündung gemeldet, nach diversen Berichten mit mindestens einhundert Soldaten an Bord. Wieder war Kalkutta bedroht.

Clive, der immer dann in Bestform war, wenn die Situation kritisch wurde, erließ einen Aufruf, der zur Ruhe mahnte, und berief den Rat ein.

Sie versammelten sich im Sitzungssaal: Clive als diensttuender Gouverneur, die sechs Ständigen Ratsmitglieder und Kelso. Trotz Clives Aufruf hatten sich vor dem Sitzungssaal einige ängstliche Einwohner eingefunden, die um Schutz flehten.

Kelso, der eben von einer kurzen Erkundungsfahrt stromaufwärts zurückgekehrt war, traf als letzter ein. Er marschierte wie ein Gardist auf Parade durch den Korridor, in gerader Haltung, den rechten Arm im Takt schwingend, den Hut nach Vorschrift in der linken Armbeuge. Die ängstlichen Bürger, die eben noch durcheinandergeschrien hatten, verstummten augenblicklich und ließen ihn vorbei. Lakaien öffneten ihm die mächtigen Türen zum Sitzungssaal.

»Bitte um Entschuldigung, meine Herren, daß ich Sie warten ließ.«

Ungeduldig sahen sie zu, wie er sich zu seinem Stuhl am unteren Tischende, Clive gegenüber, begab und Platz nahm. Er legte seinen Hut vor sich auf den Tisch und bemerkte, daß Vansittard, dessen eines Auge immer noch leicht umschattet war, ihn übelwollend musterte. Zum ersten Mal seit jenem Dinner bei Holwell trafen sie wieder zusammen – sechs Wochen war es her.

»Also, meine Herren«, kam Clive gleich zur Sache. »Sie

haben es gehört. Ein holländisches Schiff, ein großer Dreidecker, liegt vor der Hugli-Mündung. Er hat ein beachtliches Detachement Soldaten an Bord.«

»Wie viele?« – »Europäer oder Sepoys?« – »Was will der Kommandant?« Die Fragen prasselten von allen Seiten.

»Bitte, meine Herren«, lächelte Clive und hob die Hand. »Wir werden uns doch nicht von einem Haufen Holländer ins Bockshorn jagen lassen!«

Die Herren wurden ruhiger, und nach einer angemessenen Pause begann Paxton: »Darf ich fragen, ob wir Verbindung mit dem Schiff aufgenommen haben?«

»Jawohl«, erwiderte Clive, »und der Kommandant versichert, er habe keine feindlichen Absichten. Er sei, so sagt er, nach Negapatam südlich von Pondicherry unterwegs und bei einem Sturm hierher abgetrieben worden.«

Die Herren gaben ihrem Unglauben durch laute Rufe Ausdruck; dazwischen hörte man Holwells Stimme: »Ich hoffe doch, wir werden sie zum Teufel schicken!«

»Sie bekommen keine Erlaubnis, stromaufwärts zu segeln«, entgegnete Clive, »und Landeerlaubnis bekommen sie auch nicht.«

»Aber wenn der Kommandant es trotzdem tut?«

»Dann werden wir Widerstand leisten.«

Ein allgemeines beifälliges Gemurmel erhob sich, und Kelso sagte: »Mit Ihrer Erlaubnis, meine Herren, möchte ich darauf hinweisen, daß eine Fahrt stromaufwärts ohne Lotsen sowieso zu gefährlich wäre. Ohne unsere Hilfe, oder allenfalls mit einem Lotsen, der zu ihnen übergelaufen ist, kann das Schiff kaum stromaufwärts gelangen.«

»Sie können doch loten«, bemerkte Vansittard arrogant. »Nur weil sich Kommodore Kelso eine solche Fahrt nicht zutraut, besteht kein Grund anzunehmen, daß die Holländer ebenso ängstlich sind.«

»Loten hat bei starker Strömung nicht viel Sinn«, entgegnete Kelso nachsichtig. »Und was Ihre Unterstellung angeht – nun, da ist vielleicht etwas dran. Ein entschlossener Kommandant könnte es durchaus probieren. Ich selbst, muß ich gestehen, würde mich versucht fühlen, die Einfahrt zu riskieren.«

»Also könnte er durchkommen«, sagte Holwell, »und Kalkutta erreichen.«

»Wenn wir ihn vorher nicht aufhalten.«

Alle blickten zu Clive hin, der einen Moment überlegte und dann entschied: »Ja, ich stimme Ihnen bei. Kelso, reichen Ihre Schiffe aus für die Aktion?«

»Aber ja«, antwortete Kelso. »Wir brauchen nur eins.«

Ein ablehnendes Murmeln erhob sich, und Paxton fragte: »Warum nur eins, wenn Schiffe genug da sind? Die *Protector*, die *Calcutta*, die *Paragon* und die *Pindarus* – sie liegen doch alle mitten im Strom.«

»Wir brauchen nur eins«, entschied Clive. »Vier Schiffe loszuschicken, um eines aufzuhalten, wäre schlechte Taktik. Viel besser wäre es, diesen Eindringlingen zu zeigen, was wir wirklich von ihnen halten, indem wir ihnen nur ein Schiff entgegenschicken – möglichst ein kleineres.«

»Wie die *Paragon*?« höhne Vansittard. »Wäre das nicht nach Kelsos Sinn?«

Clive, der, wie es seine arglose Art war, nichts von dem Kelso-Skandal gehört hatte, sagte mit einer gewissen Verwunderung: »Ich weiß nicht, ob Kelso die *Paragon* nehmen will. Aber sie würde sich in der Tat gut dafür eignen.«

»Nein, Sir!« Alle waren überrascht von der Heftigkeit,

mit der Kelso Einspruch erhob. Er merkte es und fuhr ruhiger fort: »Die *Paragon* ist gerade von einer Reise zurück und muß neu ausgerüstet werden. Meiner Meinung nach können wir nur ein Schiff hinschicken, und zwar die *Protector.*« Er blickte Vansittard bei diesen Worten an und sah dessen ironisches Lächeln.

»Wie Sie wollen«, sagte Clive achselzuckend. »Es spielt keine Rolle. Ich persönlich wette jederzeit, daß ein Schiff der Bombay-Marine einem Holländer überlegen ist.« Er dachte kurz nach und fuhr dann fort: »Übrigens, da fällt mir ein, als die *Paragon* meine Expedition zu Mir Jaffar begleitete, hat mir Lashleys Schiffsführung gar nicht gefallen. Ein- oder zweimal hat er sie beinahe auf Grund gesetzt, möchte ich schwören. Glauben Sie, daß er was taugt?«

»Ich denke schon«, erwiderte Kelso rasch. »Schließlich ist er noch verhältnismäßig neu auf der *Paragon.*«

»Noch verhältnismäßig neu!« protestierte Clive. »Was denn – er hat sie doch genauso lange wie Sie die *Protector*!«

»Ja, gewiß, Sir – aber bei der Fahrt stromaufwärts kann es auch am Lotsen gelegen haben. Es gibt dort ein paar ganz gefährliche Stellen, soweit ich mich erinnere.«

»Na, Sie hatten jedenfalls keine Schwierigkeiten damit, als wir damals stromaufwärts fuhren – wie lange ist das her? Damals zur Zeit von Plassey.«

Kelso erwiderte Clives Lächeln. »Die *Paragon* war ja auch mein Schiff, Sir. Ich führte sie von Anfang an. Vielleicht ist es unfair, Kapitän Lashley nach diesem einen unglücklichen Vorfall zu verurteilen.«

Clive sah ihn nachdenklich an. »Na schön, Kelso, dann wollen wir die Sache auf sich beruhen lassen. Und Sie wollen also mit der *Protector* stromab segeln?«

»Mir Ihrer Erlaubnis, Sir.«

Kelso stand auf und wandte sich zum Gehen, denn er wollte unverzüglich seeklar machen. Doch Paxton hielt ihn zurück. »Da wäre noch ein Punkt, auf den wir Sie besonders hinweisen sollten. England befindet sich nicht im Krieg mit Holland; im Gegenteil, wir sind Verbündete. Ich meine, Sie sollten diese Angelegenheit – nun, diplomatisch behandeln.«

Ungeduldig nahm Kelso wieder Platz und entgegnete: »Wenn ein Räuber in Ihr Haus einbricht, dann lassen Sie sich auch nicht auf Diskussionen mit ihm ein. Sie halten ihm eine Pistole vor die Nase.«

»Aber hier liegen die Dinge doch etwas anders«, protestierte Paxton. »Ein direkter Angriff auf das Schiff unserer Verbündeten könnte schwere Folgen haben.«

»Und unsere Regierung in größte Verlegenheit bringen«, fügte Vansittard hinzu. »Haben Sie daran gedacht?«

»Ich denke nur an eins«, erwiderte Kelso, »an die Verteidigung Kalkuttas.«

»Sind Sie denn sicher, daß Kalkutta bedroht ist?« fragte Vansittard. »Wenn ja, dann wissen Sie mehr als wir.«

»Ein Dreidecker voller Soldaten, der angeblich siebenhundert Meilen vom Kurs abgekommen ist? Also wirklich, meine Herren, wir verschwenden unsere Zeit.«

Clive griff in die Debatte ein. »Kelso hat recht«, sagt er. »Dieses Schiff ist eine Bedrohung, die wir nicht ignorieren können.«

»Ja, ja, aber das läßt sich auch mit Diplomatie bereinigen«, protestierte Paxton; doch Clive schüttelte den Kopf. »Nein, Kelso hat recht«, beharrte er. »Mit Einbrechern verhandelt man nicht. Man konfrontiert sie mit Kanonen.«

»Ich meine immer noch, es könnte ernste Konsequenzen geben«, sagte Paxton.

»Dafür übernehme ich die Verantwortung«, erwiderte Clive.

Noch am selben Tag lief die *Protector* aus.

Unter Bramsegeln und mit gerefftem Großsegel glitt sie in der Strommitte der Mündung zu, und Kelso verspürte dabei wieder die undefinierbare Erregung, die ihn jedesmal befiel, wenn eine Aktion bevorstand. Er wußte genau: Trotz seiner Kampferfahrung unterschied er sich im Grunde nicht sehr von dem Kadetten auf der unglücklichen *Bombay Queen*, der er einmal gewesen war – wie viele Jahre war das jetzt her? Er war eben immer noch ein Kämpfer zur See.

Als sie Fahrt gewannen und der Lotse das Schiff übernommen hatte, fand Kelso Zeit, nach Kalkutta zurückzuschauen, auf das neue Fort, das so eindrucksvoll vor dem Maidan aufragte, auf die Häuser und Faktoreien, die seit der Zerstörung von 1756 neu entstanden waren. Aus dieser Entfernung sah die Stadt sauber, ordentlich, sogar schön aus. Zu riechen war nur der schwache Dunst des Flusses und der nicht unangenehme Teergeruch. Auf der Esplanade entdeckte er einen schwarz-weißen Fleck; wie er durch das Teleskop erkannte, war es ein Mensch – eine Frau in einer offenen Kutsche. Angestrengt und lange spähte er hinüber in der Hoffnung, die Gestalt identifizieren zu können, doch sie wurde immer kleiner, denn die *Protector* stieß jetzt in die Strömung vor. Aber es mußte Susan sein, das wußte er. Ob sie gekommen war, um ihren Mann von der *Paragon* abzuholen oder um der in See gehenden *Protector* nachzublicken, würde er nie erfahren; doch er konnte einen Anflug schlechten Gewissens nicht unterdrücken, weil er ausgelaufen war, ohne ihr adieu zu sagen. Seit dem peinlichen Zwischenfall mit Vansittard hatte er Susan nur zweimal gesehen: einmal, als er sie von den Holwells heimbegleitet hatte, und das andere Mal bei der Rückkehr der *Paragon*. Die Selbstdisziplin hatte sich schließlich stärker erwiesen als die Leidenschaft. Aber immer noch konnte er nicht ohne Qual an sie denken.

Den ganzen Nachmittag bis in den späten Abend hinein segelte die *Protector* stromab. Die Nacht war fast hereingebrochen, bevor Kelso entschied, daß es tollkühn wäre, noch weiterzusegeln. Er wußte, daß der Holländer höchstens ein Dutzend Meilen voraus sein konnte.

»Fallen Anker!«

Die Trosse rasselte durch die Klüse; die Wache enterte in die Bramrahen auf, und die *Protector* schwojte gegen den Strom.

22

Das holländische Kriegsschiff lag stromabwärts vor Anker, etwa eine Meile vor der Küste. Als die *Protector* in den Meeresarm einbog, konnte Kelso es im Frühlicht sehen: Die Masten, Rahen und Webeleinen hoben sich schwarzgestrichelt vom Blau des Himmels ab. Nur die Stückpforten des Hauptdecks standen offen, und obwohl die Kanonen ausgerannt waren, schien der Kommandant nicht mit Zwischenfällen zu rechnen.

Gefechtsklar segelte die *Protector* vor dem Wind an und drehte bei, als die beiden Schiffe etwa zwei Kabellängen auseinander waren. Immer noch ließ sich keinerlei verdächtige Aktivität auf dem Holländer erkennen.

»Was tun wir, Sir?« fragte St. John, nachdem sie geankert hatten.

»Abwarten«, entgegnete Kelso.

Sie hatten nicht lange zu warten. Schon nach ein paar

Minuten hörten sie eine Bootsmannspfeife und sahen die Freiwache drüben an Deck eilen. Doch die Stückpforten der unteren Decks blieben immer noch geschlossen. Offensichtlich waren die ausgerannten Kanonen nur eine Vorsichtsmaßnahme und kein Zeichen für kriegerische Absichten. Mehrere holländische Offiziere sammelten sich auf dem Achterdeck; auch sie schienen abzuwarten.

»Meinen Sie nicht, daß es ratsam wäre, wenn jemand von uns an Bord ging?« fragte St. John, den die Untätigkeit offenbar nervös machte.

»Nein«, antwortete Kelso. »Wir warten ab. Früher oder später müssen sie zu uns kommen.«

»Natürlich, Sir. Ich dachte nur – wenn ich hinüberfahren würde, könnte ich vielleicht dies und das feststellen – wie viele Soldaten sie an Bord haben . . .«

»Sie können darauf wetten, daß alle Soldaten unter Deck sind. Wir hätten nichts davon, sondern nur einen Vorteil verschenkt.«

»Welchen Vorteil, Sir?«

»Sie sind die Eindringlinge, und das sollen sie gefälligst nicht vergessen.«

Schließlich waren es die Holländer, die zuerst die Geduld verloren. Die Kapitänsgig wurde ausgeschwungen und abgefiert, ein Spielzeug vor dem ungeheuren schwarzen Rumpf. Ein Offizier – der Kommandant? – kletterte das schwankende Fallreep hinunter.

»Sie hatten recht, Sir«, sagte St. John bewundernd. »Sie kommen zu uns.«

Der Holländer, nach den goldenen Epauletten zu schließen der Kommandant, kletterte durch die Schanzpforte und grüßte formell: »Kapitän Oldeck von der *Helder* – zu Ihren Diensten.«

»Kelso von der Bombay-Marine.« Kelso wandte sich um, bemüht, die üblichen Höflichkeiten zu beachten, ohne sich jedoch etwas dabei zu vergeben. »Würden Sie mit mir in meiner Kajüte ein Glas Wein trinken, Kapitän Oldeck?«

»Danke, ja.« Der Holländer sprach gut englisch, doch mit einem unverkennbaren Akzent.

In Kelsos Kajüte, einem zehn mal sechs Fuß großen, von der Offiziersmesse abgeteilten Rechteck, nahmen sie Platz. Kapitän Oldeck quetschte sich zwischen Tisch und Koje, und Kelso lehnte seinen langen eckigen Körper gegen die Tür.

»Ein Glas Rotwein, Kapitän?«

»Danke, ja.«

Sie ergriffen die Gläser, die Padstow gefüllt hatte, und hoben sie zum Gruß. Nach dem ersten Nippen stieß der ungeduldige Kelso gleich zum Angriff vor.

»Sie befinden sich unberechtigterweise in den Gewässern der Company, Kapitän. Ich muß Sie um Auskunft darüber bitten, was Sie vorhaben.«

»In den Gewässern der Company?« Heftig stellte der Kapitän sein Glas auf den Tisch. »Seit wann hat eine englische Handelsgesellschaft über die freien Gewässer des Hugli zu bestimmen?«

»Seit 1757«, entgegnete Kelso. »Seit der Schlacht von Plassey.«

»Wollen Sie damit sagen, daß der Nawab Ihnen erlaubt hat, Schiffen befreundeter Nationen den Zugang zu verbieten?«

»Eine notwendige Maßnahme, Kapitän, wie Sie sicherlich einsehen werden. Die britische Ansiedlung Fort St. David ist von den Soldaten des früheren Nawab Surajah Dowlah überrannt worden. Und sie ist auch von den Franzosen bedroht worden.«

»Aber doch nicht von den Holländern, Ihren eigenen Verbündeten!«

Kelso musterte ihn kalt und gab keinen Zoll nach. »Das bleibt abzuwarten.«

»Aber ich versichere Ihnen, Sir, wir kommen friedlich und als Verbündete. Wir können doch keine Bedrohung für die Engländer darstellen – ein einzelnes Schiff.«

»Voller Soldaten.«

Betroffenheit flackerte in den Augen des Kommandanten auf, doch er antwortete fast ohne Pause: »Ein paar Soldaten, Sir. Gerade Sie, der Sie das Land kennen, werden verstehen, daß eine gewisse Verteidigungskraft notwendig ist. Sie sind nur zur Verstärkung gedacht, weiter nichts.«

»Verstärkung wofür?«

»Für Nagapatam.«

Kelso trank von seinem Wein. »Da sind Sie aber weit von Ihrem Kurs abgekommen, Kapitän Oldeck.«

Der Holländer zuckte die Achseln. »Der Monsun! Sie wissen doch, wie das ist. Wir hatten rauhes Wetter. Ich entschloß mich, Unterschlupf auf dem Gebiet unserer Verbündeten zu suchen.«

Kelso ging auf sein verbindliches Lächeln nicht ein. »Und nun?«

»Nun würden wir gern Reparaturen ausführen.«

»Reparaturen? Ich habe keine Schäden bemerkt. Hatten Sie Feindberührung?«

»Nein, es war nur das Wetter. Wir sind leckgeschlagen und müssen ausbessern.«

»Und dann?«

Der Holländer musterte ihn mißtrauisch. »Nun, Sir, da wir einmal hier sind, so dicht bei einer der Hauptansiedlungen unseres Verbündeten, halte ich es für angebracht, einen Höflichkeitsbesuch abzustatten.«

»Das wird nicht nötig sein, Kapitän Oldeck. Ich kann dem Gouverneur Ihre Grüße überbringen.«

»Aber es wäre nicht dasselbe, Kommodore Kelso. Wenn Sie mir erlauben ...«

»Segeln Sie nicht über diesen Punkt hinaus«, unterbrach ihn Kelso grob. »Wenn Sie es versuchen, eröffne ich das Feuer.«

»Was?« Der Holländer, an eine größere Kajüte gewöhnt, stieß sich den Kopf, als er zornig aufsprang.

»Ich eröffnete das Feuer auf Sie«, wiederholte Kelso.

Kapitän Oldeck rieb sich den schmerzenden Schädel und schrie wütend: »Dazu haben Sie kein Recht, Engländer! Nicht das geringste Recht!«

»Ich habe jedes Recht dazu, denn hier ist Company-Gebiet, und Sie sind der Einschleicher.«

»Ich – ein Einschleicher?« Offensichtlich kannte der Holländer dieses Wort, eine in der East India Company gebräuchliche abschätzige Bezeichnung für Kapitäne, die unbemerkt landeten, um trotz des britischen Monopols heimlich Geschäfte zu machen. »Ich darf Sie darauf hinweisen, Sir, daß die Holländer vor den Engländern hier waren. Unsere Faktorei in Chinsurah ist weit älter als Ihre in Fort Williams. Wenn jemand hier der Einschleicher ist, dann England!«

Unbeeindruckt sah Kelso ihm ins Gesicht. »Ich gestatte Ihnen nicht, weiter stromaufwärts zu segeln«, sagte er.

Der Holländer war wütend, doch momentan konnte er nichts weiter tun. »Ich bedaure Ihre Haltung«, sagte er. »Und Sie werden später ebenfalls Gelegenheit bekommen, sie zu bedauern. Wenn dies Ihr letztes Wort ist, gehe ich jetzt wieder an Bord meines Schiffes.«

Als er weg war, beobachtete Kelso vom Achterdeck aus, wie die Gig über den schmalen Wasserstreifen fuhr, sah den Kommandanten an Bord klettern und zu seinen auf dem Achterdeck versammelten Offizieren treten, mit denen er anscheinend Kriegsrat hielt.

»Glauben Sie, daß er kämpfen wird, Sir?« fragte St. John.

»Das werden wir bald sehen.«

Kelso wußte recht gut, daß sich die *Protector* im Vorteil befand. Sie war gefechtsklar, neben den ausgerannten Kanonen glommen die Lunten. Der Holländer war noch längst nicht soweit. Es konnte natürlich sein, daß sie mit der Hauptbatterie angriffen; doch auf zwei Kabellängen mußte jede Aktivität bei den Kanonen ohne weiteres zu sehen sein. Und die Kanonen der unteren Decks mußten erst ausgerannt, geladen und gerichtet werden, ehe sie feuern konnten. Der Holländer würde bestimmt nicht wagen anzugreifen.

Und so erwies es sich auch. Ein paar Minuten später ging der holländische Kommandant unter Deck, und die Offiziere zerstreuten sich. Die Freiwache konnte abtreten, und abgesehen von den Hauptdeckgeschützen, die immer noch stromauf zielten, wirkte das Schiff so harmlos wie ein schlafender Hund. Nun folgte eine langweilige Wartezeit. Kelso wußte, daß die *Protector* unter normalen Umständen an Feuerkraft unterlegen war, und hatte keine Lust, seinen Vorteil aufzugeben. Er ließ die Freiwache abtreten, doch die Kanonen blieben auch während der größten Mittagshitze ausgerannt und bemannt.

Kelso verließ das Achterdeck nur einmal gegen Mittag, als Padstow ihn überredete, rasch eine Mahlzeit einzunehmen. Selbst mitten im Strom war es heiß, und der schwere Geruch des Dschungels hing in der moskitodurchschwirrten Luft.

Gegen Abend, als die Sonne schon tief stand, trat St. John zu seinem Kommodore an der Achterdeckreling. Er sah auf den schon dunkler werdenden Fluß hinaus. »Kein Zeichen von Bewegung, Sir. Glauben Sie, daß sie beabsichtigen, heute nacht zu segeln?«

»Wenn ja, dann bleibt ihnen nur ein Kurs.«

»Auf See?«

Kelso nickte. »Sie wären verrückt, wollten sie versuchen, bei Nacht und ohne Lotsen stromauf zu gehen.«

»Das heißt, wir können den Alarmzustand aufheben?«

»Vielleicht. Ich möchte aber erst wissen, was sie vorhaben.«

»Nun, Sir, wie Sie eben sagten, scheinen sie nur eine Wahl zu haben.«

Kelso antwortete nicht. Immer noch schaute er über die Flußmündung, und da seine Augen sich inzwischen an das Bild gewöhnt hatten, bemerkte er drüben eine auffällige Bewegung an Deck. Er nahm sein Teleskop und stellte es auf das Hauptdeck des Holländers ein. Am Kampanjeniedergang stand ein indischer Soldat. Er glitt rasch in Richtung auf das Gefechtsdeck außer Sicht, doch da erschien ein zweiter und noch einer. An der Leereling schien bei den Davits etwas im Gang zu sein.

»Mr. St. John!«

»Sir?«

»Was halten Sie davon?« Er übergab das Glas dem Kommandanten.

»Ja – zum Donnerwetter, das sieht so aus ... Sir, sie fieren ein Boot ab.«

»Genau, und dort auf dem Gefechtsdeck steht seine Besatzung.«

Eilig schwenkte St. John das Glas und sah gerade noch die braun uniformierten Männer zum Fallreep gehen. »Soldaten, bei Gott!«

»Ja. Lassen Sie bitte die Marinegarde antreten, Mr. St. John, und fieren Sie den Kutter ab.«

Die Marinegarde, eine Sondereinheit, halb Soldaten, halb Matrosen, bildete einen Teil der Besatzung. Während der langen Fahrten taten sie kaum Dienst außer an den Waffen, und die Aussicht auf eine Aktion war für sie, was eine Kaninchenfährte für einen hungrigen Jagdhund war. Jetzt kamen sie an Deck gerannt, und der Bootsmann überwachte das Abfieren des Kutters. Als er im Wasser lag und sie eingestiegen waren, kletterte Kelso ebenfalls das Fallreep hinab und nahm im Heck Platz.

»Ablegen!«

Inzwischen war es fast dunkel geworden. Lautlos glitt der Kutter über das Wasser. Es stand eine kräftige Strömung, in der der Bootsmann geschickt manövrieren mußte. Achteraus ragte die dunkelbraune Masse der *Protector* in den Himmel, voraus lag die *Helder.*

»Ruder hart Backbord!« befahl Kelso leise, und der Kutter, von zehn kräftigen Matrosen gerudert, nahm Kurs aufs Ufer. In der Dunkelheit war nicht auszumachen, ob das holländische Boot ebenfalls auf diesem Kurs war oder überhaupt schon abgelegt hatte; doch Kelso war sicher, daß man sich in wenigen Minuten treffen würde.

Aber die Minuten vergingen, und während sie sich weiter und weiter von der *Protector* entfernten, fragte er sich, ob er sich wohl geirrt hatte. Er überlegte auch, daß er das Boot um so leichter abfangen konnte, je näher es noch bei der *Helder* war. Zwei Boote auf divergierendem Kurs, das eine mit, das andere gegen eine starke und schnelle Strömung fahrend, konnten durchaus eine Meile voneinander entfernt am Ufer ankommen.

»Riemen bei!«

Die Matrosen ließen die Ruderblätter auf dem Wasser ruhen; er horchte angestrengt, doch er konnte nichts hören als das um den Bug rauschende Wasser, den heftigen Atem der Männer und das ferne Kreischen eines Vogels im Dschungel. Es war jetzt stockfinster.

»Sir!« Auf den flüsternden Anruf des Bootsmanns horchte er stromauf, und dort vernahm er deutlich das rhythmische Geräusch von Riemen in den Dollen.

»Kein Laut jetzt!«

Auf einmal war das holländische Boot dicht bei. Es schoß aus der Finsternis wie ein Raubvogel auf seine Beute zu; nur hatte die Mannschaft das englische Boot nicht gesehen und konnte die Kollision nicht verhindern. Im ersten Moment dachte Kelso, seine Besatzung würde über Bord gehen, doch sie waren echte Seeleute. Augenblicklich setzten sie die Riemenblätter ein, um den Stoß abzufangen, und als die erschrockenen Holländer sich gefaßt hatten, waren beide Boote bereits durch einen Draggen der Engländer verbunden, den der Bootsmann geworfen hatte.

»Also – wo ist euer Offizier?« fragte Kelso scharf.

Nach einer angstvollen Pause erklang eine schrille junge Stimme. »Hier, Sir. Seekadett Valk, Bootsführer.«

Kelso überblickte das Boot. Er konnte den Seekadetten im Heck, die Rudergasten und vielleicht zwanzig eingeborene Soldaten erkennen.

»Und wohin?«

»An Land, Sir. Die Soldaten sind seemüde nach der langen Reise. Kapitän Oldeck hat befohlen, ich soll mit ihnen an Land gehen, damit sie sich die Beine vertreten können.«

»Bei Nacht?« fragte Kelso scharf. »Hören Sie, Seekadett Valk, hier ist englisches Gebiet, vom Nawab Mir Jaffar der Company unterstellt. Jetzt wenden Sie Ihr Boot und rudern zu Ihrem Schiff. Sagen Sie Kapitän Oldeck, daß niemand an Land gehen darf – niemand! Und je eher er diese Gewässer verläßt, um so besser für alle Beteiligten.«

Der Seekadett befand sich in einem Dilemma. »Aber der Kommandant hat mir gesagt . . .« wandte er ein.

»Ganz egal. Rudern Sie zurück, und melden Sie Kapitän Oldeck, was ich Ihnen gesagt habe.«

Verzweifelt gab der Seekadett Order abzudrehen, und ein paar Minuten später war das holländische Boot in der Dunkelheit verschwunden.

»Was jetzt, Sir?« fragte der Bootsmann.

»Wir bleiben auf Patrouille.«

»Aye, aye, Sir – aber wie lange?«

»Notfalls die ganze Nacht«, sagte Kelso lakonisch.

Doch das war nicht nötig. Es war noch keine Stunde vergangen, da hörte man Befehlsrufe auf der *Helder*, sah die aufgegeiten Segel von den Rahen fallen, und dann segelte der Holländer vorm Wind aufs offene Meer hinaus.

23

»Die kommen wieder«, sagte Clive voller Überzeugung. »Bilden wir uns nur nicht ein, daß die holländische Drohung vorüber ist.«

Sie saßen an einem stillen Sommerabend nach dem Dinner auf Clives Terrasse. Der Duft von Blumen und Gewürzen hing in der Luft, und die Stille wurde nur durch die Insekten unterbrochen, die ständig gegen die Gazebespannung summten. Manchmal bellte ein Hund, und der Hufschlag eines vorbeitrabenden Pferdes war noch zu hören, nachdem die Kutsche schon lange außer Sicht war.

»Wenn sie wiederkommen, sind wir gerüstet«, entgegnete Kelso.

»Ja, solange Sie hier sind«, stimmte Clive bei. »Schade, daß Admiral Cornish weg mußte.«

Admiral Cornish war vor vierzehn Tagen mit seinem Geschwader zur Patrouillenfahrt vor der Küste von Arakan aufgebrochen. Bis er wiederkam, waren die Holländer auf See die Stärkeren.

»Er wird bald genug zurückkehren«, meinte Kelso. »Bis dahin müssen wir eben gut aufpassen.«

»Und das bedeutet, daß Sie Ihren Gatten ziemlich oft werden entbehren müssen«, sagte Clive zu Susan Lashley. »Das tut mir leid, aber ich bin froh, daß Sie wenigstens heute abend kommen konnten.«

Susan nickte gelassen, und ihr Lächeln, wie überhaupt ihre Miene und ihre Gesten, galten auch Kelso.

Der saß im Halbdunkel und war wütend über die Taktlosigkeit seines Freundes. Erstens, weil er Susan ohne ihren Mann eingeladen hatte, und zweitens, weil er hier vor allen Leuten darauf hinwies, daß sie in regelmäßigen Abständen allein sein würde. An Margarets verstohlenen Blicken merkte er, daß sie von dieser Einladung nichts gewußt hatte. War Clive wirklich so in die Dienstgeschäfte vertieft, daß er von dem blühenden Klatsch keine Ahnung hatte? Sobald es nur irgend vertretbar war, stand Kelso auf und entschuldigte sich. Er hatte Clive bereits die Hand gedrückt und sich von Margaret verabschiedet, da trat Lady Susan herzu. »Kommodore Kelso«, sagte sie, »wenn Sie schon gehen, darf ich Sie vielleicht um Ihre Begleitung bitten?«

Gelassen blickte sie in sein verlegenes Gesicht. Alle übrigen Gäste beobachteten die beiden, staunten über Susans Kühnheit und warteten gespannt darauf, was er antworten würde.

»Gern, Ma'am«, sagte er. »Aber ich muß zum Hafen.«

»Dann komme ich mit.«

»Ich muß aber noch auf die *Protector*, Ma'am.«

»Dann warte ich auf Sie.«

Mit eiserner Miene antwortete er: »Wie Sie wünschen, Ma'am. Ich bin entzückt.«

Kelso schickte seinen Wagen weg, und sie fuhren in ihrem, demselben, in dem sich, wie er nie vergessen würde, ihre Liebe zum ersten Mal erfüllt hatte. Lange fuhren sie ohne zu sprechen, und der Ton der Pferdehufe wurde vom Straßenstaub gedämpft. Um diese späte Stunde waren nur wenige Menschen unterwegs, aber die Bettler lagen im Graben, und Räuber schlichen durch die Schatten. Neben dem Fort standen ein Soldat und ein indisches Mädchen in heißer Umarmung; ihre leidenschaftlich aneinandergeschmiegten Leiber wirkten zugleich obszön und komisch – eine Parodie seiner Liebe zu Susan.

Erst als sie zur Esplanade kamen, begann er zu sprechen: »Hier geht es doch nicht zu dir nach Hause. Wo fahren wir hin?«

»Zum Hafen«, erwiderte sie spottend. »Weißt du nicht mehr?«

»Ja, gewiß, aber ich glaube, ich sollte dich erst nach Hause bringen.«

»O nein! So leicht wirst du mich nicht los.«

»Susan!« Er wandte sich um und sah ihr ins Gesicht. »Was tust du? Richard ist nicht da – weißt du nicht, was er denken muß? Kannst du dir nicht vorstellen, was die Leute sagen?«

»Was die Leute sagen?« wiederholte sie böse. »Ist nur das dir wichtig, trotz deiner Versicherungen? Unsere Liebe bedeutet dir wohl nichts im Vergleich zu dem, was die Leute sagen könnten!«

»Wenn das der Fall wäre«, entgegnete er, »dann nur, weil ich dich liebe. Du hast mich deswegen schon einmal ausgelacht, aber es ist wahr. Ich habe versucht, dir aus dem Weg zu gehen, einfach ...« Er hielt inne. »Weil ich dich liebe.«

»Weil du mich liebst!« wiederholte sie zornig. »Nennst du das Liebe, wenn du dich jedesmal davonmachst, wenn mein sogenannter Ehemann erscheint? Nennst du Liebe, was vor dem Gerede der Leute zurückschreckt?«

»Ich denke dabei nur an dich«, wiederholte er stur.

»Also deswegen bist du mir seit diesem Auftritt bei den Holwells aus dem Weg gegangen?«

»Wenn du es so sehen willst – ja.«

»Hast du tatsächlich Angst vor Vansittard und dem, was er dir antun könnte?«

»Du weißt ganz genau, daß dem nicht so ist.«

»Hoffst du etwa, einen Skandal zu vermeiden, indem du um die Tatsachen herumschleichst wie die Katze um den heißen Brei? Glaubst du, die Leute vergessen uns?«

Er antwortete nicht, sondern wandte sich von ihren anklagenden Augen ab und sah auf den Fluß hinaus, auf die dunklen Umrisse der *Protector*, der *Calcutta* und der *Pindarus*. Dort war das Leben klar und unkompliziert; es gab keine Probleme außer denen von Wind und Tide. Mit einem gewissen Schuldgefühl wurde ihm bewußt, daß er viel lieber draußen gewesen wäre statt hier – mit der Frau, die er liebte, und einem völlig unlösbaren Problem.

Eben sagte sie, und ihre Stimme klang beinahe schrill vor Erbitterung: »Aber der eine, auf den es ankommt, der liebe blinde Richard, hat noch immer keine Ahnung – hoffst du das?«

Ärgerlich wandte er sich um. »Was die Leute über mich reden, hat überhaupt nichts damit zu tun. Ich werde dich wahrscheinlich nie davon überzeugen können, aber es ist die Wahrheit.«

Wortlos blickte sie ihn an, und als sie antwortete, klang ihre Stimme ruhiger, als hätte sie gemerkt, daß der Zorn sie nicht eben attraktiver machte. »Aber du bist mir aus dem Weg gegangen? Das gibst du zu?«

»Ja«, nickte er bekümmert, »ich bin dir aus dem Weg gegangen.«

»Aber warum? Warum bloß? Wenn wir zusammen waren – in meinem Gartenhaus, hier in diesem Wagen –, weißt du noch, Roger? Weißt du noch, daß du mich in diesem Wagen geliebt hast?«

»Mach dich nicht darüber lustig. Mir war es ernst.«

»Und mir? Denkst du, ich mache es aus Spaß? Denkst du, ich habe dir gestattet, mich zu lieben, weil ich einsam war und Langeweile hatte?«

»Vielleicht. Ich möchte sagen, zum Teil war es das.«

Sie schlug ihm so kräftig ins Gesicht, daß er den brennenden Aufschlag ihrer Finger noch lange spürte, nachdem sie sich schluchzend in die Wagenecke gedrückt hatte.

Er schwieg und versuchte auch nicht, sie zu trösten. Sie fuhren jetzt den Kai entlang. In Kürze mußte er sich so oder so entscheiden. Doch er wußte, daß er Susan jetzt nicht verlassen konnte. Als der Wagen anhielt, beugte er sich aus dem Fenster und befahl dem Kutscher: »Fahr nach Hause!«

»Ja, Sahib.« Der Kutscher zögerte. »Steigt der Sahib hier aus?«

»Nein. Nach Hause.«

Die Kutsche wendete, und auf der Anfahrt zur Esplanade flüsterte Susan endlich: »Es tut mir leid, Roger, so leid!«

»Schon gut.«

»Aber es war häßlich von dir, das zu sagen.«

»Ich habe es nicht so gemeint.«

Sie faßte seine Hand. »Was damals in diesem Wagen und später im Gartenhaus geschah, das geschah nur aus einem einzigen Grund. Das weißt du doch sicherlich?«

»Ja. Es tut mir leid.«

»Leid? Daß ich dich liebe?«

»Daß wir uns lieben.« Er legte seine freie Hand auf die ihre. »Es besteht keine Hoffnung, daß...«

»Roger!« Sie rückte in seine Arme. »Sag das nicht, Liebling! Niemals!«

»Aber es ist doch so.«

»Nein.« Sie blickte zu ihm auf und streichelte die eckige Linie seines Kinns. »Komm mit mir nach Hause. Dann zeig ich's dir.«

Als er in den frühen Morgenstunden erwachte, wußte er nicht gleich, wo er war. Dann sah er die Wände des Gartenhauses, den undeutlichen Schimmer der Gazebespannung an den Fenstern und dahinter den Nachthimmel mit den Myriaden von Sternen und den aufgehenden Mond. In einer halben Stunde würde die ganze Stadt mit dem halbfertigen Fort, den Bazaren, Elendshütten und prächtigen Villen vom Mondschein überflutet sein. Wie eine silberne Straße würde der Fluß daliegen, darauf die Schiffe, klein wie Modelle, Masten und Takelage ein spinnwebfeines Filigran. Und plötzliche Sehnsucht nach seiner Koje auf der *Protector* überkam ihn, nach dem schwankenden Deck und dem Knarren der Planken.

»Susan?«

Er beugte sich über sie und schüttelte sie sanft, doch sie lag in tiefem Schlaf. Befriedigt lächelnd schmiegte sie sich enger in seinen Arm.

»Susan!«

Er schüttelte sie stärker, und diesmal schlug sie die Augen auf. »Roger – Liebster!«

»Es wird Zeit für mich.«

»Wie spät ist es?«

»Gegen zwei Uhr. Der Mond geht auf.«

»Zwei Uhr? Dann ist es ja noch Nacht. Wir haben noch lange Zeit.«

»Nein. Bald geht die Sonne auf. Ich muß gehen.«

Ohne sich auf weitere Diskussionen einzulassen, zog sie ihn auf sich und küßte ihn. Sie schlang die Arme um ihn und streichelte sanft seinen Rücken. Er gab nach, wenn auch mit dem Gefühl der Niederlage, und erwiderte ihre Zärtlichkeit.

Die Sonne war schon aufgegangen, als sie ihn endlich losließ. Aber auch dann setzte sie sich neben ihn auf die Couch und hielt seine Hand, als könne sie es nicht ertragen, daß er ging. Mit der freien Hand richtete er seine Halsbinde und hoffte nur, sie würde nicht merken, wie eilig er es hatte, von hier wegzukommen.

»Roger«, begann sie, »ich wollte dich schon lange etwas fragen.«

»Ja?« Schon fielen die ersten Strahlen der Morgensonne durchs Fenster.

»Du hast doch nicht tatsächlich Angst vor einem Skandal?«

»Nicht meinetwegen, das sagte ich schon.«

»Aber da ist immer noch Richard.«

»Wie meinst du das?«

»Richard steht zwischen uns.«

»Er ist dein Mann«, sagte er hart. »Er muß zwischen uns stehen.«

»Immer?«

Er nickte. »Tut mir leid, Susan, aber das ist eine Frage von Recht und Unrecht. Ich weiß es. Trotz dieser Nacht und aller anderen Nächte haben wir kein Recht, miteinander zu schlafen. Richard ist dein Mann und wird es immer sein.«

Sie sah ihn auf eine Art an, aus der er nicht klug wurde, und schlug dann die Augen nieder. »Hm ... Vielleicht.«

»Ich weiß, du verstehst mich nicht, Susan«, erwiderte er ungeduldig, »aber als dein Mann damals nach Clives Expedition mit der *Paragon* zurückkehrte, hatte ich das Gefühl ...« Er hielt inne, nach den rechten Worten suchend. »Da empfand ich ein gewisses Schuldgefühl.«

Sie schüttelte den Kopf und sah ihn mitleidig an. »Obwohl du genau wußtest, was für eine Sorte Ehemann er ist? Auch wenn du weißt, daß er nur dem Namen nach mein Mann ist, daß er mir untreu ist, daß er grausam und boshaft ist?«

»Das alles hat gar nichts damit zu tun.«

»Nichts damit zu tun!« erwiderte sie empört. »Für dich mag das schön und gut sein, aber ich muß mit ihm leben.«

»Du hast ihn geheiratet«, sagte er abschließend.

Sie schloß die Augen – ob vor Zorn oder Kummer, konnte er nicht sagen – und entgegnete: »Ich habe ihn geheiratet, Roger, jawohl. Und jetzt habe ich ihn auf dem Hals, bis ...«

»Bis – was?«

Sie schwieg eine ganze Weile, und als sie sich ihm endlich zuwandte, stand ein merkwürdig hartes Glitzern in ihren Augen. »Liest du die Bibel? Glaubst du an Recht und Unrecht?«

»Selbstverständlich.«

Atemlos sprach sie weiter. »Erinnerst du dich an die Geschichte von David und Bathseba?«

»Und von Uriah, dem Hetiter?«*

Sie nickte und schlug die Augen nieder. »Genau das.«

Weil er sie liebte und sie zu verstehen glaubte, brauchte er eine ganze Weile, bis er begriff, was sie meinte. Als es

* 2. Sam. 11, 14–15.

ihm endlich klar geworden war, sah er sie entsetzt an. »Susan! Du meinst doch nicht etwa ...«

»Warum nicht?« stieß sie hervor. »Er ist ein schlechter Mann, er ist böse ... Und er steht zwischen uns. Er wird immer zwischen uns stehen – es sei denn, du unternimmst etwas dagegen.«

»Ihn ins Gefecht schicken?« fragte er ungläubig. »Damit er fällt?«

»Warum nicht?« wiederholte sie. »Und überhaupt, man braucht es ja nicht so platt auszudrücken. Warum schickst du ihn nicht auf solch eine Mission, wie du sie ständig selbst unternimmst? Warum schickst du ihn nicht gegen die Holländer?«

Er stand auf. »Du bist müde und nervös. Du weißt nicht, was du sagst.«

»Ich bin weder müde noch nervös. Ich habe viel darüber nachgedacht und bin überzeugt, daß ich recht habe. Wir sind füreinander bestimmt, du und ich. Zusammen könnten wir glücklich sein, getrennt sind wir nichts. Richard, mein Mann, dieser bösartige, elende Feigling, ist alles, was uns trennt.«

»Es ist fast hell«, sagte er. »Ich muß jetzt gehen.«

24

Zwei Monate lang sah er Susan nicht. Depeschen waren eingegangen, daß die Holländer in Chinsurah Kriegsvorbereitungen trafen; daher mußten die Verteidigungsanlagen ständig im Alarmzustand gehalten werden. Mit seiner gewohnten Energie stürzte sich Clive in die Vorbereitungen. Die Miliz wurde aufgeboten und Holwells Kommando unterstellt, und aus Freiwilligen unter den jungen Schreibern und Kaufleuten wurde eine Schwadron Kavallerie aufgestellt. Forde, der im Nord-Circar so erfolgreich gefochten hatte, bekam den Oberbefehl über die Landstreitkräfte. Die Marine unterstand Kelso.

Es traf sich unglücklich, daß dieser Spannungszustand gerade vor dem Staatsbesuch Mir Jaffars eintrat. Clive, der sich die größte Mühe gegeben hatte, den Nawab an der Macht zu halten, hatte das zweifelhafte Vergnügen, anzusehen, wie sein Geschöpf mit allem orientalischen Pomp einritt und ihn diejenigen, die zu verraten er vorhatte, mit höchsten Ehrungen begrüßen mußten. Er war vielleicht nicht die vollkommenste Galionsfigur für die Briten, aber vermutlich in Anbetracht der Unberechenbarkeit orientalischer Potentaten ebensogut wie ein anderer. Dadurch, daß er ihn nach Kalkutta eingeladen hatte, war Clive insofern im Vorteil, als er genau beobachten konnte, wie er reagierte, wenn die Holländer losschlugen.

Und so kam es auch.

Im Sitzungssaal des Rats fand ein Empfang mit anschließendem Galadiner statt. Der Abend war schon vorgeschritten, die Gäste plauderten mit dem Gefolge des Nawab, da brachte ein Adjutant eine dringende Depesche. Clive entschuldigte sich beim Nawab, öffnete sie und las. Dann sagte er, zu seinem Gast gewandt: »Ich habe soeben eine beunruhigende Nachricht erhalten, Exzellenz, die uns jedoch nicht beim Mahl zu stören braucht.«

»In der Tat?«

»Die Holländer sind mit sieben Kriegsschiffen und fünfzehnhundert Soldaten eingetroffen.«

Kelso stand neben Clive und sah das kurze triumphierende Aufblitzen in Mir Jaffars Augen; doch dieser fragte sofort mit allen Anzeichen tiefster Betroffenheit: »Holländische Schiffe hier, in Kalkutta?«

»In der Hugli-Mündung«, berichtigte Clive.

»Dann sind es vielleicht nur Verstärkungen für ihre Faktorei in Chinsurah.«

»Vielleicht. Aber fünfzehnhundert Mann für eine Faktorei, die nur ein Handelsplatz ist – wenigstens offiziell –, das kommt mir doch übertrieben vor.«

»Hm ...« Der Nawab hob die Hände. »Vielleicht gibt es noch andere Gründe.«

»Zum Beispiel ein Angriff auf die Engländer, die sich mit dem Recht des Eroberers und mit dem Nutzungsrecht, das ihnen von Eurer Exzellenz auf Treu und Glauben garantiert worden ist, hier befinden.«

»Aber die Holländer haben ebenfalls einen Vertrag.«

»Für einen Handelsplatz, nicht mehr.«

Der Nawab lächelte gewinnend, doch angesichts Clives steinerner Miene konnte er nur die Achseln zucken und antworten: »Ja, gewiß. Sie müssen in die Schranken gewiesen werden.«

»Durch wen?«

»Durch mich natürlich. Durch wen sonst? Da ich ihnen das Nutzungsrecht überlassen habe – oder vielmehr mein Vorgänger –, muß ich nach Chinsurah und sie persönlich zurechtweisen.«

»Und ihnen befehlen, sich zurückzuziehen?«

»Hm.« Der Nawab blickte sich um, als suche er nach Anzeichen für einen Kompromiß; da er jedoch keine Unterstützung fand, nickte er. »Selbstverständlich.« Er lächelte wieder und fuhr fort: »Wie gut es sich trifft, daß ich gerade jetzt in Kalkutta bin.«

Am nächsten Morgen brach der Nawab auf, und die Verteidigungsvorbereitungen nahmen ihren Fortgang. Kein Mensch glaubte, daß der Nawab mehr tun würde, als bei den Holländern einen formellen Protest einzulegen; die meisten dachten wie Kelso, er würde sie in Wirklichkeit zum Angriff ermutigen.

Am nächsten Abend fand bei den Holwells ein Dinner statt, auf dem ein improvisierter Kriegsrat gehalten wurde. Bei dieser Gelegenheit traf Kelso mit Susan zusammen.

Nach dem Essen und bevor die Damen in den Salon gegangen waren, brachte Clive das Problem zur Sprache, mit dem sie alle konfrontiert waren: Wie waren die Holländer aufzuhalten?

»Zuerst«, sagte er, »müssen Sie, Forde, auf Chinsurah marschieren. Nehmen Sie eine Kompanie Soldaten – mehr können wir nicht entbehren. Wenn die Lage ernst wird, bekommen Sie Nachschub.«

»Jawohl, Sir.«

»Holwell, Sie werden Ihre Miliz sofort in Alarmzustand versetzen. Rittmeister Payton, das gleiche gilt für Ihre Freiwilligenkavallerie. Und wie sieht es bei der Marine aus?«

»Wir haben, wie Sie wissen, vier Schiffe. Die *Protector*, die *Paragon* und die *Pindarus* liegen im Strom; die *Calcutta* fährt Patrouille.«

»Vier Schiffe gegen sieben?« fragte Clive mit leisem Zweifel. »Glauben Sie, daß Sie das schaffen können?«

»Das können wir schaffen.«

»Ja, aber es sind Kriegsschiffe«, wandte Holwell ein. »Wir sind nicht nur zahlenmäßig unterlegen, Kelso, wir sind auch mit der Feuerkraft hoffnungslos im Nachteil.«

»Wir können es schaffen«, wiederholte Kelso.

Clive sah nachdenklich auf seinen Teller. »Wie wäre es, Kelso, wenn wir eines Ihrer Schiffe zu Admiral Cornish schicken würden?«

»Nach Arakan? Aber es würde Wochen dauern.«

»Das spielt möglicherweise keine Rolle«, erwiderte Clive. »So wie ich es sehe, können die Holländer nicht ohne Lotsen stromaufwärts segeln. Daß wir früher oder später mit ihnen ins Gefecht kommen, dürfte sicher sein. Aber vielleicht können wir uns den Zeitpunkt aussuchen.«

»Glauben Sie wirklich, Sir, daß die Holländer dort unten so lange in Wartestellung liegen bleiben?« wandte Kelso ein.

»Soweit ich sehe, können sie sonst nichts unternehmen.«

»Sie können Truppen anlanden.«

»Genau. Und deswegen meine ich, Forde muß sofort aufbrechen. Er und Holwell übernehmen die Landtruppen; Sie, Kelso, vernichten die Flotte.«

»Den Zeitpunkt überlassen Sie mir?«

»Den Zeitpunkt überlasse ich Ihnen.«

Kelso zuckte die Achseln. »Wie Sie wünschen. Ich muß sagen, mir persönlich wäre es am liebsten, heute nacht noch stromabwärts zu segeln und sie anzugehen, solange sie noch durch ihre Soldaten behindert sind.«

Clive nickte lächelnd, als hätte er schon vorher gewußt, wie Kelso sich entscheiden würde, sagte aber nichts.

»Wenn wir unbedingt Verstärkung haben müssen«, fuhr Kelso fort, »können wir durchaus eine Depesche an Admiral Cornish vor Arakan senden.«

»Gut. Mit welchem Schiff?«

Kelso blickte sich um und verweilte auf den Gesichtern der Kommandanten: Kapitän Wilson von der *Calcutta*, Kapitän Lashley von der *Paragon* und Minter von der *Pindarus*. Und außerdem sah er Susan Lashley.

Mit brennender Intensität starrte sie ihn an. Nach kurzem Zögern entschied er: »Mit der *Paragon*.«

Am nächsten Morgen brach Forde mit einer Kompanie des 39. Infanterie-Regiments auf, und Kapitän Lashley stach mit der *Paragon* in See. In Kalkutta gingen die Verteidigungsvorbereitungen weiter. Das neue Fort war zwar noch längst nicht fertig, aber es bildete immerhin schon ein machtvolles Bollwerk, besonders gegen den Fluß hin. Miliz und Kavallerie exerzierten mit Schwung, und Clive traf Vorkehrungen für die Anwerbung ein weiteren Sepoy-Kompanie.

Die Frauen, die sich daran nicht beteiligen konnten, bildeten Lazarett-Komitees, konservierten Lebensmittel, richteten Verbandszeug für die Verwundeten her. Kurz, die englische Gemeinde von Kalkutta steckte tief in Kriegsvorbereitungen.

Für Kelso war die Situation schwierig. Ohne die *Paragon* konnte er kaum einen Angriff auf sieben Kriegsschiffe riskieren, was Clive ohnehin nicht gestattet hätte. Andererseits mußte er verhindern, daß die Holländer stromauf segelten, womöglich in tiefster Nacht und mit Hilfe eines übergelaufenen Lotsen. Wenn die holländischen Schiffe so weit kamen, daß sie die Stadt beschießen konnten, mußte die Verteidigung Kalkuttas tatsächlich schwierig werden. Deshalb stationierte Kelso seine Schiffe mit entsprechenden Zwischenräumen im Strom, eines oberhalb von Chinsurah, wo der Fluß eine weite Biegung machte, das zweite auf halber Strecke nach Kalkutta, das dritte mitten im Strom, gegenüber dem Fort. Er glaubte nicht, daß die Holländer vom Fluß her angreifen würden, wenigstens nicht so weit stromaufwärts, daß Kalkutta direkt bedroht war; aber er durfte nichts riskieren.

Jeden Morgen hielt Clive im Verwaltungsgebäude Kriegsrat mit Holwell, Payton, den anderen Ratsherren und Kelso. Dabei wurden die eingelaufenen Nachrichten verlesen und besprochen, und mit der Zeit wurde klar, daß die Feindseligkeiten jeden Tag ausbrechen konnten. Der Spion im Gefolge des Nawab berichtete, daß sein Herr die Holländer keineswegs zurechtgewiesen, sondern sie im Gegenteil mit offensichtlicher Freude begrüßt habe. Er hatte sie dazu ermuntert, mit ihren Schiffen den Hugli hinaufzufahren und ihre Handelsbeziehungen auszuweiten. Clive empfing eine scharfe Note des holländischen Gouverneurs mit einer Liste von Beschwerden, für die sofortige Abhilfe gefordert wurde. Clive wies sie brüsk zurück.

Ein offener Krieg war nach Lage der Dinge nicht mehr zu vermeiden. Unter Verzicht auf jede diplomatische Bemäntelung kaperten die Holländer vor Chinsurah mehrere englische Handelsschiffe und setzten englische Häuser und Warenlager in Brand. Und dann marschierte ihre Armee, fünfzehnhundert Mann stark, auf Kalkutta.

Clive verkündete diese Nachricht im Sitzungssaal beinahe mit Erleichterung. Er war zwar ein geschickter Diplomat, doch im Grunde eine Kämpfernatur. »Also, meine Herren«, sagte er fast triumphierend, »nun ist es soweit. Holwell und Sie, Payton, werden sofort mit Ihren Detachements aufbrechen. Sie, Kelso, müssen Segel setzen. Wir alle, meine Herren, wissen, was auf dem Spiel steht: nicht mehr und nicht weniger als ein Fortbestand der Company in Kalkutta.«

Als Kelso in die glühende Sonne hinaustrat, spürte er ebenfalls etwas von der Erleichterung, die Clive anzumerken gewesen war. Auch ihm war lange Untätigkeit verhaßt.

»Roger! Roger Kelso!«

Widerwillig blieb er beim Klang ihrer Stimme stehen.

»Susan! Was machst du hier?«

»Ich habe dich gesucht.«

Langsam schritt er über den Hof zu ihrer Kutsche, und als er zu Susan aufsah, fühlte er seine guten Vorsätze wanken. Ihr dunkles Haar, so stark mit ihrer weißen Haut kontrastierend, ihre Augen, so klar und kühn – es hatte noch keine Frau in seinem Leben gegeben, die es mit ihrer klassischen Schönheit aufnehmen konnte.

»Komm«, sagte sie und tippte auf den Sitz neben sich. »Steig ein und hör mir zu, was ich dir Neues zu erzählen habe.«

Er hatte schon den Fuß auf dem Kutschtritt und den Ellbogen auf der offenen Tür, doch er hielt inne. »Bitte entschuldige. Ich habe sehr viel zu tun.«

»Es ist also soweit?«

»Ja. Die Holländer haben stromab angegriffen. Das bedeutet Krieg.«

»Bist du froh darüber?«

»Froh?« Überrascht sah er zu ihr auf. »Nun, ich bin nicht traurig.«

Verständnisvoll nickte sie und sagte leise: »Gut, Roger. Ich weiß, damit werde ich immer leben müssen. Aber diesmal, Liebster, sei bitte vorsichtig.«

»Ein Offizier der Marine bekommt seinen Sold nicht dafür, daß er vorsichtig ist«, erwiderte Kelso trocken.

»Nein, ich weiß.« Unvermittelt wechselte sie das Thema. »Du hast von Richard gehört?«

»Von deinem Mann?« Plötzlich überkam ihn ein Angstgefühl, eine schlimme Vorahnung, die ihn bestimmte, zu ihr in den Wagen zu steigen. Er setzte sich nicht, sondern blieb vor ihr stehen. Gelassen sah sie zu ihm hoch und sagte: »Sein Schiff wurde von den Franzosen abgefangen und gekapert.«

»Gekapert? Die *Paragon* gekapert?«

Sie nickte. «Soweit ich gehört habe, ja.«

»Und dein Mann?«

»Ich weiß es nicht sicher, aber der Überbringer der Nachricht, ein englischer Matrose, der sich hierher durchgeschlagen hat, glaubt, daß er gefallen ist.«

25

Die *Protector, Calcutta* und *Pindarus* stießen langsam in den Strom vor. Es war später Nachmittag und die Luft schon kühl nach der erstickenden Hitze in der Stadt. Vom Achterdeck aus sah Kelso, wie die Schiffe Fahrt aufnahmen; er bemerkte, wie geschickt Kapitän Minter die *Pindarus* zu führen wußte, und überlegte, wie außerordentlich brauchbar sie bei dem bevorstehenden Gefecht in flachem Wasser sein würde. Die *Calcutta* wurde ebenfalls gut geführt; doch bei ihrem Anblick konnte Kelso nicht umhin, sie mit seiner geliebten *Paragon* zu vergleichen. Entschlossen verbot er sich jeden Gedanken an den Verlust der Fregatte und an die Nachricht von Lashleys Tod. Im Moment mußte er sich um andere Dinge kümmern.

Sie segelten in Gefechtsformation den Strom hinab, voraus die *Pindarus*, dann die *Protector*, und die *Calcutta* bildete die Nachhut. Er hatte drei Kabellängen Distanz befohlen, denn bei der einfallenden Nacht und der schnellen Strömung wurde ein solcher Sicherheitsspielraum erforderlich. Er war sogar das Minimum, denn bei drei Schiffen unterschiedlicher Größe und Segelfläche mußten die Kommandanten all ihre Seemannschaft aufbieten, um eine Kollision zu vermeiden.

In guter Ordnung segelten sie bis Sonnenuntergang, und bei Beginn der kurzen tropischen Dämmerung gab Kelso Befehl zum Ankern. Es hatte keinen Sinn, bei Nacht in so tückischen Gewässern weiterzusegeln. Geriet ein Schiff auf Grund, so wurden seine an sich schon geringen Chancen noch weiter vermindert.

Die ganze Nacht blieben sie gefechtsklar, mit ausgerannten Kanonen, und die Wache schlief an Deck. Es war eine finstere Nacht; nur eine schmale Mondsichel schimmerte über dem Dschungel am Ufer. Stromab war die Dunkelheit noch undurchdringlicher, und Kelso konnte sich mit der Gewißheit trösten, daß ein Kommandant verrückt sein mußte, wenn er es riskierte, sieben schwere Kriegsschiffe in einer solchen Nacht in unbekannte, gefährliche Gewässer hineinsegeln zu lassen.

Nur weil St. John und Padstow, sein Steward, ihn beschworen, legte er sich nach Mitternacht eine Stunde hin, doch die Gedanken an die *Paragon* und an Lashley quälten ihn so, daß es für ihn leichter gewesen wäre, an Deck zu bleiben.

Lange vor Sonnenaufgang befahl er: »Alle Mann auf Stationen, Schiff klar zum Gefecht!« Und als die ersten gelben Streifen am Himmel erschienen, nahmen die drei Schiffe wieder Fahrt auf.

»Entschuldigung, Sir«, fragte St. John, »aber kann ich die Leute frühstücken lassen?«

Kelso überlegte kurz. »Immer nur die halbe Wache unter Deck! Und ständige Alarmbereitschaft.« Schuldbewußt sagte er sich, daß er von selbst daran hätte denken müssen, auch wenn St. John für den Schiffsbetrieb zuständig war. Daß er selbst keinen Appetit hatte, war keine Entschuldigung, die Bedürfnisse der Männer zu vergessen. Bestimmt kämpften sie besser, wenn sie satt waren.

»Mr. St. John!« rief er ein paar Minuten später.

»Wollen Sie bitte einen verläßlichen Ausguck in den Masttopp schicken!« Es bestand die entfernte Möglichkeit, daß ein scharfäugiger junger Mann aus neunzig Fuß Höhe die fernen Masten über dem Dschungel erspähte.

Als sie sich Chinsurah näherten, hörten sie in der Ferne Kanonendonner. Wahrscheinlich hatten Fordes Neununddreißiger bereits Berührung mit den holländischen Truppen.

Die Sonne war voll aufgegangen, als ein Ruf vom Masttopp ertönte: »An Deck! Masten an Steuerbord voraus!« Nun konnte es nicht mehr lange dauern, bis das Gefecht begann.

»Wie viele?« rief er durch die hohle Hand hinauf.

»Kann ich nicht genau ausmachen, Sir, aber es sind zwei, drei, vier ... Sieben Schiffe, glaube ich.«

»Wie groß?«

»Ziemlich groß, Sir. Nach den Rahen zu schließen, sind es Kriegsschiffe.«

»Gut, Signal setzen: Feind in Sicht!« Er trat an die vordere Reling und rief hinunter: »Mr. Foulkes!«

»Sir?«

»Machen Sie feuerklar und die Lunten an, aber warten Sie meinen Feuerbefehl ab.«

»Aye, aye, Sir.«

Kelso war stinkwütend, weil er sich den Schiffen des sogenannten Verbündeten so zaghaft nähern mußte. Obwohl die Holländer bereits das begangen hatten, was man allgemein als feindseligen Akt bezeichnete, bestand immer noch die Möglichkeit, daß sie sich später mit einem Mißverständnis herausredeten. Wenn er Feuer eröffnete, ohne ihnen eine Chance zum Rückzug zu geben, würden er und mit ihm England als Aggressor dastehen. Der Überraschungseffekt, der wichtigste Faktor in jedem Gefecht, mußte verlorengehen im Tausch gegen die magere Hoffnung, daß die Holländer ihre Absichten geändert hätten. Und kein Mensch konnte sagen, ob sie nicht sogar als erste feuern würden.

Gespannt wartete er auf ein Signal von der *Pindarus*. Die Schaluppe hatte die Flußbiegung gerundet und mußte sich nun dem breiten Meeresarm nähern, wo er damals das Treffen mit der *Helder* gehabt hatte. Wenn die Holländer jetzt gefechtsklar waren, konnte die Schaluppe ins Feuer laufen und von der ersten Breitseite versenkt werden.

Doch es fiel kein Schuß. Plötzlich, als das Ufer mit den Palmen und Kakteen im Vordergrund und dem dichten Busch dahiner achteraus wegglitt, kamen die feindlichen Schiffe in Sicht.

Sie boten einen imposanten Anblick. Unter Stagsegeln und gerefften Bramsegeln lagen sie dwars in einem tiefen Priel, hatten an Steuerbord einen weiteren Priel oder möglicherweise einen Flußarm, und voraus die offene See.

Kelsos erster Eindruck war, daß sie zu dicht beieinander lagen und der Kommodore ihnen nur wenig Raum zum Manövrieren gewährt hatte. Obwohl sie in Luv standen, konnten sie nur in eine Richtung segeln, und wenn diese blockiert war, sei es auch nur durch drei kleinere Schiffe, mußten sie in eine schwierige Lage geraten.

Vielleicht nahmen die Holländer an, daß die Briten, deren Stärke (oder Schwäche) sie kannten, nicht kämpfen würden. Wenn das der Fall war, konnte Kelso sich mit seinen Schiffen vor die Ausfahrt zur offenen See legen, und dann hätte er, obwohl er in der Leeposition war, die erste Runde gewonnen.

»Großmarssegel backbrassen!«

Als die drei englischen Schiffe parallel zu den eng beieinanderliegenden Holländern beigedreht lagen, ließ Kelso das Signal setzen: *Sende Schreiben an Bord*.

Er wählte dazu den jüngsten Midshipman. »Mr.

Petherwick«, rief er. »Sie nehmen meine Gig und überbringen dem Kommodore des holländischen Geschwaders diese Note!«

»Aye, aye, Sir.« Mit gebührender Ehrfurcht nahm der Midshipman das von Clive verfaßte Schreiben entgegen und salutierte. »Entschuldigung, Sir – wo befindet sich der Kommodore?«

»Auf seinem Flaggschiff, zum Donnerwetter!« explodierte Kelso, doch als er sah, daß der arme Junge ein verstörtes Gesicht machte, beruhigte er sich und legte ihm die Hand auf die Schulter. »Sehen Sie – da drüben: das große Schiff in der Mitte. Sehen Sie den Kommodorestander?«

»Jawohl, Sir.« Sichtlich erleichtert, aber immer noch überwältigt von seiner eigenen Wichtigkeit, salutierte der Midshipman nochmals und enteilte. An der Fallreepspforte zögerte er, kam zurück und salutierte wieder. »Pardon, Sir – soll ich auf Antwort warten?«

»Ja, mein Junge, warten Sie auf Antwort.«

Aller Augen folgten der Kapitänsgig auf ihrer eine halbe Meile langen Fahrt. Obwohl es eben erst hell geworden war, stand die Sonne bereits voll über dem Horizont, und da weder Bäume noch Bauwerke Schatten boten, war es, als konzentrierten sich ihre Strahlen wie in einem Brennspiegel auf die grüngesäumte Flußmündung, in der bald eine wahre Backofenhitze herrschte. Fluchend nahmen die Matrosen ihre bloßen Arme von dem fast glühenden Schanzkleid; und in der völligen Windstille wurden die Decksplanken so heiß, daß man kaum darauf stehen konnte. Unbewegt wartete Kelso auf dem Achterdeck.

»Gestatten Sie, Sir.«

Er wandte sich nicht um, als St. John zu ihm trat, denn er wußte, der Kommandant würde ihm eine absolut zwecklose Frage stellen; er überlegte, ob dies der rechte Augenblick für eine unwirsche, zurückweisende Antwort war. Schmerzlich vermißte er die Wortkargheit Fentons, seines Ersten Offiziers auf der *Paragon*. Ob Fenton wohl ebenfalls gefallen war? durchfuhr es ihn plötzlich.

»Schicken wir ein Ultimatum, Sir?«

»Wir senden eine persönliche Botschaft Colonel Clives, von ihm selbst diktiert, Mr. St. John.«

»Ah ja, gewiß, Sir. Jawohl, Sir.«

St. John zog sich zurück, und Kelso fragte sich, ob die Holländer das Schreiben wirklich als Ultimatum betrachten würden. Clive forderte sofortige Entschuldigung für den bereits verursachten Schaden und für die Beleidigung der britischen Flagge. Nur Engländer, dachte Kelso, konnten angesichts so ungünstiger Bedingungen eine derartige Forderung stellen. Vielleicht würden die Holländer sofort das Feuer eröffnen und die Gig gar nicht erst zurückkehren lassen.

Das Antworten nahm nur kurze Zeit in Anspruch. Der Midshipman blieb wenige Minuten an Bord, dann konnte man ihn das Fallreep wieder hinunterklettern sehen.

»Achten Sie darauf, daß Ihre Lunten brennen, Mr. Ormerod!«

Jeden Moment war Kelso auf die erste donnernde Breitseite gefaßt, doch als die Gig größer und größer wurde, begriff er, daß sie nicht schießen würden – noch nicht. Die Holländer beantworteten die Note. Die Gig brauchte lange bis zur Rückkehr, und ihre Rudergasten, braun wie Eingeborene, glänzten vor Schweiß. Midshipman Petherwick kletterte das Fallreep hoch. Kelso zwang sich dazu, äußerlich ruhig beim Kompaßhäuschen stehenzubleiben.

»Kommodore Kelso, Sir!« Der junge Mann kam über das Achterdeck gerannt, riß sich noch rechtzeitig zusammen, blieb stehen und salutierte. »Die Antwort, Sir.«

»Danke, Mr. Petherwick.«

Als Kelso das Papier entgegennahm, wußte er sofort Bescheid. Es war dasselbe Schriftstück, die Note Clives, aber quer am unteren Rand war das Wort »Nein« hingekritzelt.

Kelso blickte hoch und sah die Augen von hundert Männern starr auf sich gerichtet: der Steuermann am Rad, St. John, Jackson und Bissex, Petherwick, der nun, nach Ausführung seines Auftrags, mit rotem Gesicht und offenem Mund dastand; Bootsmann Ormerod, Batterieführer Foulkes; hinter ihnen die Matrosen, die an den Kanonen knieten oder an den Brassen standen – sie alle warteten gespannt auf das, was seine Miene verraten würde. Aber er enttäuschte sie alle, denn sein Gesicht blieb ausdruckslos.

Statt dessen rief er so laut, daß es über das ganze Schiff zu hören war: »Signal an alle: *unmittelbare Gefechtsbereitschaft!* Mr. Foulkes – Ihr Ziel ist das Flaggschiff. Feuer frei!«

26

»Feuer!«

Mit einer Präzision, die nur durch eiserne Disziplin und harte Übung zu erreichen war, brüllte die erste Breitseite los. Ihr Echo hing noch in der Luft, da fielen fast gleichzeitig die Breitseiten der *Calcutta* und der *Pindarus*. Die Matrosen an den Brassen verfolgten die Bahn der Kugeln und brachen in ein lautes Triumphgeschrei aus, als deutlich wurde, daß ein glücklicher Treffer den Großmast des Flaggschiffs dicht über Deck gekappt hatte. Im Fallen verfingen sich seine Rahen in den Besanrahen, dann hing auch der Besanmast selbst in einem Winkel von fünfundvierzig Grad über. Das war ein außerordentlicher Glücksfall, denn erstens schoß der Kampfgeist der britischen Matrosen raketengleich in die Höhe, und zweitens war eins der holländischen Schiffe mit einem Schlag praktisch ausgefallen. Es stand jetzt nur noch sechs zu drei.

»Stopfen! Ausputzen! Neu laden!« schrie Foulkes auf dem Batteriedeck.

»Feuer frei!« befahl Kelso und dann: »Mr. St. John! Alle Segel setzen!« Es war sehr günstig gewesen, daß sie die erste Breitseite bei fast stilliegendem Schiff hatten abfeuern können; doch durfte er nicht riskieren, daß die Holländer ihn abschossen wie eine sitzende Ente. Während die Steuerbordbatterie nochmals aufbrüllte, nahm die *Protector* rasch Fahrt aufs offene Meer auf und würde in ein paar Minuten halsen.

»Hart Steuerbord!«

Als der Bug herumkam und eifrige Matrosen an Brassen und Fall arbeiteten, eröffnete auch die Backbordbatterie das Feuer. Und im selben Moment antworteten die Holländer.

Die Breitseite traf die *Protector* mitten im Manöver und schien sie fast aus dem Wasser zu heben. Eine Kugel druchschlug das Vorderkastell, fegte über das Hauptdeck, tötete drei Mann, prallte an einem Poller ab, sprang mehrere Fuß hoch in die Luft und köpfte einen Matrosen. Eine zweite Breitseite folgte, und noch eine. »Kanone Nummer zwei außer Gefecht!« rief Foulkes vom Batteriedeck.

Pulverjungen kamen aus der Munitionslast heraufgerannt und gerieten in einen Alptraum von Geschrei, Kanonendonner und fallenden Spieren, Blut und Todeskampf. Die Toten wurden zum Hauptmast geschleift, die Verwundeten ins Orlopdeck hinuntergeschafft. Und die ganze Zeit segelte das Schiff kämpfend weiter.

»Feuer!« brüllte Foulkes, und wieder donnerten die Backbordkanonen. In der kurzen, relativ ruhigen Zeitspanne nach Verfliegen des Pulverdampfes überschaute Kelso die Lage. Da er nun einmal in Lee war, hatte er keine andere Möglichkeit, als auf den Feind zuzukreuzen und zu feuern, wenn entweder die Backbord- oder die Steuerbordkanonen Schußfeld hatten. In dieser Hinsicht waren die Holländer zweifellos besser dran, doch damit mußte er sich abfinden, zumal sie offenbar nur eine geringe Möglichkeit hatten, ihren Vorteil zu nutzen. Denn um den Windvorteil zum Tragen zu bringen, hätten die Holländer direkt vor die englischen Kanonen segeln müssen; und das war ein Risiko, das selbst der unerschrockenste Kommandant scheute.

»Ruder hart Steuerbord!«

Und noch einmal holten eifrige Hände Schoten und Brassen dicht, und die *Protector* legte sich auf den neuen Bug.

»Und segne, was du uns bescheret hast«, murmelte St. John; er hatte kaum ausgesprochen, da fegte die holländische Salve über Deck. Ein unheimliches, reißendes Geräusch, das selbst den Kanonendonner übertönte – und die Besanstenge fiel in einem Gewirr von Leinwand und Tauwerk herab und baumelte wie eine die Niederlage verkündende Flagge in den Besan-Webeleinen.

»Verklaren!« brüllte Kelso. »Mr. Ormerod, entern Sie auf und kappen Sie die Wuling da oben!«

Während die Männer aufenterten, hielt er nach seinen anderen Schiffen Ausschau. Die *Pindarus* wies überraschenderweise keine anderen Schäden auf als ein paar

Löcher im Großsegel; doch die *Calcutta* war schwer getroffen und schien Schlagseite zu haben.

»Verschluß spannen! Feuer!« brüllte Foulkes.

Fast unmittelbar darauf traf wie eine Vergeltung eine neue Breitseite die *Protector.* Mit der Zielsicherheit der Holländer schien es allerdings nicht weit her zu sein, denn die meisten Kugeln flogen hoch oben durch die Segel; eine jedoch krachte durch das Schanzkleid und zog eine schwelende Furche übers Deck. Wunderbarerweise wurde niemand verletzt, und die Brandwache löschte augenblicklich die glimmende Narbe.

»Beeilt euch mit dem Verklaren!«

Kelso blickte hoch in die Sonne und sah Matrosen wie Affen an schwingenden Tauen und Spieren hängen, drauflos hackend, als gelte es das Leben. Ein Mann hing in einer besonders gefährlichen Stellung, mit einer Hand klammerte er sich an einer Leine fest, mit der anderen hieb er auf eine Spiere ein. Siebzig Fuß unter seinem baumelnden Körper und den nackten Zehen lag das Deck.

»Achtung, Deck!«

Mit einem Knirschen riß sich die Stenge los und stürzte knapp an ein paar auf der Bramrah sitzenden Männern vorbei an Deck.

»Ruder Backbord!«

Während das Rah noch herumschwang, kam eine neue Salve der Holländer und schlug zischend ins Meer, just an der Stelle, wo eben noch die *Protector* gewesen war.

»Mein Gott, Sir! Sehen Sie – die *Calcutta*!«

Kelso wandte sich in die Richtung, in die St. John wies, und sah, daß das zweitgrößte Schiff der Bombay-Marine übel dran war. Offenbar war sie unter der Wasserlinie getroffen und lag bereits so stark über, daß ihre Bordkanonen kein Ziel mehr auffassen konnten. Zur Zeit dümpelte sie nutzlos wie eine ungefüge Zielscheibe in den Wellen, unfähig, sich zu verteidigen.

»Er muß halsen!« schrie Kelso und überlegte sich, ob er ein Signal hissen lassen konnte, das Wilson verstehen würde.

»Sieht so aus, als könne er gar nichts machen, Sir«, sagte St. John. »Sie hat schon zuviel Wasser in der Bilge.«

»Er hat doch seine Kutter und Dingis!«

Unwillkürlich duckten sie sich, denn ein Geschoß traf das Achterdeck. Es prallte hinter Kelso auf und krachte durchs Schanzkleid.

»Signal an *Calcutta*: ›Schiff mit Booten rundholen!‹« befahl Kelso. Doch bevor er das Bestätigungssignal sah, wurde er durch einen heftigen Schlag, der ihm den Atem aus den Lungen preßte, herumgerissen und fand sich mit dem Gesicht nach unten auf den Planken liegend wieder. Ein schweres Gewicht drückte auf seine Schulter, Blut tröpfelte in seine Augen.

»Sir? Sind Sie verwundet, Sir?«

Wie aus weiter Ferne hörte er Padstows Stimme und spürte, daß die Last von seiner Schulter genommen wurde. Er drehte sich um, ein stechender Schmerz durchfuhr seinen ganzen Körper.

»Verdammt, er wird ohnmächtig!«

Wieder hörte er eine ganze Weile alle Stimmen und Geräusche nur gedämpft, dann kam er mit einem Ruck wieder zu sich. Er hustete und würgte, denn eine brennende Flüssigkeit rann durch seine Kehle.

»Ist nur Rum, Sir. Wird Ihnen guttun.«

Mit Padstows Hilfe richtete er sich auf und merkte zu seiner Erleichterung, daß seine Wirbelsäule nicht gebrochen war. Seine rechte Schulter schmerzte schrecklich, doch wenn er den Unterarm fest an die Brust drückte, konnte er sich ohne allzugroße Pein bewegen.

»Helft mir auf!«

Schwankend kam er auf die Füße und überschaute das Chaos auf dem Achterdeck. Zu seiner Überraschung sah das Hauptdeck nicht viel anders aus als ein paar Minuten zuvor. Pulverjungen kletterten unter irrem Gekreisch aus der Pulverlast an Deck, Kanoniere putzten die Rohre aus, luden und zerrten die Kanonen in Feuerstellung. Leutnant Foulkes brüllte immer noch seine Befehle.

Doch auf dem Achterdeck herrschte ziemliches Durcheinander. Eine von Backbord kommende Kugel hatte die Bugschanz getroffen und war mit ihr das ganze Schiff entlang und über das Heck ins Meer gesaust. Auf ihrem Weg hatte sie einen Midshipman verwundet, das Ruderhaus zerschmettert und Kelso auf die Planken geworfen. Und bevor sie die Heckreling weggerissen hatte und ins Kielwasser gefallen war, hatte sie den Kommandanten getötet.

Der arme St. John lag mit ausgebreiteten Armen, aus blicklosen Augen in den Himmel starrend, auf dem Achterdeck.

»Sehen Sie nach, was mit ihm ist, Padstow«, sagte Kelso, denn er wußte genau, daß er selbst unfähig war, sich hinzuknien.

Der Mann aus Cornwall blickte sehr bald wieder auf. »Er ist tot, Sir.«

Kelso schloß die Augen und nickte. »Nehmen Sie sich jemanden, und schaffen Sie ihn unter Deck.«

»Aye, aye, Sir.«

In der nächsten Sekunde rief er schon wieder Befehle: »Ruder hart Backbord! Mr. Ormerod, Deck verklaren!« Ihm kam dabei der Gedanke, ob die Mannschaft ihn wohl für hartherzig hielt, weil ihn der Tod eines Kameraden so wenig berührte.

Doch vielleicht begriffen sie auch, daß jetzt nicht die

Zeit zum Trauern war. In dieser schlimmen Situation und bei der Überlegenheit des Feindes durfte er die Gefechtsführung keine Sekunde aus den Augen lassen.

»Sir! Sehen Sie – der Feind!«

Auf Hillarys Ruf hin spähte Kelso durch den wirbelnden Qualm über den Streifen blauen Wassers und sah, daß auch die Holländer ihre Sorgen hatten. Das Flaggschiff, das ihre erste Breitseite entmastet hatte, war – absichtlich oder nicht – auf Grund gelaufen. Es lag nun auf der Seite, mit geschlossenen Stückpforten und exponiertem Kiel, Fock- und Besanmast fast parallel zur Wasserfläche. Zwei andere Schiffe waren kollidiert und anscheinend mit den Bugsprieten verklemmt; sie drifteten bedrohlich auf ein drittes zu. Von den drei restlichen konnte anscheinend nur noch eines wirksam feuern.

Genau das war die Lage, die Kelso im Sinn gehabt hatte und zu der es der holländische Kommodore unklugerweise hatte kommen lassen. In dem engen Meeresarm hatten die großen Schiffe keinen Raum zum Manövrieren. Zwar bildeten sie zusammen eine verheerende Feuerskraft, aber ihre Kommandanten mußten sich mehr darum bemühen, Kollisionen zu vermeiden, als in günstige Schußposition zu gelangen. Das bewiesen das plötzliche Nachlassen des Feuers und die immer längeren Pausen zwischen den einzelnen Salven.

Kelso spürte, daß der günstige Moment gekommen war, und sah rasch nach der *Calcutta* hinüber. Gott sei gelobt! Der tüchtige Wilson hatte das Signal richtig verstanden; Kutter und Dingis waren im Wasser, und ein paar Dutzend kräftige Matrosen ruderten wie wild, um die Fregatte herumzuholen. Mit einigem Glück, dachte Kelso, würden sie es geschafft haben, wenn *Protector* und *Pindarus* in Angriffsposition waren. Es konnte natürlich sein, daß ein so schwer überliegendes Schiff durch den Rückstoß seiner ersten Breitseite zum Sinken gebracht wurde, aber dieses Risiko war nicht zu vermeiden.

»Feuer frei«, signalisierte er an die *Calcutta*. Und der *Pindarus* gab er das Signal: »Vormarsch in Gefechtslinie!«

Ein Glück, dachte er, daß die *Pindarus* so klein war. Die Holländer hatten es kaum für der Mühe wert gehalten, ihre Munition an eine Kriegsschaluppe zu verschwenden. Sie war aus dem schweren Feuer fast unbeschädigt herausgekommen.

»Ruder hart Steuerbord! Der *Pindarus* folgen!«

Die beiden Schiffe segelten über das blaßblaue Wasser zur Attacke. Der Feind schien im Augenblick nicht recht weiter zu können, aber trotzdem fiel ab und zu eine lükkenhafte Breitseite oder ein einzelner Schuß. Die hart am Wind aufkreuzenden englischen Schiffe boten kein leichtes Ziel, und außer einer Salve, die das Hauptdeck der *Protector* streifte und noch einen Mann tötete, hatten die Holländer kaum Erfolge zu verzeichnen.

Im Glas konnte Kelso die fieberhafte Tätigkeit auf den feindlichen Decks beobachten. Jetzt waren drei Schiffe ineinander verkeilt, alle drei bedrohlich nahe der Küste. Die anderen drei manövrierten unbeholfen, bei jeder Wendung ängstlich bemüht, einander aus dem Weg zu gehen. Kelso blickte nach achtern: Die *Calcutta* war schon beinahe herumgekommen.

Und dann wurde, wie Kelso erwartet hatte, der holländische Kommodore aktiv. Auf einmal halsten die drei freien Schiffe und fuhren, die Segel im Wind gebläht, auf die Engländer zu. Jetzt, in den nächsten Minuten, mußte sich die Schlacht entscheiden.

Kelso blickte das Deck entlang und sah die Kanoniere, die Rücken den aufgereihten Toten und dem Haufen

Spieren und Tauwerk zugewandt, an den Kanonen knien und auf Foulkes' Kommando warten. Bei diesem Anblick wuchs seine Zuversicht ganz erheblich. Vielleicht konnten die Holländer ebensogut segeln wie die Briten – das würde sich zeigen; aber bei einem solchen Treffen auf kürzeste Distanz gaben Gelassenheit und Mut der Geschützbedienungen den Ausschlag. Zahlenmäßig mochten sie unterlegen sein, aber daß sie im Kampf unterliegen würden, glaubte er nicht.

Die vorn liegende *Pindarus* war nur noch eine Kabellänge von dem vordersten Holländer entfernt. Im Vergleich zu ihrem massigen Gegner wirkte sie wie ein Spielzeug, aber frech segelte sie auf ihn zu, Bugspriet gegen Bugspriet, bis der Holländer im letzten Moment nach Steuerbord abdrehte. Sofort kam auch die *Pindarus* herum, doch so scharf, daß sie schon wieder weg war, ehe die feindlichen Kanoniere ihre Breitseite abfeuern konnten. Und dann machte sie, großartig gesteuert, einen Schlag nach Backbord und schoß eine Breitseite in das ungeschützte Deck des Holländers.

Noch während Kelso befriedigt diesem Musterbeispiel an Seemannschaft zusah, arbeitete er im Geiste den nächsten Zug aus.

»Ruder hart Backbord!« befahl er, und als die *Protector* rundkam: »Feuer frei, Mr. Foulkes!«

Nur für eine Breitseite reichte die Zeit, aber die Backbord-Kanoniere, die schon ungeduldig geworden waren, weil sie in letzter Zeit nichts zu tun gehabt hatten, sorgten dafür, daß sie eine gute Wirkung erzielte. Mit einem einzigen Aufbrüllen donnerten die Kanonen los und richteten auf diese kurze Distanz beträchtlichen Schaden an. Mindestens zwei Einschläge saßen dicht an der Wasserlinie; wenn das Schiff wieder auf ebenem Kiel lag, würde es vermutlich zwei nicht zu stopfende Lecks haben. Und als

Antwort hatte der Holländer nichts mehr zu bieten als ein paar klägliche Schüsse aus seiner Heckkanone.

Doch das eigentliche Gefecht begann erst. Während der vorderste Holländer abdrehte, kamen die nächsten beiden näher heran. Der zweite war ein Dreidecker mit genügend Kanonen, um die *Pindarus* und die *Protector* mit einer einzigen Breitseite zu versenken. Deshalb entschloß sich Kelso, nach Minters Taktik zu verfahren. Die *Pindarus* machte einen weiten Bogen, um ein nahes Treffen zu vermeiden, doch der Holländer richtete, als wäre er über den Erfolg der Schaluppe wütend, seine Backbordgeschütze auf sie und vergaß darüber offensichtlich das größere Schiff, das direkt auf ihn zuhielt.

»Stetig!« befahl Kelso, als sich die beiden Schiffe einander auf Kollisionskurs näherten. Hart am Wind segelnd, konnte er nicht so leicht manövrieren wie der Holländer, doch er wußte, daß er mit seiner gutgedrillten Mannschaft manches wagen durfte, was der schwerfällige Holländer nicht riskieren würde. Immer weiter kamen die beiden Schiffe aufeinander zu. Schon zeichnete sich der Klüverbaum des Holländers über der milchig schäumenden Bugwelle deutlich ab.

»Wir rammen sie!« stieß ein Midshipman unwillkürlich hervor, doch als sich die Klüverbäume schon fast berührten, griff Kelso endlich ein.

»Hart Backbord! Stütz! Jetzt Kurs halten!«

Die *Protector* wich blitzschnell nach Backbord aus, und als sie am Rumpf des Holländers entlang segelte, jagten die Steuerbordgeschütze ihren tödlichen Hagel heraus. Sie fuhr so schnell vorbei, daß keine Zeit für eine zweite Breitseite blieb, doch auf dem Achterdeck hörte Kelso das Brüllen der verwundeten holländischen Matrosen drüben und sah die klaffenden Löcher im Rumpf. Eine feindliche Kanone hatte einen Volltreffer auf kürzeste Entfernung erhalten. Im Vorübergleiten sah Kelso, wie sich die Bedienung, oder was noch davon übrig war, aus dem Chaos herauszuarbeiten versuchte.

Die *Protector* passierte das Heck des Holländers und verpaßte ihm noch ein paar Abschiedsschüsse. Dann griff sie zusammen mit der *Pindarus*, die auf Backbordbug herangekommen war, den dritten Holländer an.

Schon bei der Annäherung sah Kelso, daß er mit diesem Schiff, obwohl es kleiner war als die beiden vorigen, schwieriger werden würde. Er halste bereits nach Steuerbord, so daß die englischen Schiffe es nicht überraschen konnten. Außerdem sparte der Kommandant seine Munition. In solchen Situationen geriet man immer leicht in Versuchung, sofort zu feuern, wenn man in Schußweite war; doch ein guter Kommandant hob sich seine erste, sorgfältig gezielte Breitseite für den Moment auf, in dem sie die größte Wirkung hatte. Daher näherten sich die Schiffe einander fast lautlos. Die *Pindarus* lag vorn, aber die *Protector* würde die Breitseite auf sich ziehen.

Sie näherten sich dem holländischen Schiff im rechten Winkel zu seinem Kurs, so daß im Moment keines der englischen Schiffe ein Schußfeld hatte. Doch bald mußte die *Pindarus* den Kurs ändern, und die *Protector*, die ihr folgte, würde ebenfalls ihren Rumpf exponieren müssen.

»An die Brassen!«

Schon als Kelso den Befehl hinausschrie, merkte er, daß es unnötig war. Der Mannschaft lag genausoviel daran, das Schiff herumzuholen.

»Sehen Sie – die *Pindarus*, Sir! Was macht sie?«

Kapitän Minter hatte mitten in der Wende das Großmarssegel backholen lassen. Im ersten Moment war Kelso überrascht, doch dann begriff er, was Minter vorhatte. Durch das Backbrassen des Großmarssegels verringerte er seine Fahrt gerade soviel, daß die *Protector* bei ihrer Wende dicht hinter ihn gelangte. Dadurch würde sie vor dem Schlimmsten der holländischen Breitseite gedeckt sein.

Es war eine tapfere, aber realistische Geste, denn da sich der größte Teil der holländischen Feuerkraft auf die *Protector* richtete, konnte sich Kelso die Bestürzung der feindlichen Kanoniere ausmalen, als ihr Ziel plötzlich verdeckt war.

»Ruder hart Backbord!« schrie er, und tatsächlich feuerte der Holländer, als die *Protector* herumschwang, zunächst noch nicht.

Doch die Kriegslist konnte nur begrenzt wirksam sein, was Minter auch begriffen haben mußte; in Sekundenbruchteilen waren das Deck, die See, die Luft voll von schwirrendem Eisen. Ein Teil davon hatte zunächst die *Pindarus* getroffen und flog als Abpraller in die *Protector*, ein größerer Teil war anscheinend blindlings in die allgemeine Richtung der beiden Schiffe gezielt, und eine ganze Menge fiel ins Meer.

»An die Brassen! Ruder hart Steuerbord!« brüllte Kelso.

Er sah, daß er den Bug der *Pindarus*, deren Großmarssegel noch immer backstand, passieren und das Heck des Holländers unter Feuer nehmen konnte. Wie die Dinge lagen, war es eine gefährliche Sache, und minutenlang sah es aus, als ob die beiden Schiffe kollidieren müßten; doch durch eine ganz knappe Steuerbordwendung der *Pindarus* wurde die Ramming vermieden, und das Heck des Holländers lag jetzt nur einen Steinwurf entfernt.

»Feuer frei!« brüllte Kelso, und fast im selben Augenblick schlugen die Geschosse der Backbordbatterie in das exponierte Heck. So großartig war die Ausbildung der

Kanoniere, daß die Heckgeschütze noch eine zweite Salve anbringen konnten. Kelso sah, wie eine Kugel in die hohe Kampanje fuhr und an einem Poller zersprang. Die Schreie der holländischen Offiziere und Seekadetten, die von den Splittern verwundet wurden, mischten sich in den Schlachtenlärm.

Aber Kelso wußte, daß er jetzt in einer schwierigen Situation war: drei Feindschiffe achteraus und vier, wenn man das auf Strand gesetzte mitrechnete, voraus. Gewiß, die drei hatte er in Luv passiert, doch was war mit den vorausliegenden? Wenn sie inzwischen klargekommen waren, konnte er in der Falle stecken.

Es war ein Hazardspiel. Wenn Kapitän Wilson die *Calcutta* inzwischen herumgeholt und wenn die erste Breitseite sie nicht versenkt hatte, würde sie in guter Schußposition sein, um den ineinander verhakten Holländern ein paar Breitseiten zu verpassen. Und richtig – beim Nähersegeln sah Kelso, daß es genauso gekommen war. Die *Calcutta* war nicht gesunken, sondern eben dabei, eine Breitseite nach der anderen in die Holländer hineinzudonnern.

Anscheinend war noch ein weiteres holländisches Schiff auf Grund geraten, und beide gaben, obwohl sie voneinander klargekommen waren, nur ungezielte Schüsse ab. Die Kampfmoral der Besatzungen mußte schwer erschüttert sein.

»Backbord-Ruder!«

Von der *Pindarus* gefolgt, die bei dem Treffer nicht mehr abbekommen hatte als ein paar Löcher in den Segeln und eine gebrochene Spiere, eröffnete die *Protector* das Feuer. Ihre Kanoniere, von dem bisherigen Erfolg in Hochstimmung versetzt und ihres Sieges sicher, arbeiteten wie die Wilden; sie luden, schossen, luden im Eiltempo und brüllten bei jedem Treffer. Siegesgewißheit schien das ganze Schiff gepackt zu haben, von den Pulverjungen, die pfeifend aus der Munitionslast kamen, bis zum Bootsmann, der seine Befehle mit munteren Scherzen würzte, und den Midshipmen, deren schrilles Hurrarufen durch den Gefechtslärm drang. Eine Breitseite nach der anderen hagelte in die fast hilflosen Holländer, die nur ganz vereinzelt zurückschossen.

Gegen neun Uhr, nach über zwei Stunden des blutigen Chaos, war die Schlacht vorbei. Kaum noch oder überhaupt nicht mehr feuernd, quälten sich die drei holländischen Schiffe zu den drei anderen des Geschwaders, und bald darauf schlichen die einst so stolzen sechs Holländer auf die offene See hinaus. Ihr Flaggschiff blieb wie ein gestrandeter Wal am Ufer liegen.

27

In Kalkutta wurde den drei Schiffen der Bombay-Marine ein triumphaler Empfang bereitet. Als sie langsam in den breiten Strom vor dem Kai einliefen, die *Protector* mit einem Behelfsmast, die dem Kentern nahe *Calcutta* im Schlepp, schrie die Kopf an Kopf stehende Menge hurra, als hätte ihnen die Marine nicht nur Haus und Ehre, sondern auch das Leben gerettet. Kapitän Minter, der mit der Siegesbotschaft vorausgeeilt war, brachte Kelso eine weitere gute Nachricht. Colonel Forde hatte das starke holländische Infanterie-Detachement, das die Kriegsschiffe an Land gesetzt hatten, unterwegs abgefangen und einen weiteren ruhmreichen Sieg errungen. Wieder war Kalkutta gerettet.

Für Kelso hatten diese Siege noch eine andere Bedeutung: Robert Clive und Margaret würden jetzt nach Hause fahren können.

Gleich nach der Landung ging er zu den Clives und erlebte einen königlichen Empfang. Alle Ratsmitglieder außer Vansittard waren mit ihren Damen da, auch einige der führenden Kaufleute und Bankiers. Clive, der gerne Gesellschaften gab, hatte sich bei diesem Anlaß selbst übertroffen. Unter der riesigen Zeder am oberen Ende des Rasens standen Tische mit ausgesuchten Delikatessen und Wein. Indische Diener gingen herum, damit niemand vergessen wurde, und auf der Terrasse unter der Veranda spielte ein jüngst aus England importiertes Orchester. Fröhlichkeit und Flirt regierten die Stunde.

Kelso, verwirrt und sogar ein bißchen verärgert über den Trubel, den man um ihn veranstaltete, hatte seine Pflichtrunde so schnell wie möglich hinter sich gebracht und sich in den anonymen Schatten der Veranda zurückgezogen. Dort saß Margaret Clive, die sich um ihr erkranktes Jüngstes Sorgen machte. Als er wortlos neben ihr Platz nahm, hatte er das ungewohnte Empfinden, auf einer Insel des Friedens zu sein.

Wieder einmal dachte er über seine Beziehung zu Margaret nach, eine Beziehung, die sich auf so befriedigende Weise entwickelt hatte. Noch vor ein paar Jahren hatte er diese Frau leidenschaftlich geliebt, und sie war gleichgültig, abweisend, ja sogar grausam zu ihm gewesen. Jetzt, da sich die Leidenschaft erschöpft hatte, war sie ihm eine gute und teure Freundin. Er liebte sie zwar noch, doch anders, nicht mehr begehrlich.

Auch sie hatte einige Minuten geschwiegen, und als ihr das plötzlich bewußt wurde, beugte sie sich vor und lächelte ihn müde an. »Ich vernachlässige dich, Roger. Das tut mir leid.«

Er erwiderte ihr Lächeln. »Kein Grund dazu. Ich bin vollkommen zufrieden, einfach neben dir zu sitzen.«

Sie warf ihm einen koketten Blick zu, und ein warmes

Erröten flog über ihre leicht geschminkten Wangen. »Manchmal sagst du wirklich hübsche Dinge«, erwiderte sie.

»Nur manchmal?«

Sie überlegte einen Moment und nickte dann bekräftigend. »Ja, wirklich. Normalerweise muß ich ein Jahr warten, bis ich von dir wieder ein Kompliment zu hören bekomme.«

»Vielleicht will ich Robert nicht eifersüchtig machen?«

»Vielleicht«, lächelte sie. »Aber ich glaube eher, du bist kein Mann, der Komplimente macht.«

Er zuckte die Achseln. »Ich kann mich an eine ganze Menge Komplimente erinnern, die ich dir gemacht habe.«

»Das ist Jahre her«, erwiderte sie. »In letzter Zeit nicht mehr.«

Er dachte ernsthaft über ihre Worte nach. »Dann ist es unrecht von mir«, sagte er schließlich, »denn glaube mir, Margaret, ich habe dich nie lieber gehabt als jetzt.«

Sie wurde blutrot; weil sie ihn so gut kannte und verstand, wußte sie auch genau, was er damit meinte.

»Ja, ich weiß, Roger«, sagte sie. »Vor Jahren, als du dachtest, daß du mich liebst, war ich häßlich zu dir, und von dir war es genaugenommen auch nicht schön. Jetzt, da wir nur noch alte Freunde sind, können wir in Frieden beieinandersitzen und reden. Es ist ganz einfach.«

»So wird's wohl sein«, erwiderte er und sah sie lächelnd von der Seite an. »Aber du warst tatsächlich häßlich zu mir.«

Sie erwiderte sein Lächeln und berührte seine Hand. »War ich wirklich so furchtbar? Nun ja, ich muß es zugeben. Und ich weiß auch noch sehr gut den Grund.«

»Roberts wegen?«

»Jawohl. Du hast Robert immer darin bestärkt, daß er Soldat sein wollte; ich aber habe immer gewollt, daß er Verwaltungsmann wird.«

»Du wolltest ihn in Sicherheit wissen.«

»Wahrscheinlich«, entgegnete sie mit einem kleinen Seufzer. »Aber wenn ich mir überlege, was er alles geschafft hat, muß ich mich denn doch fragen, ob ich recht daran getan habe. Wie stünden wir heute in Indien da ohne Robert!«

»Das kann man wohl sagen.«

Sie wandte ihm das Gesicht zu. »Oh, ich weiß, daß du ebenfalls recht hattest. Ohne seine militärischen Erfolge hätte Robert nicht so viel zu verwalten gehabt.«

»Du bist die Gattin eines großen Mannes. Das habe ich nie bezweifelt.«

Sie nickte erfreut, als hätte er ihr ein großes Kompliment gemacht. »Er hat Glück gehabt, daß er dich zum Freund hat«, sagte sie. Sie hob die Hand, als ob sie auf das Weinen eines Kindes lausche, und fuhr dann, offensichtlich beruhigt, fort: »Mein einziger Wunsch ist, mit ihm nach Hause zu fahren, weg von diesem fürchterlichen Klima, ehe es zu spät ist.«

»Warum nicht? Die Holländer sind geschlagen, die Franzosen im Süden halten Ruhe – da hat er doch weiter keinen Grund mehr, in Indien zu bleiben.«

»Glaubst du wirklich?« Sie beugte sich vor und sah ihn so flehend an, daß ihm zum ersten Mal richtig klar wurde, was ihr die Heimfahrt bedeutete. »Du willst unbedingt weg?« fragte er.

»Ob ich weg will?« erwiderte sie leise. »Ach, all diese letzten Monate, ja die letzten Jahre habe ich an nichts anderes gedacht. Als ich herkam und Robert heiratete – oh, wie viele Jahre ist das her! –, da fand ich Indien romantisch. Mich faszinierte das Elend ebenso wie der

Reichtum, der Bettler mit seiner Reisschale ebenso wie der Nawab mit seinen Elefanten und juwelenübersäten Howdahs. Damals liebte ich die Sonne – ach, und wie ich sie liebte! Ich dachte, diese Sonnenaufgänge, wenn der Himmel in den prachtvollsten Farben erglüht, seien das Allerschönste, was ich je gesehen hatte. Ich fand die Moscheen herrlich, die Minaretts, die glänzenden Paläste. Ich liebte die Tempel, die heiligen Kühe, die Mönche.« Sie hielt inne, und er sah, daß Tränen in ihren Augen standen.

»Und jetzt?«

»Jetzt hasse ich das alles – ja, ich hasse es. Ich hasse Indien, seinen Lärm, die Fliegen, die verseuchten Bettler. Ich hasse den Mahrattengraben mit seinem stinkenden Unrat, ich hasse die glühende Sonne, die grausame, drükkende Hitze. Ich hasse die ewige Angst vor Tod, Entstellung, Krankheit. Ich hasse den nie endenden Krieg.«

Tief bewegt legte er die Hand auf ihren Arm. »Keine Angst«, sagte er, »du wirst das alles bald hinter dir lassen.«

Freudige Hoffnung schimmerte durch ihre Tränen. »Wirklich?«

»Aber gewiß.«

»Du wirst mir helfen, Robert zu überreden?«

»Ich verspreche es dir.«

»Lieber Roger, was für ein guter Freund du immer warst!«

Dieser unverhüllte Gefühlsausbruch verwirrte ihn. Er stand auf. »Ja«, setzte er an, »aber ich muß jetzt weiter.«

Doch sie hielt ihn zurück. »Nein, Roger, geh noch nicht. Ich wollte über etwas anderes mit dir sprechen.«

Gespannt und leicht beunruhigt von ihrem eindringlichen Ton setzte er sich wieder hin.

»Wenn wir gehen – falls wir gehen –, würde ich eventuell jemanden zur Gesellschaft mitnehmen.«

Erstaunt, weil er nicht gleich verstand, was sie meinte, sah er sie an. »Nun, es gibt doch eine Menge armer Witwen, die so einen Posten mit Freuden annehmen würden.«

»Keine bezahlte Gesellschafterin, Roger. Ich meine eine Freundin.«

»Ach so.« Gespannt sah er sie an und verstand noch immer nicht. »Hast du an eine bestimmte Dame gedacht?«

»An Lady Susan!«

»Susan!« Erschrocken starrte er sie an und wandte sich dann ab, um seine tiefe Betroffenheit zu verbergen. »Glaubst du, daß sie wegmöchte?« fragte er und hatte seine Stimme wieder vollkommen in der Gewalt.

»Ich weiß es nicht. Deswegen wollte ich deine Meinung hören.«

»Ja – ich meine, sie ist doch noch gar nicht Witwe. Ihr Mann kann auch in Gefangenschaft sein.«

»Vielleicht.«

»Bei einem Gefecht treiben immer Spieren oder Wrackstücke in der See. Wenn einer Glück hat, kann er sich damit tagelang über Wasser halten und an die Küste getrieben werden.«

Margaret antwortete nicht, sie wollte sehen, wie er reagierte.

Sofort hatte er sich und seine Gefühle wieder unter Kontrolle. Absichtlich horchte er auf das Geplauder der Gäste, der Ratsmitglieder weiter hinten auf der Veranda, auf das Lachen der Damen unten auf dem Rasen, die sanfte, sehnsüchtige Musik von der Terrasse her; er war froh, als ein indischer Diener mit Gebäck und Konfekt herantrat und die Spannung sich löste. Schließlich war es

Margaret, die das Gespräch wieder aufnahm: »Würdest du das denn wollen? Daß er noch lebt?«

»Lashley? Aber natürlich. Denkst du, ich wünsche mir seinen Tod?«

»Ich nicht. Aber vielleicht denken es andere Leute in Kalkutta.«

Ungläubig sah er sie an. »Vansittard?«

Sie nickte. »Da hast du dir einen schlimmen Feind gemacht, Roger. Er wird keinen Moment zögern, dir zu schaden, wo er kann.«

»Ja, aber ...« Er lachte verächtlich. »Was kann er mir schon anhaben? Was kann er reden?«

»Er kann sagen, daß du ein Verhältnis mit Susan hast, daß du ihn auf eine gefährliche Mission geschickt hast, damit er dabei umkommt.«

»Was für ein Unsinn!« rief Kelso aus. »Ich habe Lashley losgeschickt, um mit Cornish Verbindung aufzunehmen, weiter nichts. Na, höre mal, Margaret! Jemand mußte doch schließlich hinfahren!«

»Aber warum gerade Susans Mann? Mit dieser Frage geht Vansittard überall hausieren.«

»Warum?« Kelso überlegte sorgfältig. »Gerade weil er Susans Mann war – darum. Weil ich dachte, dabei liefe er weit weniger Gefahr als bei einer Seeschlacht mit extrem schlechten Chancen. Weißt du, wie viele Verluste wir gegen die Holländer hatten?«

»Ich weiß es.«

»Weißt du, daß St. John gefallen ist und ein Midshipman von meinem Schiff? Und Oakes von der *Calcutta*?«

»Ich weiß.«

»Wie kann Vansittard da behaupten, ich hätte Lashley in den Tod getrieben. Ich habe ihn extra dorthin geschickt, wo ich die Gefahr für geringer hielt.«

»Und doch ist er umgekommen. Daß du nichts dafür kannst, weiß ich.«

»Aber Vansittard wird den Leuten das Gegenteil einreden?«

»Ich fürchte, ja.«

Zornig runzelte er die Stirn. »Warum sollte ich mich darum kümmern, was Vansittard und seine Freunde denken? Du weißt – ich hoffe es wenigstens –, daß ich keine Schuld habe.«

»Selbstverständlich.«

»Mein Gewissen ist rein. Was geht mich Vansittards Gerede an?«

»Er kann dir sehr schaden, Roger«, sagte sie leise.

»Bei wem? Die Menschen, auf die es mir ankommt – du und Robert und John Holwell – werden auf solchen Klatsch nicht hören.«

»Aber wir fahren nach Hause, Roger. Glaubst du nicht, es wäre besser, wenn wir Susan mitnähmen?«

Verwirrt schüttelte er den Kopf. »Das weiß ich nicht. Ich sehe nicht ein – ich meine, wo wäre denn da der Unterschied?«

»Nur dieser eine: Wenn die Leute wirklich glauben, du hättest den armen Lashley in den Tod geschickt, dann werden sie denken, es geschah mit Susans Einverständnis oder auf ihre Veranlassung. Wenn sie aber heimfährt und dich verläßt – nun, dann besteht offensichtlich kein Grund mehr für diesen Verdacht.«

Er rieb sich die Stirn, sah ihr gerade in die Augen und fragte ohne Umschweife: »Was denkst du, Margaret? Denkst du, daß ich mit Lashleys Tod etwas zu tun habe?«

Fest erwiderte sie seinen Blick. »Nein, natürlich nicht.«

»Aber du bist trotzdem der Meinung, daß Susan von hier weg sollte?«

»Um ihrer selbst willen und auch deinetwegen, Roger; um jedem Skandal die Spitze abzubrechen.«

»Aber vielleicht will sie gar nicht weg?« erwiderte er. »Warum sollte sie? Gegenwärtig kann Lashley immer noch am Leben sein.«

»Gegenwärtig, aber nicht, wenn wir abreisen. Denn wenn er am Leben ist, müssen wir bis dahin von ihm gehört haben.«

Kelso wandte sich ab und stand auf, um seine Erregung zu verbergen. »Es ist spät«, sagte er, »ich muß gehen.«

Margaret blieb sitzen und sah ihn gelassen an. »Und deine Antwort?«

»Was für eine Antwort?«

»Soll ich Susan bitten, mit uns zu kommen?«

»Gewiß, frage sie«, antwortete er heftig. »Ob sie hierbleibt oder nicht – sie muß das selbst entscheiden, nicht ich.«

28

Und trotzdem konnte Kelso, als er eilig zur Straße hinunterschritt, nicht glauben, daß es ausschließlich auf Susans Entscheidung ankam. Sie hatten sich geliebt, leidenschaftlich geliebt, als ihr Mann noch am Leben gewesen war. Konnte er jetzt von ihr erwarten, daß sie heimreiste?

Schlimm war nur, daß er seine eigenen Gefühle nicht entwirren konnte. Daß er Susan liebte, wußte er genau. Wenn der bloße Gedanke an sie sein Herz schneller schlagen ließ und das Zusammensein mit ihr Lust und Qual zugleich war, dann konnte er nicht bezweifeln, daß seine Gefühle für sie echt waren.

Aber sie war so rücksichtslos – er wollte es nicht schärfer ausdrücken. Hätte sie nur damals im Gartenhaus nicht diese Andeutung über David und Bathseba gemacht!

»Kommodore Kelso, guten Morgen! Und einen recht schönen Tag wünschen wir Ihnen!«

Zerstreut sah er auf und grüßte flüchtig: ein Kaufmann mit Frau und zwei Töchtern, elegante Kutsche, unverkennbar reich. Der Name fiel ihm nicht ein. Auf der Straße belagerten ihn die Sänftenträger; Bettler stießen sich, um ihm ihre verstümmelten Gliedmaßen zu weisen. Mit dem abwesenden Blick eines Träumenden schob er sich durch sie hindurch. Ein Ochsengespann stapfte die Landstraße entlang, das schwere Joch schwankte im Staub, den die Tiere aufwühlten.

»Sahib! Brauchen Wagen? Sehr billig!«

Im alten Fort der Neununddreißiger war eine Abteilung Soldaten zum Strafvollzug angetreten: Ein Mann war mit nacktem Rücken bäuchlings an ein Wagenrad gebunden, der Sergeant ließ seine Muskeln spielen, die neunschwänzige Katze schwang durch die Luft und klatschte auf die bloße Haut. Die schrillen Schreie folgten Kelso die Straße hinunter.

»Roger! Roger Kelso!«

Unvermittelt blieb er stehen, kaum seinen Ohren trauend, denn obwohl es ihre Stimme, unverkennbar ihre Stimme war, konnte er niemanden entdecken.

»Roger! Hier!«

Er ging ein paar Schritte in die Richtung, aus der die Stimme kam, und sah Susan unter einem zerfallenen Torbogen des Forts stehen. In ihrer schwarzen Witwentracht war sie im tiefen Schatten kaum zu erkennen.

»Susan! Was tust du hier?«

»Ich warte auf dich.« Er kam zu ihr, und sie warf sich in seine Arme. »Roger, ich mußte dich sehen«, schluchzte sie.

»Aber hier . . .«

»Auf der Straße? Wie Verbrecher?« Sie lachte bitter. »Ja, so weit haben sie uns gebracht!«

»Wer?«

»Vansittard und seine Freunde. Du weißt, was sie sagen?«

Er sah sich um. Eine Kutsche kam die Straße entlang. »Hier können wir nicht sprechen.«

»Nein, aber drinnen.«

»Im Fort? Da können wir nicht hinein.«

»Warum nicht? Dieser Teil wird nicht mehr benutzt. Ich weiß es. Meine Diener haben sich erkundigt.«

»Aber Susan, wir können doch nicht . . .«

»Komm!« Sie nahm seinen Arm und zog ihn durch das Tor, über den eingestürzten Bogen und in einen dick mit Kräutern und Gestrüpp bewachsenen Innenhof. »Hier stört uns keiner.«

Sein Herz klopfte stürmisch, und das Blut schoß schneller durch seine Adern. Zweifel und Vorsätze zerstoben vor dem Zauber ihrer Schönheit.

»Susan!«

Wieder war sie in seinen Armen, ihre Leiber preßten sich aneinander, gierig suchten sich ihre Lippen. Sie erschlaffte in seinen Armen, ließ sich zu Boden sinken und zog ihn mit sich.

»Roger! Roger, mein Liebster!«

Und dann, viel später, blickte sie mit verschleierten, lustmüden Augen zu ihm auf. Sie streichelte seine Wange und zog die kraftvolle Linie seines Kinns mit dem Finger nach. »Roger«, flüsterte sie, »jetzt wird alles gut.«

»Alles gut?« Sonst war ihm, wenn sie sich geliebt hatten, immer so wohl zumute gewesen; doch jetzt verspürte er ein seltsames Unbehagen – und Schuldbewußtsein.

»Alles gut, weil du wieder bei mir bist.«

»Ich weiß nicht recht«, murmelte er. »Diese Geschichten, die Vansittard verbreitet – sie könnten deinen guten Ruf zunichte machen.«

»Und deinen auch?«

»Mir macht das nichts aus«, begann er, und als es in ihren Augen spöttisch aufblitzte, fuhr er eilig fort: »Nur um deinen Ruf mache ich mir Sorgen. Das habe ich dir schon oft gesagt.«

»Vergiß es, Liebling«, erwiderte sie. »So wie ich es, glaube mir, ebenfalls vergessen habe.«

»Und trotzdem müssen wir uns heimlich im alten Fort treffen?«

»Nur weil ich dich unbedingt sehen mußte, Liebling.« Sie lächelte schuldbewußt. »Ich fürchtete, du würdest mir aus dem Weg gehen – wie schon früher einmal.«

»Nur weil ich um deinen Ruf besorgt war.«

»Und jetzt?« fragte sie lächelnd und legte ihm die Finger auf die Lippen. »Jetzt, da ich dich wiederhabe, Liebster, und wir uns geliebt haben, kümmert mich nichts mehr – nichts.«

»Ich weiß nicht«, entgegnete er. »So einfach ist das nicht.«

Sie dehnte sich genüßlich. »Was hast du denn jetzt noch?«

»Was die Leute über uns reden – über mich – bedrückt mich.«

»Daß du Richard in den Tod geschickt hättest?«

»Eben das. Es ist ungeheuerlich.«

Sie zuckte die Achseln. »Ach was, Liebster. Mach dir nichts draus.«

»Doch. Ich muß etwas dagegen unternehmen. Ich dachte schon daran, Vansittard zu fordern, aber ich habe das Gefühl, er wird ablehnen. Und auf alle Fälle würde es die Aufmerksamkeit erneut auf etwas lenken, das vielleicht bald in Vergessenheit gerät.«

»Bestimmt wird es das. Bald redet kein Mensch mehr davon. Und wenn schon – was hat es zu bedeuten? Er kann nichts beweisen.«

»Nichts beweisen!« Ungläubig starrte er sie an. »Das klingt ja, als ob du selbst glaubst, ich hätte Richard in den Tod geschickt.«

»Natürlich nicht. Es war – einfach Pech.« Aber es klang nicht sehr überzeugend.

»Das glaubst du?«

»Natürlich.« Sie machte eine bittende Handbewegung. »Und überhaupt, Liebling, was spielt das für eine Rolle?«

Plötzlich übermannte ihn heller Zorn. Er packte sie bei den Handgelenken, zog sie in sitzende Stellung und näherte sein Gesicht dem ihren. »Hör zu«, sagte er, »und hör gut zu! Ich habe deinen Mann losgeschickt, um Verbindung mit Admiral Cornish aufzunehmen, weil ich glaubte, dabei könnte ihm am wenigsten passieren. Ich dachte – und denke es noch –, daß er dabei viel weniger Gefahr lief, als wenn er bei uns geblieben wäre und das Gefecht gegen die Holländer mitgemacht hätte.«

»Roger!« protestierte sie. »Du tust mir weh!«

»Und wenn du die volle Wahrheit wissen willst: In einem Gefecht gegen eine so große Übermacht brauchte ich meine besten Kapitäne. Das Nächstliegende – und das sagt vermutlich auch Vansittard – wäre gewesen, die *Pindarus* zu Cornish zu schicken. Eine Schaluppe sollte weiß Gott entbehrlicher sein als eine Fregatte. Aber ich war anderer Meinung. Weil ich mich auf die Seemannschaft deines Gatten nicht verlassen konnte, habe ich ihm die leichteste Aufgabe zugeteilt und mir die *Pindarus* für den Kampf gegen die Holländer aufgespart.«

»Ja doch, ja!« Susan schluchzte vor Schmerz und Demütigung. »Ich glaube dir! Laß mich los!«

Unvermittelt löste er seinen Griff und sah sie weinend zu Boden sinken. »Bitte!« Er stand auf. »Und was mich betrifft, kannst du gehen – für immer!«

»Roger!« Auf Händen und Knien folgte sie ihm und faßte nach seinem Fuß. »Roger! Du weißt ja nicht, was du sagst!«

»Ich weiß genau, was ich sage! Mein Kopf ist klar – vielleicht zum ersten Mal. Ich durchschaue dich.«

»Dann siehst du auch das eine, Liebster: daß ich dich liebe.« Mit tränenüberströmtem Gesicht blickte sie zu ihm auf. »Roger, du kannst mich jetzt nicht verlassen!«

Als er sie, die sonst so kühl und vornehm war, so gedemütigt und in Tränen sah, wurde sein Herz wieder weich. Er kniete neben ihr nieder und half ihr, sich aufzurichten. Dann nahm er sein Taschentuch und wischte ihr die Tränen ab. Doch er vermied es, näher als auf Armeslänge an sie heranzukommen.

»Hör zu, Susan«, sagte er. »Ich habe mit Margaret Clive über dich gesprochen. Du tust ihr so leid, weil du deinen Mann verloren hast. Sie möchte dir helfen.«

»Helfen?« rief Susan unwillig, immer noch aufschluchzend. »Wie kann sie mir helfen?«

»Sie will dich nach England mitnehmen.«

»Nach England?« Ihre Stimme klang dumpf und leblos.

»Ja.«

»Und du willst, daß ich fahre?«

»Ich glaube, du solltest es tun.«

Zorn schimmerte durch ihre Tränen. »Du glaubst, ich sollte es tun! Und wer bist du, Kommodore Kelso, daß du mir sagst, was ich tun soll? Wie kannst du es wagen, mich wegzuschicken?«

»Nur zu deinem eigenen Besten.«

»So! Wohl eher deines Rufes wegen.« Sie weinte jetzt vor Zorn und trommelte mit den Fäusten auf seine Schulter. »Oh, wie kannst du nur so gemein zu mir sein!«

»Susan!« Ein sanfterer Klang in seiner Stimme ließ sie voller Hoffnung zu ihm aufschauen, doch als sie seine unerbittliche Miene sah, brach sie aufs neue in Tränen aus. Er streckte ihr die Hand entgegen. »Komm! Ich bringe dich nach Hause.«

»Nach Hause! Richard ist nicht da, aber du willst nicht zu mir kommen!«

»So wird es immer sein«, sagte er. »Siehst du das nicht? Schon deswegen wäre es besser, wenn du nach England zurückführest.«

»Weg von dir?« Sie blickte ihn so traurig an, daß er versucht war, ihr tröstend die Hand auf den Arm zu legen. Drängend schmiegte sie sich an ihn, und schließlich mußte er die Hände unter ihre Arme legen und sie hochziehen.

»Es ist aus, Susan. Du mußt das einsehen.«

»Nein!« Sie starrte ihn so entsetzt an, als fürchtete sie, er würde sie jetzt und hier verlassen, würde durch die verfilzten Gräser und Gebüsche, durch das zerfallene Tor gehen und auf Nimmerwiedersehen verschwinden. »Du kannst mich nicht verlassen«, rief sie. »Nicht nach allem, was wir einander gewesen sind!«

»Es ist nur zu deinem Besten«, wiederholte er.

»Wieso denn?« Verzweifelt versuchte sie, ihn in ihren Armen zu halten. »Wie kann es zu meinem Besten sein, wenn es mir das Herz bricht?«

»Du wirst darüber hinwegkommen, Susan. Die lange Seereise nach England, dann London, Partys in Pall Mall und am Berkeley Square – du wirst mich bald vergessen.«

»Meinst du!« Auf einmal klang ihre Stimme ganz ruhig, doch ihr Gesichtsausdruck erschreckte ihn. Sie rückte von ihm ab und tupfte sich die Augen mit dem Taschentuch. Ganz unvermittelt schien sie sich wieder in der Gewalt zu haben, und doch war er beunruhigt. Ein hartes Glitzern stand in ihren Augen, und sie hatte eine Linie um den Mund, die er noch nicht kannte.

»Susan«, fragte er verwundert, »was ist dir?«

29

Zwei Tage später war Kalkutta wieder *en fête*. Colonel Forde, dessen zusammengewürfelte Truppe einen so entscheidenden Sieg errungen, über dreihundert Holländer getötet und fast die doppelte Anzahl Gefangene gemacht hatte, kehrte im Triumph zurück. Wieder strömten die Kaufleute und ihre Familien, die Bankiers, die Schreiber und sogar die indischen Diener auf die Straße und schrien hurra. Kelso ging mit den Clives zum Empfang des tapferen Kommandeurs, der zu Land vollendet hatte, was Kelso zur See begonnen hatte.

Die Truppe hatte vor der Stadt Nachtlager gehalten, doch am Morgen sah man die ersten Abteilungen in Kalkutta einmarschieren. An der Spitze schritt Forde, der als guter Infanterist vom Vorrecht des Siegers, zu Pferde einzuziehen, keinen Gebrauch machte. Hinter der Kompanie des 39. Infanterieregimentes, prächtig anzusehen in ihren roten Uniformen, ungeachtet des Schlammes und der Dornen im Dschungel, kam Rittmeister Payton mit seiner Freiwilligen Kavallerie. Dann, nach einem kurzen Zwischenraum, folgte Holwell, leicht hinkend, aber viel jünger aussehend als bisher, an der Spitze der Miliz.

Das laute Hurra der Bürger kam aus ehrlichem Herzen. Immer wieder wurden besonders beliebte Soldaten mit Extrajubel begrüßt; und wenn eine Frau, eine Mutter in die Reihen lief, um ihren Mann, ihren Sohn zu umarmen, gaben sie ihrem Mitgefühl durch laute Glückwünsche Ausdruck.

Kelso stand neben Clive auf der Freitreppe des Ratsgebäudes, von wo aus er nicht nur die einmarschierende Truppe, sondern auch die jubelnde Menge übersehen konnte. In einem schattigen Vorhof auf der anderen Straßenseite saß Susan Lashley.

Unauffällig beobachtete er sie, und selbst auf die Entfernung beeindruckte ihn ihre ruhige Schönheit. Es war schwer zu glauben, daß diese Frau im Hof des alten Forts weinend vor ihm auf den Knien gelegen hatte. Sie schaute nicht in seine Richtung, und zwar, wie er nach einiger Zeit merkte, absichtlich nicht. Hatte sie sich wirklich entschlossen, ihn zu vergessen? Unvernünftigerweise paßte es ihm keineswegs, daß sie ihn so behandelte.

Der triumphale Vorbeimarsch war fast zu Ende, und Kelso spielte mit dem Gedanken, hinüberzugehen und mit Susan zu sprechen, als die Kolonne der Kranken und Verwundeten in Sicht kam. Auch sie wurden mit lauten Rufen des Mitgefühls und der Freude begrüßt, als sie auf Karren, auf Pferden oder Tragbahren vorüberzogen. Holwell junior, John Holwells Sohn, hinkte auf improvisierten Krücken vorbei; Paytons Sohn, der ernstlicher verwundet war, lag auf einem Karren.

Und dann, als er wieder einmal zu dem schattigen Hof auf der anderen Seite hinüberblickte, sah er, daß Lady Susan totenbleich geworden war. Eben noch hatte sie in ihrer Kutsche gesessen, ganz die kühle, gelassene Aristokratin, und im nächsten Moment bot sie das Bild einer von Schreck und Verwirrung überwältigten Frau. Sie erhob sich halb von ihrem Sitz und sank, die Hände am Mund, wieder zurück.

Kelso wandte den Kopf und sah Lashley mit ein paar Mann seiner Besatzung zusammengesunken auf dem letzten Karren hocken.

Erst später, im Hause Lashleys, hörte Kelso die ganze Geschichte. Mit Nordkurs auf Arakan segelnd, war die *Paragon* auf ein französisches Kriegsschiff gestoßen. Nach kurzem Gefecht war sie gekapert worden. Kommandant und Mannschaft saßen ein paar Tage lang in einer stinkenden Kammer unten im Schiff und wurden dann in einem Mangrovensumpf irgendwo an der Küste bei Chinsurah an Land gesetzt – ob zu dem Zweck, den Holländern eine Anzahl britischer Gefangener auf den Hals zu laden, oder einfach weil es die nächste passende Stelle an der Küste war, blieb unklar. Jedenfalls gelangten sie unter der Führung von Leutnant Fenton, der das Kommando übernahm, weil Lashley sich den Fuß gebrochen hatte, an den Holländern vorbei nach Biderra, kurz nachdem Forde dort gesiegt hatte. Von dort aus zogen sie mit der siegreichen Truppe heimwärts.

»Und was wurde aus der *Paragon*?« fragte Kelso, tief erschüttert über den Verlust seines geliebten Schiffes.

Lashley ließ den Kopf hängen. »Sie wurde gekapert«, berichtete er mit Jammermiene. »Die Franzosen segelten mit ihr davon.«

»War sie schwer beschädigt?«

»Nicht besonders.«

Kelso maß ihn mit eisigem Blick. »Aber wie konnte das geschehen? Sie übergaben ein unbeschädigtes Schiff?«

»Nicht unbeschädigt.« Lashley wechselte mühsam die Lage auf seinem Sofa, wobei er darauf bedacht war, möglichst viel von seinem schmerzenden Fuß herzumachen. »Wir hatten mehrere Einschüsse im Rumpf.«

»Unter der Wasserlinie?«

»Nein, das wohl nicht.«

»Und trotzdem haben Sie die Flagge gestrichen?«

Lashley bedeckte das Gesicht mit den Händen und schüttelte den Kopf. »Es ist nicht leicht zu erklären, Kelso. Ich weiß, es hört sich häßlich an, aber die Sache ist die, daß wir einfach geschlagen waren. Wenn ich die *Paragon* einen Monat länger gehabt häte, oder wenn ich auf der *Protector* gewesen wäre...«

»Wie stark war dieser Franzose?«

Lashley antwortete nicht gleich. Schließlich rief er aus, indem er die Hände bittend emporwarf: »Es war nicht eigentlich seine Stärke, sondern die Art, wie er gesegelt wurde, die Treffsicherheit der Kanonen.«

»Also wie stark?«

Verzweifelt schlug Lashley die Augen nieder. »Er war kleiner als wir. Eine Korvette.«

Kelso sprang so heftig auf, daß ein Serviertischchen bis in die Mitte des Zimmers flog. »Sie haben vor einer Korvette die Flagge gestrichen?«

»Es war eine große Korvette und erstklassig geführt.«

»Und Sie waren kaum beschädigt!« Kelso trat wieder heran und beugte sich über Lashleys Sofa. »Es ist nicht zu glauben«, sagte er, »eine Company-Fregatte, eins der besten Schiffe der ganzen Marine, ergibt sich einer Korvette!«

Als Lashley merkte, daß er auf Verständnis nicht rechnen konnte, brach sein Trotz durch. »Bei Ihnen ist das etwas anderes«, sagte er. »Sie, der tapfere Kelso! Aber für mich war die *Paragon* ein neues Schiff. Ich hatte mich noch immer nicht richtig an sie gewöhnt.«

»Sie hatten Fenton, der sie jederzeit hätte ins Gefecht führen können, und eine erstklassige Mannschaft.«

»Das sagen Sie!«

»Aber ...« Kelso wußte tatsächlich nicht, was er von der Sache halten sollte. »Sie hatten keine Schäden – oder praktisch keine. Warum, in Gottes Namen, haben Sie die Flagge gestrichen?«

Wieder blickte Lashley kummervoll und Verständnis suchend zu ihm auf, doch da er Kelsos unerbittliche Miene sah, stammelte er: »Wir bekamen einen Treffer aufs Achterdeck – zwei Mann getötet, dicht vor meinen Füßen –, und ein Midshipman, der junge Bellow, wissen Sie noch? Ihm wurde der Kopf abgerissen.« Wieder schlug er die Hände vors Gesicht und schauderte. »Es war schrecklich, Kelso, schrecklich.«

Eine Zeitlang sagte Kelso gar nichts, sondern sah Lashley nur erstaunt und nachdenklich an, als sei ihm unvorstellbar, welcher Art ein Mensch sein müsse, der imstande war, eine solche Schande auf sich zu laden. Seine *Paragon* dem Feind zu übergeben!

Dann sagte er in dienstlichem Ton: »Die Angelegenheit gehört selbstverständlich vor ein Kriegsgericht. Sie werden zu gegebener Zeit angeklagt werden, Ihr Schiff ohne zureichenden Grund dem Feind übergeben zu haben. Inzwischen haben Sie sich als unter Arrest stehend zu betrachten.«

»Kelso!«

»Es tut mir leid, aber Sie lassen mir keine andere Möglichkeit.«

»Es war nicht so schlimm, wie es sich anhört.«

»Das hat das Kriegsgericht zu entscheiden.«

»Wir hatten einfach Pech.«

Kelso unterbrach sein Auf- und Abgehen und erklärte kalt: »In der Marine können wir es uns nicht leisten, mit

Pech oder Glück zu rechnen. In den allermeisten Fällen sind unsere Schiffe, wie Sie recht gut wissen, an Bestükkung und Größe unterlegen. Wir sind daran gewöhnt, unter ungünstigen Bedingungen zu kämpfen. Aber Sie – Sie hatten die besseren Chancen. Sie hatten – soweit das überhaupt möglich ist – einen leichten Sieg so gut wie in der Tasche.«

»Gegen diese Korvette gab es keinen leichten Sieg.«

Kelso sah ihn nachdenklich an; vielleicht gab es tatsächlich ein überragendes Schiff bei den Franzosen, bloß eine Korvette, die aber besser segelte und besser schoß als der Stolz der Bombay-Marine. War Lashley auf eine solche zweite *Paragon* gestoßen? Doch nein – dieser Gedanke war zu phantastisch. In jedem Fall blieb ein Punkt, den kein Kriegsgericht je übersehen konnte: Die *Paragon* war praktisch unbeschädigt gewesen.

»Sie können sich Ihren Verteidiger wählen«, sagte er. »Ich schicke Ihnen einen von Wilsons Leutnants, mit dem Sie sich besprechen können.« Er schritt zur Tür. »Inzwischen stehen Sie, wie gesagt, unter Hausarrest.«

Als er die Tür öffnete, rief Lashley ihn zurück. »Einen Moment, Kelso!«

Unwillig wandte sich Kelso um und war betroffen über die Veränderung in Lashleys Miene. Der Mann schien wirklich tief verzweifelt zu sein.

»Wollen Sie sich nicht von meiner Frau verabschieden?«

»Von Lady Susan? Nein – wenn Sie mich entschuldigen.«

»Es wird ihr leid tun, daß Sie da waren und nicht mit ihr gesprochen haben.«

Kelso zögerte, er befand sich auf gefährlichem Boden. »Vielleicht übermitteln Sie ihr meine Bitte um Nachsicht. Sie wird verstehen, daß ich sehr viel zu tun habe.«

Lashley sah ihn verkniffen an. »Aye, sie wird es schon verstehen.«

Unsicher erwiderte Kelso: »Also dann – guten Tag.«

»Noch etwas, Kelso.«

Wieder zögerte Kelso. Er sah die Verhärtung in Lashleys Augen und wußte, was kommen würde.

»Das Ganze ist zum Teil Ihre Schuld, Kelso. Wissen Sie das?«

»Was soll das heißen?«

»Wenn ich mir nicht so viele Sorgen hätte machen müssen, über das, was daheim vor sich ging, wäre ich vielleicht ein besserer Kommandant gewesen.«

Kelso trat ins Zimmer zurück und schloß die Tür. »Wovon reden Sie?«

»Ich spreche von Susan, meiner Frau.«

»Was ist mit Lady Susan?«

»Denken Sie, ich weiß nicht, daß Sie ihr Geliebter gewesen sind?«

Kelso nahm Lashley gegenüber Platz. »Es tut mir leid, daß Sie das wissen. Und es tut mir leid, daß wir Ihnen Grund gegeben haben, sich Sorgen zu machen. Aber die Tatsache bleibt bestehen, daß Sie Kapitän sind. Jeder junge Leutnant wäre mit einer Korvette fertiggeworden. Aber Sie übergeben Ihre Fregatte! Es ist unvorstellbar!«

»Sie wissen, was mit mir geschehen wird?« fragte Lashley.

»Das ist nicht meine Sache.«

»Man wird mich schuldig sprechen – und mich in Unehren entlassen.«

»Sie halten das für ungerecht?« fragte Kelso. »Nachdem Sie die *Paragon* übergeben haben?« Er stand auf und schritt erregt auf und ab. »Bedeutet Ihnen Ihr Beruf denn gar nichts, Lashley? Sind Sie denn gar nicht stolz auf das, wofür der Name Bombay-Marine steht?«

»Für mich war es ein Posten wie jeder andere«, erwiderte Lashley wegwerfend.

»Und deshalb sollten Sie ihn aufgeben, je eher, desto besser, finde ich.«

»Aber wo soll ich hin? Was soll ich anfangen?«

»Das müssen Sie entscheiden. Sie haben doch Freunde hier in Kalkutta.«

»Ja, noch. Glauben Sie, die werden noch meine Freunde sein, nachdem das Kriegsgericht mich fertiggemacht hat?«

»Bedaure, Lashley. Vielleicht sollten Sie nach England zurückkehren.«

»Mit Susan?« Lashleys Gesicht war haßverzerrt. »Denken Sie, ich habe gar keinen Stolz?«

»Ich verstehe nicht.«

»Sie hat mich verlassen, Kelso. Wollen Sie sagen, Sie wußten das nicht? Das war ihre Begrüßung für mich, noch keine Stunde ist es her. Sie hat mich verlassen und fährt mit den Clives zurück nach England.«

30

»Ich kann nicht begreifen, warum Sie sich für ihn einsetzen«, sagte Clive vorwurfsvoll. »Meiner Ansicht nach ist er ein durch und durch widerlicher Kerl.«

»Er tut mir leid«, erwiderte Kelso.

»Er tut Ihnen leid«, wiederholte Clive mit bitterem Auflachen. »Wenn nur die Hälfte der Geschichten wahr ist, die man über ihn hört, verdient er Ihr Mitleid nicht.«

»Mag sein. Aber vielleicht gibt es da Dinge, die wir nicht wissen.«

»Hm«, knurrte Clive. »Sie haben ein weiches Herz für diesen Lashley – warum, weiß ich nicht. Es sieht Ihnen auch gar nicht ähnlich, Kelso. Schon damals vor dem Untersuchungsausschuß sind Sie für ihn eingetreten, und jetzt wollen Sie nicht, daß er vors Kriegsgericht kommt.«

»Er tut mir eben leid«, wiederholte Kelso.

Sie standen im Salon in Clives Haus; einem Salon, der ganz anders aussah als damals beim Empfang für den Nawab Mir Jaffar. Kisten und Bambusstöcke standen herum, Vasen, Schnitzereien, Geschirr, Gläser, indische Schals und Silberzeug lagen auf Stühlen, Tischen und Regalen; Teppiche waren aufgerollt, die Vorhänge abgenommen.

»Tja, ich weiß nicht«, antwortete Clive zerstreut. »Ich habe so viel im Kopf. Ich fange an zu glauben, daß eine Seereise nach England eine viel schwierigere Operation ist als eine Schlacht.« Er mußte lächeln und schlug Kelso auf die Schulter. »Na schön – halten Sie das, wie Sie wollen.«

»Was heißt das?« fragte Margaret, die mit einem Arm voll Seidenstoffen und Kleidern soeben hereingekommen war. »Was soll Kelso halten, wie er will?«

»Ach, mit diesem Lashley«, erläuterte Clive. »Der Rat will ihn vors Kriegsgericht stellen, meiner Meinung nach mit Recht, Kelso will, daß wir ihn laufenlassen.«

Kelso erhaschte Margarets raschen, verständnisvollen Blick, ehe sie sich ihrem Gatten zuwandte. »Ich glaube, Roger hat recht«, sagte sie. »Es könnten sehr wohl mildernde Umstände vorliegen.«

»Das sagt er auch, aber mir kommt das alles ein bißchen weit hergeholt vor. Doch dem sei, wie ihm wolle, ich vertraue auf Kelsos Urteil.«

»Ich möchte in dieser Sache fair sein«, sagte Kelso. »Es wäre mir gräßlich, wenn Sie in dem Glauben nach Hause führen, ich hätte Ihnen nicht die volle Wahrheit gesagt.«

»Das würde ich nie von Ihnen denken, Kelso, niemals!« rief Clive überzeugt. »Ich habe immer gesagt, wenn es einen Mann gibt, dem ich vertraue, dann ist es Kelso.«

»Meiner Meinung nach«, begann Kelso, sorgfältig seine Worte wählend, »ist Lashley kein guter Offizier. Andererseits hat Kommodore James, dessen Urteil ich respektiere und der meiner Meinung gewesen sein muß, ihn als Kommandant seines Flaggschiffs behalten.«

»Und was wollen Sie vorschlagen? Sie wollen, daß Lashley wieder Kommandant der *Protector* wird, daß er seinen alten Posten wiederbekommt?«

»Ich würde es für fair halten, Sir. Er war furchtbar enttäuscht, daß er nicht zum Kommodore ernannt wurde. Vielleicht hat das seine Leistungen beeinträchtigt. Aber was auch der Grund sein mag, ich glaube, daß er unter mir auf der *Protector* wieder nützliche Dienste leisten kann; und wir könnten uns etwas so Unangenehmes wie ein Kriegsgerichtsverfahren ersparen.«

Clive war offensichtlich von diesem Vorschlag nicht sonderlich angetan. Finster rieb er sich das Kinn. Dann sah er hoch und fragte seine Frau: »Ich weiß nicht ... Was hältst du davon, meine Liebe?«

Mit einem Blick auf Kelso antwortete sie: »Ich finde, Roger ist sehr großherzig. Und er hat recht.«

Clive ließ durch ein Achselzucken erkennen, daß er die Verantwortung ablehne, und erwiderte: »Also schön, wie ihr wollt.« Er überlegte einen Moment und fuhr fort: »Übrigens, ich kann mir nicht helfen – ein bißchen tut mir Lashley auch leid, ganz egal, was er angestellt hat. Alle sind gegen ihn, sein Ruf ist zum Teufel, und jetzt verläßt ihn auch noch seine Frau.«

»Es stimmt also«, sagte Kelso mit so ausdrucksloser Stimme, wie es ihm nur gelingen wollte. »Lady Susan fährt mit Ihnen nach England?«

»Sie ist hier«, erwiderte Clive, »und hat schon gepackt. Wollen Sie sie sprechen?«

»Nein, danke«, wehrte Kelso hastig ab. »Sie muß den Kopf voll haben. Ich will ihr nicht zur Last fallen.«

»Aber Sie werden ihr doch Lebewohl sagen?« fragte Margaret.

»Natürlich.«

In diesem Moment weinte draußen eins der Kinder auf, und Margaret eilte hinaus. »Sie weiß kaum noch, wo ihr der Kopf steht, die Ärmste«, sagte Clive liebevoll. »Sie freut sich so, daß wir fahren, hat aber ständig Angst, daß etwas dazwischenkommt und wir doch noch bleiben müssen.«

»Aber was kann denn noch passieren? Wir waren in Indien noch nie so sicher wie jetzt.«

»Das hoffe und glaube ich«, erwiderte Clive befriedigt. »Da die Holländer geschlagen sind und die Franzosen große Mühe haben, ihren Stützpunkt im Süden zu halten, ist die Stellung Englands unangreifbar.«

»Der arme Mir Jaffar hat niemanden mehr, an den er sich wenden kann. Er muß sich mit der Tatsache abfinden, daß nur die Engländer ihn an der Macht halten können.«

»Oh, darüber ist er sich durchaus klar. Er hat mir einen Brief geschrieben, in dem er mir mit warmen Worten gute Reise wünscht und der Hoffnung Ausdruck gibt, daß ich bald zurückkehren möge.«

»Damit ist es ihm wahrscheinlich sogar ernst. Sie sind der einzige, der ihm seine Treulosigkeit nicht allzusehr verübelt.«

»Sprecht ihr über den Nawab?« fragte Margaret, die wieder eintrat. »So dürft ihr nicht reden. Seht doch nur das entzückende Abschiedsgeschenk, das er mir eben gesandt hat.« Sie hielt ein herrliches Perlencollier in die

Höhe. »Und einen wundervollen goldenen Ring für Robert. Wirklich, ich glaube, ihr denkt zu schlecht von dem armen Mann.«

»Armer Mann!« lachte Kelso. »Der hat Glück gehabt, daß wir ihn nicht aufgehängt haben.«

»Na ja.« Clive schüttelte lächelnd den Kopf über Margaret, die, offenbar schon wieder an etwas anderes denkend, hinauseilte. »Es ist schließlich noch gut ausgegangen.«

Kelso nickte und sah seinen Freund mit echter Zuneigung an. Ob es wohl, wie Clive angedeutet hatte, ein Abschied für immer war? Würde er tatsächlich nie mehr in das Land zurückkehren, das er erobert und geliebt hatte?

»Ich wünschte«, fing Clive wieder an, »daß wir die Franzosen auch aus dem Süden vertreiben würden. Das müßte aber bald geschehen. Sie haben nur einen ganz unbedeutenden Stützpunkt.«

»Glauben Sie nicht, daß Eyre Coote durchaus imstande ist, sie dort in Schranken zu halten?«

»Das schon. Ob er aber gewillt ist, so zu handeln wie ich – das ist eine andere Frage.«

»Das heißt, einen Streit vom Zaun brechen? Sie ins Meer treiben?«

»Genau. Ich habe immer gesagt, ich hätte keine Ruhe, solange auch nur ein Franzose auf indischem Boden steht.«

»Wie ich Eyre Coote kenne«, entgegnete Kelso tröstend, »wird er bald genug einen Grund zum Losschlagen finden.«

»Hoffentlich.«

In diesem Augenblick erschien ein indischer Diener an der Tür. »Sahib!«

»Ja, Chandah Num, was ist?«

»Botschaft für Sahib.«

Clive nahm die Depesche entgegen und öffnete sie hastig. Nachdem er sie gelesen hatte, überreichte er sie Kelso. »Sehen Sie? Genau das, worüber wir eben sprachen. Haben wir wirklich Ruhe vor den Franzosen?«

Die Depesche kam von Gouverneur Pigot in Madras. Nachdem die Franzosen in Pondicherry eine Zeitlang Frieden gehalten hatten, wurden sie jetzt wieder aktiv. Sie hatten englische Kaufleute überfallen und eine kleine Außenstation niedergebrannt. Eyre Coote mobilisierte seine Truppe.

Für Kelso war der wichtigste Punkt der Depesche, daß die Franzosen auch zur See wieder offensiv geworden waren. Nach der Vernichtung ihres Geschwaders durch Kelso war alles ruhig gewesen – bis vor kurzem. Jetzt war eine Korvette aufgetaucht und etwas später eine Fregatte. Diese Fregatte wurde für ein gekapertes englisches Schiff gehalten – für die *Paragon*.

Kelso gab Clive die Depesche zurück und sagte ohne Zögern: »Ich muß hin.«

»Das denke ich auch«, erwiderte Clive. »Sie müssen diese Schiffe kapern – oder sie vernichten.«

»Vernichten!« Kelsos Herz wurde bei diesem Gedanken eiskalt. Die *Paragon* vernichten?

»Nötigenfalls.«

Kelso antwortete nicht gleich. Dann sagte er mit ausdrucksloser Stimme und Miene: »Jawohl. Ich segle noch heute abend.«

»Gut.« Clive legte ihm den Arm um die Schulter und ging mit ihm zur Tür. »Aber Sie kommen noch vorbei und sagen uns adieu?«

»Natürlich.«

»Und Lady Susan auch. Nach heute abend sehen Sie sie nicht wieder.«

31

Die *Protector*, die mit Südkurs gegen eine frische Brise ankreuzte, suchte immer noch nach den Franzosen. Es war jetzt zwei Wochen her, seit sie aus dem Hugli ausgelaufen waren, doch hatten sie erst die halbe Strecke nach Madras zurückgelegt. Kelso war sich darüber klar, daß sich seine Aufgabe deshalb so schwierig gestaltete, weil er ein so ungeheuer großes Gebiet zu überwachen hatte. Einen Ozean von der Größe Europas nach zwei ziemlich kleinen Schiffen abzusuchen, erschien auf den ersten Blick aussichtslos. Gewiß konnte das Suchgebiet beträchtlich eingegrenzt werden, wenn man davon ausging, daß sich die Franzosen an die üblichen Seewege hielten und sich wahrscheinlich nicht weiter als eine gute Tagesreise vom Land entfernten. Andererseits mochte sich ein schlauer Kommandant in der Gewißheit, daß die Engländer nach ihm suchen würden, gerade deshalb außerhalb dieser Grenzen halten, nur zur Verpflegungs- und Trinkwasserübernahme in Landnähe kommen und jeden schwerbeladenen Indienfahrer angreifen, der ihm vor den Bug lief.

Angesichts der Tatsache, daß die *Paragon* nicht weit von der Hugli-Mündung gekapert worden war, fragte sich Kelso, ob er nicht schon zu weit draußen sei. Wenn sich die *Paragon* – jetzt unter französischer Flagge – und die mit ihr segelnde Korvette hinter ihm befanden und den von Kalkutta besonders lebhaften englischen Schiffsverkehr bedrohen konnten, dann war seine Reise nicht nur nutzlos, sondern ein schwerer Fehler. Aber andererseits durfte er nicht vergessen, daß die *Pindarus* noch im Hugli und die *Calcutta* nach dem schweren Beschuß durch die Holländer beinahe wieder seetüchtig war. Und jeden Tag konnte Admiral Cornish mit seinem Geschwader aus Arakan zurückkommen.

Nein – je länger er darüber nachdachte, um so mehr war er davon überzeugt, daß sich die Schiffe, die er suchte, im Süden befanden.

Nachts drehte der Wind und kam jetzt von Backbord achtern ein; doch da es sinnlos war, im Dunkeln weiterzusegeln, hatte die *Protector* nichts davon. Nachdem sie die ganze Nacht beigedreht gelegen hatte, nahm sie in der Morgendämmerung wieder Fahrt auf; doch auch bei Sonnenuntergang meldete der Ausguck noch eine leere Kimm.

Kelso stand an der Luvreling des Achterdecks und fand diese Reise abscheulich. Nach einem kurzen, unpersönlichen Abschied von Susan – »Adieu, Kommodore. Wir werden uns wohl kaum wiedersehen« – waren sie stromab gesegelt. Aber mit dem Schiff war irgend etwas anders als sonst; Kelso konnte es sich zunächst nicht erklären. Doch dann fing er die zufällige Bemerkung eines Midshipman auf und begriff, daß dieser Unterschied an Lashley lag. Obwohl der arme St. John kein großer Seemann gewesen war, hatten die Männer Achtung vor ihm gehabt, und auf seine Weise war er sogar beliebt gewesen. Lashley dagegen konnten sie nicht ausstehen.

Kelso hatte bald eingesehen, daß sein Mitgefühl für diesen Mann, dem er Unrecht getan hatte, vielleicht übereilt gewesen war. Unter diesen Umständen war die schlechte Stimmung an Bord und die vermutlich unzureichende Schiffsführung der hohe Preis, den er für ein paar lustvolle Nächte zahlen mußte.

Doch war das nicht der einzige Grund für seine schlechte Laune. Noch jetzt spürte er beim Gedanken an Susan, daß er sie sehr geliebt hatte. Daß er sie nun verlor, verursachte ihm einen ständigen bohrenden Schmerz.

»Kommodore – Sir! Segel Steuerbord voraus!«

Sein Herz tat einen Sprung, als er den Ruf vernahm. Er blickte zum Masttopp hoch und rief: »Wie viele?«

»Drei Schiffe, Sir. Rümpfe noch unter der Kimm. Ich kann gerade die Bramsegel ausmachen.«

»Und was für Schiffe?«

»Kann ich nicht erkennen, Sir. Sind noch zu weit weg.«

»Dann passen Sie weiter gut auf!« Kelso wandte sich an den Steuermann. »Mr. Carew, drei Strich nach Steuerbord, bitte.«

»Drei Strich nach Steuerbord. Neuer Kurs liegt an, Sir.«

Mit dem jetzt raum einfallenden Backbordwind sprang die *Protector* an, tauchte den Klüverbaum tief in die See und warf dann den Bug so hoch, daß eine Kaskade grünlichen Wassers durch die Speigatten schoß.

»Alle Mann auf Stationen!«

Die Bootsmannspfeifen trillerten, die Männer hasteten an Deck. Großsegel, Breitfock und Besan wurden gesetzt, und bald stürmte die *Protector* mit fast zwölf Knoten Fahrt auf die fernen Schiffe zu.

»An Deck! Es ist eine Kriegsschaluppe, vollgetakelt. Sieht aus wie ein Company-Schiff.«

»Gut! Und die andere?«

»Das zweite ist eine Korvette, Sir. Französisch, denke ich.«

»Und das dritte?«

»Weiß ich nicht, Sir. Sieht aus wie eins von uns. Eine Fregatte, glaube ich, Sir. Ja – sie sieht aus wie die *Paragon*.«

Kelso schloß die Augen. Also doch! Endlich hatte er sein geliebtes Schiff gefunden. Nun mußte er es möglichst unbeschädigt zurückerobern.

»Kurs halten!« befahl er, die Augen am Kompaß.

Bei dem günstigen Wind dauerte es nicht lange, bis die

fernen Schiffe voll in Sicht kamen. Von Deck aus waren sie nur als langsam kriechende Fleckchen erkennbar, aber mehrere Matrosen, die in die Webeleinen aufgeentert waren – einer davon hatte ein Teleskop mit – meldeten, daß ein Gefecht im Gange sei.

Vom Achterdeck aus konnte Kelso jetzt alles deutlich erkennen: Die zwischen ihren beiden Angreifern hin und her kreuzende Schaluppe, die sich schlängelte wie ein Aal, um der stärkeren Feuerkraft der *Paragon* zu entgehen und an die Korvette heranzukommen. Bestimmt stand es auf Messers Schneide, ob die *Protector* noch rechtzeitig eintraf.

Beim Näherkommen war eine dunkle niedrige Küstenlinie auszumachen; Kelso nahm deshalb an, daß sich dieses Gefecht in flachem Wasser dicht vor der Leeküste abspielte. Wahrscheinlich hatte sich der englische Kommandant dieses Gebiet absichtlich ausgesucht, weil er mit dem geringen Tiefgang seiner Schaluppe noch dort segeln konnte, wohin größere Schiffe ihm nicht folgen konnten. Was er aber vielleicht nicht wußte: Die *Paragon* war zwar eine Fregatte, aber im Lande und speziell für flache Gewässer gebaut und konnte dort wahrscheinlich ebenso gut manövrieren wie eine Schaluppe.

»Werden Sie sich uns stellen?«

Kelso wandte sich um. Hinter ihm stand Lashley, grau im Gesicht. Kelso merkte, daß sein neuer Flaggkapitän immer noch unter dem Schock der Schrecknisse stand, die er auf der *Paragon* erlebt hatte. Er war sich auch darüber klar, daß dieser Mann einem Gefecht nicht nur nutzlos, sondern hinderlich sein würde. Aber da half nun alles nichts.

»Sie werden jedenfalls kämpfen«, sagte Kelso, »und zwar weil sie müssen. Ich denke nicht daran, die *Paragon* wieder aus den Fingern zu lassen.«

»Vielleicht werden sie abdrehen, wenn sie unsere Segel sichten«, meinte Lashley mit schlecht verhehlter Hoffnung.

»Dann jagen wir sie.«

»Vielleicht teilen sie sich.«

»Dann folgen wir der *Paragon.*«

Lashley sah ihn verwundert an. »Ihnen scheint wirklich viel an diesem Schiff zu liegen.«

»Ja. Da sie eine Gefahr für unsere Schiffahrt bedeutet, muß ich sie unbedingt wiederhaben.«

»Und wenn Sie sie nicht erobern können?«

Kelso brauchte eine Minute, bis er antwortete: »Dann versenke ich sie.«

Das Gefecht war jetzt schon viel näher; die einzelnen Schiffe waren von Deck klar auszumachen, Rauchwolken stiegen auf, das Donnern der Kanonen war zu hören. Deutlich sah man, daß die Schaluppe sich wacker hielt. Sie wechselte Breitseiten mit der *Paragon* – auf ganz kurze Distanz, wie es schien –, doch allem Augenschein nach waren ihre Masten und Spieren noch intakt.

Die französische Korvette jedoch sah schon ziemlich abgekämpft aus. Der Fockmast war gefallen, die Besanrah baumelte; das Schiff schien sich aus dem Gefecht zurückgezogen zu haben und driftete gefährlich auf die Küste zu.

»Mr. Foulkes!«

»Sir?«

»Backbordgeschütze klar zum Schuß. Ich versuche, mit einem Steuerbordschlag heranzukommen.«

Längs des Decks beugten sich die Männer, die meisten von ihnen Veteranen mancher Seeschlacht, über die Schanz, hingen an Leinen und Brassen, verfolgten gespannt den Schußwechsel; die Stückführer knieten bei ihren Kanonen und warteten auf das Zeichen des Batterieoffiziers. Die Pulverjungen schnatterten aufgeregt trotz der ständigen Anschnauzer des Korporals, der am Niedergang Posten bezogen hatte, um zu verhindern, daß jemand ohne Befehl unter Deck ging.

»Fast in Schußweite«, murmelte Lashley nervös. »Wollen Sie denn nicht feuern?«

Kelso antwortete nicht. Ihm kam es vor allem darauf an, möglichst dicht heran zu segeln, bevor der Kommandant der *Paragon* aufmerksam wurde. Außerdem kam er mit dem Steuerbordschlag von Lee her auf, so daß er dem feindlichen Kommandanten den günstigsten Fluchtweg abschnitt.

Aber die *Paragon* hatte weder die Absicht zu fliehen, noch hatte ihr Kommandant das größere englische Schiff übersehen, das achtern aufkam. Einige wohlgezielte Schüsse seiner Achterdeck-Kanonen schlugen ein, bevor die *Protector* nahe genug war, um zu antworten. Großen Schaden hatten sie nicht angerichtet, aber sie waren ein Zeichen für Kelso und seine Mannschaft, daß es nicht so einfach werden würde.

»Ruder hart Backbord!«

Die erste, in schiefem Winkel abgefeuerte französische Breitseite ließ die See um die *Protector* aufspritzen, riß ein paar Schrammen in Takelage und Rumpf, richtete aber sonst kaum Schaden an. Bis jetzt hatte noch keines der beiden englischen Schiffe einen Volltreffer abbekommen.

Protector und *Paragon* lagen jetzt auf Parallelkurs, mit einer knappen Kabellänge Distanz. Der volle Bug der *Protector* schob sich bis zum Heck der Fregatte vor, dann bis zur Rumpfmitte ...

»Feuer!«

Auf Foulkes' Kommando brüllten die Backbordkanonen mit gewohnter Präzision los; im selben Augenblick fegte eine Breitseite der *Paragon* über ihr Deck, so daß allen Hören und Sehen verging.

»Stopfen! Auswischen! Laden!« brüllte Foulkes. Und dann: »Feuern nach Ermessen!«

Wieder donnerten die Backbordkanonen, und dann glitt die *Paragon* achteraus und aus dem Schußfeld.

»Klar zur Halse!«

Die Matrosen hievten an Schoten und Brassen, der Steuermann drehte das Rad, die *Protector* schwang zu ihrem zweiten Angriff herum.

Sie stand jetzt in Luv, doch während der Zeit, die sie für ihr aufwendiges Manöver gebraucht hatte, war auch der Kommandant der *Paragon* nicht faul gewesen. Obwohl er noch mit der Schaluppe zu tun hatte, die jetzt an Steuerbord lag, halste er ebenfalls, und da er eine wendige Fregatte führte, kam er ebenso schnell, aber in einem viel kürzeren Bogen herum als die *Protector.*

Doch jetzt bewies der Kommandant der Schaluppe seine Seemannschaft. Da er sah, daß die *Paragon* mit dem achterlichen Wind vielleicht entkommen würde, legte er sein Schiff so vor ihren Bug, daß sie nach der Halse zu einem unvermuteten Ausweichmanöver gezwungen war. Ohne zu gieren, konnte sie das nur tun, indem sie ein paar Strich zur Küste abfiel. Und weil sie ziemlich Fahrt machte, befand sie sich unversehens in gefährlichen Gewässern.

»Großartig, bei Gott!« rief Kelso, dem bei diesem Manöver klar wurde, daß sein Traum vielleicht Wirklichkeit werden und er sein altes Schiff einigermaßen unbeschädigt zurückerobern würde. Es mußte möglich sein, die *Paragon* durch gemeinsame Manöver an der Leeküste festzunageln; wenn sie es richtig anstellten, mußte sie früher oder später auf Grund sitzen.

»Steuerbordbatterie ist feuerklar!« rief Foulkes.

»Feuer frei!« befahl Kelso. Er gab die Feuererlaubnis nur ungern, weil seine geliebte *Paragon* irreparablen Schaden nehmen konnte; aber jetzt war nicht die Zeit für halbe Maßnahmen.

»Feuer!« brüllte Foulkes, und die *Paragon*, die bereits dwars zum Wind lag, trieb mit einem sichtbaren Ruck weiter auf die Küste zu.

»Stopfen! Ausputzen! Laden!«

Wieder kamen die Kanonen der *Protector* aus ihrer günstigen Position zum Schuß.

Überraschenderweise feuerte die *Paragon* trotz ihrer ungünstigen Situation noch einmal zurück. Ob es nun Glück oder Können war – ihre Breitseite hatte jedenfalls volle Wirkung. Mehrere Kugeln schlugen auf dem Oberdeck der *Protector* ein und brachten Tod und Chaos. Zwei Kanonen waren getroffen, ihre Bedienung entweder tot oder verwundet. Ein weiterer Schuß schlug in der Nähe des Besanmastes ein, flog als Abpraller hoch und tötete zwei Mann. Ein weiterer traf das Achterkastell, zerschmetterte den Kompaß und verwundete Lashley und noch einen Offizier. Lashleys Schmerzensschreie übertönten den Kanonendonner und die Befehle der Offiziere.

Kelso vergaß für den Augenblick, daß er ein Schiff zu führen hatte, und kniete neben Lashley nieder. Der Flaggkapitän hatte einen tiefen, gezackten Riß quer über der Stirn, der vielleicht nicht so schlimm war, wie er aussah; aber ein Splitter hatte ihn anscheinend auch im Bauch getroffen.

»Hilfe, Kelso!« schrie Lashley. »Helfen Sie mir!«

Kelso hockte sich auf die Fersen und rief nach seinem Steward. »Padstow!«

»Hier, Sir!«

Unaufgefordert kniete Padstow neben dem Verwundeten, hielt ihm den Kopf hoch und setzte ihm eine Flasche Rum an die Lippen.

»Nehmen Sie sich jemanden, und schaffen Sie ihn unter Deck!« befahl Kelso. »Aber vorsichtig!«

Was das Gefecht betraf, so kam Kelso gerade rechtzeitig wieder hoch, um die Schaluppe an Steuerbord querab passieren zu sehen. Ihr Kommandant, der genau begriff, um was es ging, hatte gehalst und war jetzt bereit, an der *Paragon* längs zu segeln und ihr eine Breitseite in den Rumpf zu setzen. Es konnte jetzt nicht mehr lange dauern, bis die Fregatte auflief.

»Klar zur Halse!« kommandierte Kelso und beobachtete gespannt, ob die *Paragon* freikommen würde, bis die *Protector* ihr schwerfälliges Manöver gefahren hatte.

Sekundenlang sah es auch so aus. Ihre Segel füllten sich, und sie kam rund in Richtung auf das tiefe Wasser, doch aus irgendeinem nicht gleich auszumachenden Grund schwojte sie plötzlich wieder landeinwärts.

»Sie muß jeden Moment festsitzen«, rief Hillary. »Dort ist es höchstens vier Faden tief.«

»Aber warum steuert sie nicht weg von Land?« fragte ein anderer Offizier. »Merkt sie nicht, daß sie aufläuft?«

»Gestatten Sie, Sir«, kam die schrille Knabenstimme eines Midshipman. »Ich glaube, ihr Ruder ist weg.«

Nach genauerem Hinsehen durchs Teleskop erwies es sich, daß der junge Mann recht hatte. Gleich nachdem die *Paragon* ihre unheilvolle Breitseite abgefeuert hatte, mußte die Breitseite der *Protector* ihr Achterdeck getroffen haben, und nun trieb sie hilflos auf die Küste zu.

»Feuer einstellen!« rief Kelso zum Batteriedeck hinunter. »Mr. Hillary! Signalisieren Sie der Schaluppe: ›Feuer einstellen‹!«

Er paßte genau auf, ob seine Kommandos auch befolgt wurden. Die hilflose *Paragon* durfte keinen weiteren

Schaden davontragen. Er befahl der Schaluppe, ein Enterkommando auf die Korvette zu schicken, die anscheinend ebenfalls aufzulaufen drohte und die weiße Flagge gehißt hatte. Beigedreht wartete die *Protector* das Weitere ab.

Es dauerte länger als erwartet, bis die *Paragon* auf Grund lief. Anders als vor der Koromandelküste mußte der Meeresboden hier steil ansteigen; die *Paragon* war nur noch einen Steinwurf von der Küste entfernt, als sie plötzlich festlag und sich mit starker Schlagseite überlegte.

Dieser Anblick bekümmerte Kelso tief. Sein Schiff, sein schönes Schiff lag nun da, halb auf der Seite, die Masten zeigten auf die Baumwipfel des Strandes, und wie häßlich sah der mit Muscheln und Algen bewachsene Rumpf aus! Die französische Mannschaft gab das Schiff auf. Er konnte sehen, daß Kutter abgefiert wurden; zahlreiche Matrosen schwammen an Land.

»Mr. Jackson! Prisenkommando für die *Paragon* aussetzen!«

»Aye, aye, Sir!«

Doch ehe das Boot abgefiert werden konnte, zuckte plötzlich ein Feuerschein auf der *Paragon* auf. Eine Flamme schoß aus dem Hauptluk empor, und eine zweite, noch hellere, aus dem Vorderkastell.

»Sie haben sie angezündet, bei Gott!« schrie jemand, und wie zur Bestätigung brannten das ganze zundertrokkene Oberdeck und der Rumpf plötzlich lichterloh. In Sekundenschnelle war die *Paragon* ein brausender Feuerofen. Französische Matrosen in den Kuttern, die bereits den Strand angelaufen hatten, schirmten die Augen mit den Händen ab, die Schwimmer tauchten unter, um der Hitze zu entgehen. Da war nichts mehr zu machen. Tausend Mann mit Spritzen hätten dieses Inferno nicht löschen können. Eben noch war die *Paragon* ein intaktes, wenn auch hilflos auf der Seite liegendes Schiff gewesen; jetzt war sie ein flammendes Skelett. Die ganze Beplankung war weggebrannt, nur die Spanten waren noch vorhanden. Gleich würden die Masten, selbst bis zu den Bramrahen in Flammen stehend, ins Meer stürzen.

Kelso erlebte eine Hölle der Wut und der Trauer. Die Fäuste mit weißen Knöcheln auf die Reling gestemmt, sah er zu, wie seine geliebte *Paragon* verbrannte.

32

»Lashley ist tot?« Clive starrte Kelso erschrocken an.

Sie standen auf dem Kampanjedeck des Indienfahrers, der die Clives und Susan Lashley zurück nach England brachte. In engem Umkreis, wie Hühner auf dem Bauernhof zusammengedrängt, lagen die anderen Kauffahrer des Geleits, stumpfbugig, breitrümpfig, gemächlich in der See dümpelnd.

Mehr durch Zufall als absichtlich war die *Protector* auf den Geleitzug gestoßen. Sie war vor einer frischen Brise mit Nordostkurs gelaufen, da hatte der Ausguck Segel gemeldet. Rumpf unter, Steuerbord voraus. Durch einen raschen Kurswechsel und einiges hartnäckiges Kreuzen am Wind hatte die *Protector* den Geleitzug erreicht, der jetzt mit backgebraßten Großbramsegeln beigedreht hatte, während Kelso berichtete.

»Die *Paragon* hat ihn umgebracht«, sagte Kelso. »Eine Salve von ihr traf das Achterdeck.«

Clive schüttelte nachdenklich den Kopf. »Starb er gleich?«

»Nein, erst nach einiger Zeit«, erwiderte Kelso und überging jene nervenzerreißenden Stunden, in denen das

Orlopdeck von den Schreien des Sterbenden widergehallt hatte.

»Und die *Paragon*?«

»Ausgebrannt. Die Franzosen haben sie angezündet.«

»Das tut mir leid, Kelso«, sagte Clive. »Ich weiß, wieviel sie Ihnen bedeutet hat.«

»Sie war mein erstes Schiff.«

Sie gingen Margaret entgegen, die soeben aus dem Niedergang trat.

»Roger!« Sie ergriff seine Hand. »Wie schön, Sie zu sehen – wenn es mir auch leid tut, daß Sie so furchtbare Nachrichten bringen.«

»Danke.«

»Ich weiß, wie sehr sie an der *Paragon* gehangen haben.«

Er nickte und lächelte dankbar, weil sie ganz richtig den Verlust zuerst genannt hatte, der ihn am meisten traf.

»Aber auch um den armen Kapitän Lashley tut es mir leid. Mr. Hillary hat es mir erzählt.« Hillary, der mit Kelso in der Gig herübergefahren war, stand unten auf dem Hauptdeck inmitten neugieriger Passagiere.

»Weiß es Susan?« fragte Kelso.

Margaret nickte. »Ich habe es ihr gesagt. Sie würde Sie gern sprechen.«

Kelso fuhr zusammen und sah sie an, doch in diesen stillen braunen Augen war nichts zu lesen. »Ist sie in ihrer Kabine?«

»Sie ist auf der Heckgalerie. Ich dachte, dort könnten Sie ungestörter miteinander reden.«

»Danke.«

Er wollte gehen, doch da fiel ihm ein, was zumindest für Clive eine wichtige Nachricht sein mußte. »Ich hätte es beinahe vergessen«, sagte er zu Clive. »Kapitän Bevan von der *Madras* hat gute Nachrichten für Sie.« Die *Madras* war die Kriegsschaluppe, die geholfen hatte, die *Paragon* zu besiegen.

»Wie denn?« fuhr Clive auf. »Sagen Sie mir bloß nicht, daß Lallys Franzosen geschlagen sind?«

»So ist es«, erwiderte Kelso. »Eyre Coote hat sie bei Wandewash entscheidend besiegt. Lally ist verwundet, Bussy gefangengenommen.«

Clive schlug, offenbar tief bewegt, die Hände zusammen. Er konnte nicht gleich weitersprechen. »Also ist er endlich da! Der endgültige Sieg.«

»Ja, Indien ist unser. Sie können mit gutem Gewissen und leichtem Herzen nach Hause fahren.«

Clive nickte. »Ja«, sagte er und ergriff die Hand seiner Frau. »Wir können beruhigt heimkehren.«

Kelso ließ sie allein, trat in die Offiziersmesse und auf die Heckgalerie hinaus. Dort stand Susan, verlassen und allein vor der Weite des Ozeans und schöner denn je. Als sie sich zu ihm umwandte, sah er, daß sie geweint hatte.

»Roger! Es ist lieb von dir, daß du gekommen bist.«

»Ich konnte diese letzte Möglichkeit nicht ungenützt lassen.«

»Noch jetzt kann ich die Nachricht kaum glauben«, sagte sie. »Ist Richard wirklich tot?«

»Ja, das ist er.«

Sie sah ihm in die Augen. »Ist er schnell gestorben?«

»Weder schnell noch leicht, aber der Schiffsarzt hat seine Schmerzen gelindert, als es zu Ende ging.«

»Es ist gut so.« Sie hielt inne und fuhr dann fort. »Da ich weiß, was du von mir denkst, wirst du wohl glauben, daß diese Tränen falsch sind. Du solltest aber wissen, daß du dich irrst.«

Nicht ohne Mitgefühl erwiderte er ihren Blick, antwortete aber nicht.

»Als Richard am Leben war, haßte ich ihn und wünschte immer seinen Tod – nun, da er tot ist, bin ich traurig.« Und als er immer noch nichts sagte: »Beschämt und traurig.«

»Beschämt?«

»Ja. Beschämt, weil meine Liebe zu dir meine Urteilskraft trübte; beschämt, weil ich dich so heiß begehrte, daß ich Richard den Tod wünschte.«

Er blickte in ihre schönen, verwirrten Augen und sagte leise: »Laß nur. Nun ist ja alles vorüber.«

»Ja«, erwiderte sie bitter, »jetzt ist alles vorbei.«

Oben an Deck entstand auf einmal Bewegung: Der Kapitän, der gemerkt hatte, daß der Wind auffrischte, hatte Order gegeben, die Segel zu reffen. Bootsmannspfeifen trillerten, nackte Füße rannten übers Deck. Der Kapitän eines anderen Indienfahrers, den sie von der Heckgalerie aus sehen konnten, war nicht so aufmerksam gewesen: Sein Schiff stampfte im stärker gewordenen Seegang.

»Ich muß gehen«, sagte Kelso.

Doch Susan schien ihn nicht zu hören. »Das Schlimme mit dir ist, daß du Vollkommenheit willst, Roger«, sagte sie ernst. »Deine Schiffe, deine Mannschaft, sogar deine Frauen – alles soll vollkommen sein.«

Er sah ihr aufmerksam in die Augen, erwiderte jedoch nichts.

»Ich glaube, du hast mich geliebt, Roger; ich glaube das wirklich. Aber es nützte nichts. Du hast gemerkt, daß ich nicht vollkommen war; ich liebte dich so, daß ich mich hinreißen ließ, dir etwas vorzuschlagen, was gegen deinen Ehrenkodex ging. Jetzt bin ich traurig und schäme mich, aber nun ist es zu spät.«

Immer noch schwieg er.

»Du wolltest keine Frau aus Fleisch und Blut«, sagte sie

verzweifelt, »du wolltest eine zweite *Paragon*, ein Musterbild.«

Er wandte sich um und ging die Heckgalerie entlang zur Tür. Susan sah ihm nach und schluchzte herzzerreißend.

»Roger!« rief sie.

Er blieb stehen.

»Willst du mir nicht einmal adieu sagen?«

»Adieu?« Sein hartes Seemannsgesicht wurde weich, er lächelte. »Ich gehe dein Gepäck holen. Du fährst nicht nach England, jedenfalls fürs erste nicht. Du fährst mit mir zurück nach Kalkutta.«

NACHWORT DES ÜBERSETZERS

In sogenannten historischen Romanen ist häufig gerade der Held keine historische Figur – aber viele Personen in seiner Umgebung sind es. In den Kelso-Romanen gilt letzteres besonders von Robert Clive. Dem englischen Leser ist er vertraut; aber deutsche Leser möchten vielleicht Näheres wissen über diesen Mann, der zu den bedeutenden, aber auch umstrittenen historischen Persönlichkeiten Englands gehört.

Er wurde 1725 im Dorf Moreton Say bei Market Drayton in Shropshire geboren. Seine Familie gehörte zu den ältesten der Grafschaft; die Clives waren schon unter Henry II. dort ansässig, und einer seiner Ahnen wurde unter Henry VIII. irischer Schatzkanzler.

Der junge Robert war ein rechtes Früchtchen, ein aggressiver Taugenichts, der von mehreren Schulen flog und keine Lust zum Lernen hatte. Trotzdem konnte er später Horaz im Urtext lesen, sprach und schrieb ein exzellentes, ausdrucksstarkes Englisch. Als er achtzehn Jahre alt war, verfrachtete ihn sein Vater, ein ehrsamer Gutsbesitzer, nach Madras, als Schreiber der East India Company – schon mancher Familie hatte die Ostindische Handelskompanie ihre schwarzen Schafe abgenommen.

Seit über hundert Jahren betätigten sich Handelskompanien mehrerer Länder auf dem indischen Subkontinent. Die bedeutendsten waren die englische mit Sitz in Bombay und Kalkutta, die französische mit Pondicherry und die holländische mit Nagapatam als Hauptstützpunkten. Im österreichischen Erbfolgekrieg (1740–1748) waren England und Frankreich Gegner, was sich natürlich auch in Indien auswirkte. 1743 eroberten die Franzosen Madras. Dabei geriet auch Clive in Gefangenschaft. Doch nun zeigte er, daß er von Natur kein Schreiber war, sondern Soldat. Er floh nach Fort St. David, wo er als Fähnrich in die Truppe des Gouverneurs eintrat.

Bald nach dem Frieden zu Aachen (1748) flammten die Feindseligkeiten zwischen der englischen und der französischen Handelskompanie wieder auf, und Clive konnte beweisen, daß er der geborene Guerillaführer war. Mit zweihundert Europäern und dreihundert Sepoys eroberte er Arcot, womit die Franzosen fürs erste abgewiesen waren. Als ziemlich vermögender Mann (seit 1749 hatte auch die Versorgung der Truppe in seiner Hand gelegen) kehrte er 1753 nach England zurück. Kurz vorher hatte er Margaret Maskelyne geheiratet.

In England kandidierte er für das Unterhaus, fiel aber durch und ging wieder nach Indien, diesmal als Oberstleutnant der Königlichen Armee und Gouverneur von Fort St. David, mit der Aussicht, Gouverneur von Madras zu werden. In diese Zeit fällt die Erstürmung von Gheria, dem Stützpunkt der mahrattischen Piraten (siehe White: *Kapitän Kelsos Rache*. Dann vollbrachte Clive seine größte militärische Leistung: Mit neunhundert europäischen und fünfzehnhundert indischen Soldaten eroberte er Kalkutta zurück, das der Nawab von Bengalen, Siraj ud Dowlah, überfallen und eingenommen hatte, wobei in einer Nacht über hundert englische Gefangene in dem berüchtigten ›schwarzen Loch‹, einer Zelle von sechs mal fünf Metern mit nur zwei kleinen Fenstern, umkamen. Kurz darauf schlug Clive den Nawab bei Plassey und setzte Mir Jaffar an seiner Stelle ein.

Das vorliegende Buch spielt in der Zeit nach Plassey. Clive ist jetzt Gouverneur von Kalkutta. Vor authentischem Hintergrund und neben historisch nachweisbaren

Personen – außer Clive und seiner Frau sind es zum Beispiel Holwell, einer der wenigen Überlebenden des ›schwarzen‹ Loches, und Vansittard – läßt der Autor Gestalten seiner Phantasie auftreten.

1760 fährt Clive als reicher Mann heim nach England, wo er als Baronet of Plassey geadelt wird, aber feststellen muß, daß er sich viele Feinde gemacht hat.

Schon fünf Jahre später kehrt er als Gouverneur von Bengalen und militärischer Oberstkommandierender nach Indien zurück, wo sich manches zum Schlechteren verändert hat. Mir Jaffar war gestürzt worden, der Mogul-Kaiser Shah Alam griff erneut an, die Company schien verloren. Clive errang zwar militärische Erfolge, doch in der Company sah es schlimm aus. Schon während seiner vorigen Amtsführung hatten sich Mißwirtschaft und Korruption eingeschlichen: Clives Nachfolger Henry Vansittard (ob er tatsächlich so ein Ekel war wie in diesem Buch, bleibt dahingestellt) waren die Zügel völlig aus der Hand geglitten. Energisch versuchte Clive, Ordnung zu schaffen, drang jedoch nicht durch und sah sich schließlich der »weißen Meuterei« der Angestellten gegenüber, so daß er zeitweilig in Bengalen völlig alleinstand.

1767 kehrte er endgültig nach England zurück und wurde sofort von den politischen Gegnern der Company scharf angegriffen. Man beschuldigte ihn, die Korruption gefördert und sich bereichert zu haben. 1772 erreichte diese Kampagne ihren Höhepunkt. Clive, ein glänzender Redner, verteidigte sich in einer Parlamentsdebatte, welche die ganze Nacht dauerte. Er konnte sich rehabilitieren, und es wurde ihm offiziell bestätigt, daß er sich um sein Vaterland größte Verdienste erworben hatte. – Doch dieser Triumph war sein letzter: Körperlich und seelisch durch das mörderische Klima Bengalens und die Anstrengungen zermürbt, beging er am 22. November 1772 in einem Anfall tiefer Depression Selbstmord.

In den folgenden Jahren verlor die East India Company mehr und mehr an Bedeutung. 1813 erlosch ihr Handelsmonopol in Indien.